W0408944

Birgit Müller-Wieland

Vom Lügen und vom Träumen

Birgit Müller-Wieland

Vom Lügen und vom Träumen

Roman in sechs Geschichten

OTTO MÜLLER VERLAG

Die Drucklegung dieses Buches wurde gefördert
durch die Kulturabteilungen des Landes Oberösterreich
sowie von Stadt und Land Salzburg.

www.omvs.at

ISBN 978-3-7013-1283-2

© 2021 OTTO MÜLLER VERLAG SALZBURG-WIEN
Alle Rechte vorbehalten
Satz: Media Design: Rizner.at
Druck und Bindung: Florjancic Tisk
Umschlaggestaltung: Leo Fellinger

Für Jan und Maja

Pandora floh mit der Büchse,
um die Hoffnung zu bewahren.

Irmtraud Morgner,
Amanda. Ein Hexenroman

Ich hatte das namenlose blaue Boot nicht vergessen,
und es hatte auch mich nicht vergessen.

Viet Thanh Nguyen,
Die Geflüchteten

Inhaltsverzeichnis

1. *Nun also auch wir* 9

2. *Ein ungeheures Lachen über die ganze Welt* 51

3. *Von den Gedichthüten* 98

4. *Der Geigenbauer* 125

5. *Havanna* 181

6. *Was ich nicht gesehen habe* 201

***

Schlussakkord 282

Nachhall 283

Nun also auch wir

An jenem Abend, der Salomes Leben in ein Davor und ein Danach teilen würde, zündete sie die beiden weißen Kerzen am Tisch und jene am Silberleuchter auf dem Fensterbrett an, während Hannes mit dem Geschirrtuch über der Schulter leise vor sich hin pfiff.

Geschickt hob er mit einem Löffel das Fruchtfleisch aus der ledrigen Avocadohülle, füllte es in eine Schüssel und zerstampfte alles zu einem gelbgrünen Brei, den er mit Salz, Pfeffer und Zitronensaft würzte.

Salome hörte ihn hinter ihrem Rücken hantieren und pfeifen, öffnete ruckartig die Holzschublade am Tisch, in der sie das Besteck aufbewahrten, und legte Messer und Gabel neben die beiden Teller.

„Vergiss die Muskatnuss nicht“, sagte sie, ohne sich umzudrehen. Hannes pfiff weiter, etwas Dynamisches, das sie nicht kannte, sie lächelte.

Die Küche hinter ihr war geräumig mit der Herdinsel in der Mitte, vor ihr der Holztisch mit den Stühlen neben der Kredenz – ein Miteinander von Alt und Neu, so, wie die ganze Wohnung aus Altem und Neuem bestand, hell war und gemütlich.

Kam Besuch von Hannes’ Cousin und seiner Familie, jagten die kleinen Jungs gewöhnlich durch den Flur in die Küche, liefen jeder für sich in entgegengesetzter Richtung durch die vier großen Zimmer, rissen die Türen zu den Bädern auf – beide befanden sich an den jeweiligen Enden der Wohnung –, rannten wieder zurück, „Ich“-brüllend, „IchbinErster!“, um in der Mitte, triumphierend und japsend, vor der Terrassentür aufeinanderzutreffen.

Es war ihr „GroßeWohnung-Spiel", das Cousin Clemens und seine Frau, mit dünnem Lächeln im Flur stehend, nicht verhindern konnten.

Ja, sie hatten Glück gehabt, damals, als sie die Wohnung gefunden hatten, ein Zufall, ein Tipp vom Freund einer Bekannten von Salomes Arbeitskollegin, eine Bleibe unterderHand, eigentlich unerschwinglich, aber dann doch kaufbar, mit Bürgschaften und Kreditermöglichungen von den Eltern, die damals alle noch gelebt hatten.

Das Aufglimmen von Neid in den Augen jener, die zum ersten Mal die Wohnung betraten, hatten Salome und Hannes gelernt zu übersehen, so wie sie die Fragen nicht hörten, ob eine dermaßen große Behausung nicht zu viel Arbeit mache – und welcher der Räume wohl einmal das Kinderzimmer sein werde.

Über all das lächelten sie hinweg, servierten den Begrüßungssekt, erzählten Renovierungs- und Umzugsanekdoten und flochten scheinbar nebenbei und in Abständen, beim zweiten Gang oder dem Dessert oder zum Schluss, bei der Verabschiedung, die fehlenden Parkmöglichkeiten ein, den Straßenlärm, das sehr alte und deswegen sehr knarzende Parkett, wie die Gäste ja wohl schon den ganzen Abend über bemerkt haben würden, dann noch der Weg zur U-Bahn, und die Nachbarn, tja, sodass die Gäste schließlich mit dem Gefühl nach Hause gingen, sie hätten es in ihrem kleineren und unattraktiveren Heim dann doch tatsächlich besser getroffen als die beiden, die in der riesigen Flügeltür verloren wirkten, wie sie da um drei Uhr oder vier Uhr morgens aneinanderlehnten und den Gästen hinterherwinkten.

Und so gab es irgendwann keine Fragen mehr, nicht zur Größe der Wohnung oder dem Gebrauch der Zimmer und auch keine mehr zum Freitagabend.

„Unser heiliger Abend“, wie Salome und Hannes diesen manchmal nannten, wenn sie zu später Stunde kichernd die zweite Rotweinflasche entkorkten.

Ihn durchzusetzen, hatte anfangs einigen Aufwand erfordert. Bis alle in ihrem Freundes- und Bekanntenkreis wussten, dass es keinen Sinn hatte, sie an diesem Tag einzuladen oder zu einem Theater- oder Kinobesuch zu bewegen, hatte es gedauert.

„Nein“, hatten entweder sie oder er damals vor vielen Jahren immer wieder freundlich gesagt, „vielen Dank, aber freitags feiern wir, wie du weißt, unseren Sabbat“.

Worauf ein „Oh“ zu hören gewesen war oder „Ach, entschuldige“ oder sich eine Stille während eines Telefonats eingestellt hatte, in der die Freunde und Freundinnen offenbar nachgedacht oder an etwas anderes gedacht hatten, oder gar nichts.

Einer hatte gewitzelt: „Habt ihr auch diesen Armleuchter?“, worauf Hannes – in Salomes Augen Übereinstimmendes lesend – liebenswürdig erwidert hatte: „Der bist natürlich du. Schönes Leben noch.“

Auf diese Weise wurde in der Frühzeit ihrer Liebe so manche Freundschaft spontan und in Einverständnis beendet, Vorgänge, die sie nicht bedauerten, Verluste, die im Überschwang ihrer Gefühle füreinander untergingen.

Und diejenigen, die ihnen blieben, hatten die Sache mit dem Freitag bald verstanden.

Natürlich besaßen sie eine Menora.

Eine wunderschöne, aus schlichtem Silber, Hannes hatte sie auf dem Flohmarkt gekauft und stolz nach

Hause gebracht. Ohne einander abzusprechen, war sie immer geputzt, ein Schmuckstück, das auf dem Fensterbrett schimmerte, mit einer selbstverständlichen Grandezza auf seinen Einsatz wartend.

Schon am Wochenanfang berieten sie sich, wer dieses Mal für den Freitag einkaufen und kochen würde, oder ob sie Zeit hätten, alles gemeinsam zu tun.

Sie freuten sich auf die Stunden miteinander, das warme Licht, das ihre Gesichter weich machte und Funken in ihre Augen zauberte, auf die Verse aus den Lyrikbänden, die sie einander vorlasen, Lavant, Kaléko, Rilke, Sachs, sie freuten sich auf die Gespräche, in denen die vergangene Woche mit ihren Vorkommnissen, den wichtigen, absurden und nebensächlichen, auflebte, und später, beim Abräumen des Geschirrs, dem Löschen der Kerzen, zur Ruhe gekommen war, eine Ruhe, die beide ins Wochenende mitnahmen und welche zuweilen sogar weiterwirkte, bis Montagfrüh.

*

An jenem Abend also setzten sie sich an den gedeckten Tisch, die Gläser sirrten sacht beim Anstoßen, von den Leinenservietten stieg beim Auseinanderfalten ein zarter Duft von Rosengeranie und Lavendel auf, Stärke.

Sie aßen das Avocadomus und Salat mit Pinienkernen, danach Huhn mit Reis.

„Wir sollten", sagte Salome, nachdem das Thema Arbeit ausgiebig besprochen worden war, „uns schön langsam Gedanken machen".

Hannes spießte ein Stück Fleisch auf, kaute, schluckte und fragte:

„Worüber?“

„Schussel“, lächelte sie und führte das Glas zum Mund.

Hannes sah auf seinen Teller, schob Reis auf die Gabel, kam hoch mit seinem noch immer fragenden Gesicht.

„Vi-“, fragte Salome gespielt entgeistert, „et-nam?“

„Oh“, entfuhr es Hannes…“ –

„… Ha Long Bucht? Na Thrang? Hué?“, setzte sie nach –

„Oh, klar, äh …“, Hannes lehnte sich zurück, blies seine Backen auf, „entschuldige, es war ein bisschen viel in den letzten…“ –

„Sicher“, sagte Salome, „alles gut“.

Sie betrachtete seinen braunroten Schopf, dessen widerborstige Haare sie zu durchwühlen liebte, die von Sommersprossen besprenkelte Nase, seine kräftigen, gleichzeitig schmalen Hände, sie beugte sich verschwörerisch über den Tisch:

„Ich habe einige Angebote gefunden, sie sind traumhaft, du musst sie dir später…“ –

Hannes lächelte, nickte, hob die volle Gabel hoch. Aber schon im nächsten Moment kippte sein Blick nach innen, eine Abwesenheit, die Salome amüsierte.

„Vergiss nicht zu essen“, schmunzelte sie.

Als er nicht reagierte, schnippte sie mit Mittelfinger und Daumen vor seinem Gesicht.

Hannes’ Blick kam von weit her zurück, so weit her, als erinnerte er sich weder an die nach wie vor erhobene Gabel voll Reis, die zwischen seinen Fingern steckte, noch an sie, Salome.

„He“, sagte sie leise.

Hannes senkte den Arm, legte die Gabel auf den Tellerrand.

Er realisierte ihren fragenden Blick, lächelte und murmelte, indem er das Glas ergriff: „Bin etwas … etwas müde heute …"

„Ja", erwiderte Salome, „ich auch …"

*

Später, nach dem Aufräumen und Zähneputzen, wollte sie mit ihm schlafen.

Sie hatte es schon tagsüber gespürt, das vertraute Begehren, sobald sie an ihn dachte, ein Sehnen nach seiner Haut und ihren unterschiedlichen Gerüchen, das strenge Wühlen in ihrem Unterleib. Es hatte sich verstärkt durch Hannes' träge Unerreichbarkeit im Laufe des Abends, sein Zerstreutsein, das ihr Bedürfnis nach besinnungsloser Nähe provozierte.

Er boxte sich sein Kissen zurecht, ohne sie anzusehen, als sie das von der Straßenlaterne erhellte Schlafzimmer betrat, im fliederfarbenen Nachthemd, welches er seit jeher als ihr „Verführungsteil" bezeichnete.

Sie musste kichern, ja, sie war beschwipst, sie begann leise zu summen, hob ihre Arme, stampfte mit einem Fuß auf und begann sich rhythmisch und aufreizend langsam zu drehen. Sie fühlte den seidigen Stoff an ihren Schenkeln, das leichte Wehen. Ihre Arme, das musste sie nicht im Spiegel sehen, bewegten sich girlandenhaft, graziös, ein Kontrast zu den stakkatoartig tretenden Füßen, die ohne die notwendigen Schuhe nur klägliches Ächzen aus dem Parkett holten. Dafür begleitete immer intensiver werdender Singsang ihren Tanz, sie war geübt darin, Flamenco, seit Jahren schon, und bei jedem ihrer Auftritte hatte Hannes im Publikum gesessen, mit leuchtenden Augen.

Während sie sich nun drehte, sah sie so lange zum Bett, bis sie ihren Oberkörper ruckartig folgen lassen musste. Hannes Kopf schien zu schweben, wie abgetrennt vom übrigen Körper, der bis zum Hals bedeckt war. Als wäre sonst nichts da, nur diese nach oben starrenden Augen in einem Kopf, der im fahlen Licht wirkte, als sei –

Sie erschrak.

Klatschte in die Hände, sprang aufs Bett.

Nun wollte sie ihn ganz bei sich haben, Müdigkeit hin oder her, kichernd riss sie die Decke weg, seine Arme fuhren hoch.

Sie dachte, es sei ein Spiel.

„Klemmi“, flüsterte sie, als er die Decke, unter die sie sich nun zu drängen versuchte, festhielt, „du Klemmi“, kicherte sie, „lass mich zu dir…“

Ob er die Augen offen oder geschlossen hielt, konnte sie nicht erkennen, sah nur, dass er die Bettdecke fixierte mit seinen beiden langen, starken Armen, eng an den pyjamablauen Körper gepresst, das Gesicht nach oben gewandt, stumm, ein Pharao in seiner Kiste, aber auch dieses Bild, das sie ihm lockend an den Kopf warf, erheiterte ihn nicht, wie sie erwartet hatte, nichts amüsierte ihn, im Gegenteil: plötzlich gab er einen merkwürdigen Laut von sich, eine Mischung aus Grunzen und Wimmern.

Ein Tier in der Falle. Und dann ging alles sehr schnell.

*

Sie ist eingeschlafen.

Eingeschlafen am Küchentisch mit seinen Krümeln, der Schale mit den eingetrockneten Müslikörnern, der himmelblauen Tasse.

Dem Handy, das durch ihren Ellenbogen soeben bewegt wird.

Nur widerwillig arbeitet sich Salome aus diesem Zustand heraus, den sie mittlerweile ihren gnädigen Fluchtschlaf nennt, und der sie immer wieder überkommt. Ein plötzlich eintretendes Wegsacken, AusderWeltgleiten.

Die Arme schmerzen, der Nacken, alles tut weh, was zu lange in dieser einen Position am harten Tisch verharrt hatte – „Kernbuche, tolles Holz“, Hannes' befriedigter Tonfall füllt ihren Kopf, sein übermütiges Lächeln, damals beim Kauf.

Damals.

Vorsichtig richtet Salome sich auf. Die Übelkeit ist verschwunden, wenigstens das. Ihre Halswirbelsäule knackt, als sie den Kopf leicht bewegt, sie sieht auf die Uhr, eine Dreiviertelstunde! Herrje!, tappt ins Badezimmer, hockt sich auf die Toilette.

„Hier ist der letzte Teil des Dramas.“

Da ist er, der Satz, ja, das sagte der Anrufer als erstes, nachdem sie ihren Namen genannt hatte. Bevor sie eingeschlafen war.

Die Entleerung der Blase ist so erleichternd, dass ihr Tränen in die Augen steigen. Spülung und Wasserhahn rauschen, sie wirft sich kaltes Wasser ins Gesicht, vermeidet den Blick in den Spiegel, bläst eine Strähne seitlich von der Wange.

In der Küche sieht sie auf ihr Handy. Er hat aus Berlin angerufen, klar. Und sich mit Namen vorgestellt, gleich am Anfang, bevor er „Guten Tag. Hier ist der letzte Teil des Dramas“ gesagt hatte.

Was war es nur für ein Name gewesen?

Einsilbig, ganz sicher. Tom? Jan? Ron?

Ach, es hat keinen Sinn.

Argwöhnisch sieht Salome zur Kaffeemaschine, sie ist von braunen Spritzern übersät. Sie nimmt die Kanne aus der Verankerung, flucht leise vor sich hin, stellt sie ins Abwaschbecken.

Auf dem Notizblock, der neben den Magneten am Kühlschrank klebt, ist in ihrer steilen Handschrift zu lesen: *Nächste Woche keine Therapie!*

Daneben das Foto mit den beiden verschmitzt lachenden Jungs, ohne Eltern. Die rot-weiß-gepunktete Flamencotänzerin mit dem offenen schwarzen Spitzenfächer aus dem Spanienurlaub vom letzten Jahr scheint Salome zu winken. Alle anderen Magnete, verstreut am Kühlschrank, sind wie immer bunt und stumm.

*

Eine Dreiviertelstunde zuvor hatte Salome in ihrer Küche gestanden, das Handy am Ohr.

Mit einem Arm hatte sie sich am Holztisch abgestützt, mit der anderen Hand krampfhaft das Gerät gehalten, aus dem eine unbekannte Stimme gedrungen war.

„Hallo, äh, sind Sie noch da?"

Salome hatte sich gewundert, dass sie die Worte verstehen konnte. Marionettenhaft hatte es ihre Fingerkuppe geschafft, das Lautsprecherzeichen des wackelnden Displays zu treffen.

„Ja."

Das Wackeln, das hatte sie gleichzeitig mit der Antwort bemerkt, verursachte ihre zitternde linke Hand, aber auch die rechte, in die sie das Gerät nun versuchsweise gelegt hatte, war nicht imstande gewesen, es ruhig zu halten. Schließlich war es ihr gelungen, dieses auf dem Küchentisch zu platzieren, neben der halbvollen himmelblauen Tasse.

„Vielleicht hätten wir uns etwas zu sagen."

Aus der Tasse war ekelhafter kalter Kaffeegeruch hochgestiegen.

Hannes, hatte Salome gedacht.

Hannes und die Tasse und der Tag im Juli letzten Jahres.

Sie hatte die Tasse mit einem Schlurfgeräusch über den Tisch geschoben, weit von sich.

Der Tag des Anschlags.

„Ich weiß nicht … also …"

Bin so müde, gleich falle ich um –

„Verstehe. Hm, also … Es ist so, dass ich in München zu tun habe, nächste Woche. Ich dachte, wir könnten uns vielleicht kennenlernen."

Schlafen.

„Ich werde … werde Sie … zurückrufen."

Das hatte sie mit äußerster Anstrengung hervorgepresst. War das so gemeint gewesen?

Die Übelkeit hatte weiteres Nachsinnen verhindert, eine Übelkeit, die sich schwungvoll in ihrem ganzen Körper verteilt hatte, ein erstaunlich dynamischer Vorgang, der ihr mittlerweile schon vertraut war.

„Es tut mir leid … ich wollte Sie nicht …"

„Ist schon … also … ist schon in Ordnung."

„Auf Wiedersehen."

Die Verbindung war vom Anrufer beendet worden, was Salome aber nicht mehr bemerkt hatte.

Denn was nun auf den Tisch gerutscht war, waren ihre ineinandergelegten Arme gewesen, ein stabiles

Rechteck aus Muskeln und Knochen, auf das ihr Kopf sinken hatte können, der Kopf, der plötzlich mit Leere gefüllt gewesen war, einer gnädigen Leere, Nussschale, entkernt.

*

Kahl und grau wirkt der Englische Garten in diesen nassen Oktobertagen, passt, denkt Salome, passt hervorragend. Einige Hunde laufen umher, vermummte Menschen folgen ihnen, neonblinkende Turnschuhe an Joggern. Die Betriebsamkeit der Stadt bleibt an den Rändern des Parks zurück, ihr Brummen wird leiser mit jedem Schritt.

Vor dem Kiosk steht ein Mann, der einen roten Schal und eine rote Mütze trägt. Im Näherkommen sieht Salome dicke blaue Jackentaschen, ausgebeult von seinen Fäusten. Sie sieht Jeansbeine, festes Schuhwerk, einen drahtigen, fremden Menschen, den sie gerne in seiner Fremde belassen hätte. Der ihr aber in den letzten Tagen zunehmend im Kopf herumgeschwirrt war und eine geradezu feurige Neugierde in ihr entfacht hatte, welche sie ziellos durch die Wohnung getrieben, schließlich schlaflos gemacht hatte, nahezu nahrungslos.

Sie hatte diese Begegnung nicht mit dem Therapeuten vorbereiten können, sie wunderte sich über ihren Mut.

Der Mann sieht ihr entgegen.

War es das? Mut?

Die rote Mütze und der Schal waren seine Idee gewesen.

„Gut“, hatte sie am Telefon gesagt und dann in einem Spontanentschluss hinzugefügt: „Ocker. Bei mir wird es Ocker sein.“

Plötzlich war ihr der schwarze Mantel samt Kapuze mit Kunstfell, den sie sonst immer trug, als ein zu grelles Statement erschienen. Nur nicht als Trauerklotz auftauchen.

Haltung.

Haltung, Schätzchen, ist nicht alles. Aber viel.

Als sie den Kamelhaarmantel ihrer Mutter aus dem Schrank geholt hatte, war sie kurz unsicher geworden. Sie war vor den Spiegel getreten und hatte gesehen, wie die Farbe ihre Gesichtsblässe betonte. Ein bleiches Dreieck mit zwei Kastanien glühte ihr entgegen.

Sie hatte den Mantel aufs Bett gelegt und im Badezimmer wild entschlossen die Schublade aufgerissen, in der sich die Schminksachen befanden. Sie hatte sich nicht mehr erinnern können, wann sie das letzte Mal Rouge und Wimperntusche aufgetragen hatte, wann ihr wichtig gewesen war, farblich passenden Schmuck in ihren Ohrlöchern zu befestigen.

Sie hatte sich bei ihrer Verwandlung zugesehen, ihre Lippen zusammengepresst, geöffnet, gewischt, geklopft, geprüft.

Sie war hübscher als sie gedacht hatte, hatte dies allerdings festgestellt wie eine Frau, welche soeben die Tür zu einem Waschraum aufdrückt, eine andere flüchtig im Spiegel sieht und erschrickt.

Alles vorübergehend. Gar nicht schlimm.

Nur ein bisschen – wie nannte der Therapeut ihre Zustände? –

Ah, ja. „Depersonalisation."

*

Er lässt die Hände in den Taschen, als sie in zwei Meter Entfernung vor ihm stehen bleibt und seinen Blick sucht. Seine Augen sind schmal, mattes Braun.

„Tja", sagt Salome mit ineinander verschränkten beigefarbenen Handschuhfingern, macht ihre Lippen zu einem dünnen Strich, hochgezwirbelt an den beiden Enden.

Sie tritt von einem Stiefelbein aufs andere. Das Ocker in Variationen, das sie von oben bis unten trägt, wird nur unterbrochen von ihrem dunklen, unter der Mütze hervorspringendem Haargewirr.

Jetzt erst schiebt er den Schal nach unten, ein weiches unrasiertes Kinn zeigend, schmale Lippen.

Verlegen lächelt er, sieht kurz auf seine Schuhe und wieder hoch.

„Wollen wir", fragt sie, „ein bisschen gehen?"

Die ersten Minuten schweigen sie.

Kleine und größere Hunde in verschiedenen Farben und Formen kommen ihnen entgegen oder überholen sie, während sie nebeneinander kräftig ausschreiten, als hätten sie ein Ziel, das schnell erreicht werden muss. Salome marschiert mit erhobenem Kopf, ihre Handtasche fest im Griff.

Er räuspert sich, lässt seine Blicke über die Bäume und Wiesen schweifen, über das verlebte Grün, das schmutzige Gelb.

„Wollen wir uns", fragt er, „duzen?"

Er heißt Jon, das weiß sie vom letzten Telefonat.

Sie bleiben stehen, sie nickt, beide lächeln verlegen, gehen nach kurzem Zögern weiter.

„Wie", fragt sie schließlich, „war die Reise?", und sieht ihn von der Seite an.

„Danke, gut", antwortet Jon, sich erneut räuspernd.

Er ist mit der Bahn gekommen. „Fliegen ist nicht mehr so …“, wie er am Telefon gesagt hatte.

Sie verlangsamt ihren Schritt, weil ihr Herz hüpft, sie ist dieses Tempo nicht mehr gewöhnt. Er tut es ihr nach, sie halten schließlich unter einer Ulme, passt, denkt Salome, die Ulme passt auch, der Trauerbaum.

Sie drehen sich zueinander.

Jons Blick kommt aus Augen, die sie nun als bernsteinfarben bezeichnen würde.

„Scheiße, was“, grinst er.

Sie sieht ihn stirnrunzelnd an. Er ist Polizist, auch das hatte er ihr am Telefon erzählt. Das Sprechen mit ihm war leichter gewesen in dieser Distanz, eindeutig. Sie wird schon wieder sehr müde.

Was will sie eigentlich von ihm?

*

Er habe lange nichts bemerkt, erzählt Jon schließlich.

Sie hatten ja auch getrennte Wohnungen in Berlin, er und, er zögert vorm ersten Aussprechen ihres Namens, Doreen.

Salomes Schritt stockt.

Sie atmet tief ein. Ein und aus.

Auch Jon bleibt stehen, sieht sie an.

Ein und aus.

Wann wird es aufhören? Zumindest besser werden?

Salome beißt sich auf die Lippen. „Doreen“ ist immer noch eine Nadel, die an ihrer Herzwand ritzt.

Zwei Enten fliegen über beide hinweg.

Immerhin, die Nadel ist ein Fortschritt. Die ersten Wochen war der Name ein Dolch, spitzes, zweimaliges Gehacke ins Fleisch: Do – reen.

Als Hannes ihr den Namen in jener Nacht mitteilte, bekam sie einen Lachkrampf. Er saß ruhig vor ihr und sah zu, wie sie Tränen lachte, und als der hysterische Anfall vorbei war, sagte er, er hole nun seinen Koffer.

Es gab keinen Eintrag im Internet von ihr, Doreen Irgendwer, Salome sah es Stunden später. Da hatte sie sich aus der ersten Erstarrung gelöst, konnte sich zumindest wieder bewegen. Sie bespuckte das Display. Klingelte Hannes' besten Freund Hugo aus dem Schlaf und sagte nur:

„Hast du es gewusst?"

Die Art, wie Hugo „Was … was denn? Weißt du, wie spät es ist?" krächzte und auf schlaftrunken machte, war ihr Antwort genug, sie legte auf.

Also auch er.

Alles war irreal. Auch er hatte sie hintergangen.

Und wenn alles irreal war, dann konnte auch alles passieren.

Zum Beispiel, dass Hannes zurückkehren würde, bald.

Gab es diese D. überhaupt?

Was nicht im Netz war: Gab es das überhaupt?

Nicht einmal der Name, nicht einmal das.

Ein Kind wackelt ihnen entgegen, ein Vater, Blick in seine Hand, mit der anderen schiebt er den Wagen vor sich her.

„Hoppla", sagt Jon und bückt sich, als das blauverpackte Kind, vermutlich also ein Junge, fast in ihn hineinläuft.

„Oh", sagt der Vater einige Meter weiter und lässt das Smartphone sinken.

Wie hübsch die beiden Namen, denkt Salome, Jon und Doreen.

Die Räder des Kinderwagens schmatzen auf dem feuchten Blätterboden, der Junge wird hochgehoben.

Er habe nichts bemerkt von ihrem, Jon zögert und hat die Worte wiedergefunden, also ihrem – Abdriften. Er sieht mit zusammengekniffenen Augen in die Ferne, die Fäuste in der Jacke vergraben, als müsse er über das Wort „Abdriften“ nachdenken. Ob es diesen Vorgang richtig beschreibt, der ihm offenbar immer noch rätselhaft erscheint.

Salome kann nichts anfangen mit diesem Wort. Sicher, im Nachhinein waren ihr Kleinigkeiten aufgefallen, Lieblosigkeiten sogar. Aber, meine Güte! Sie war realistisch genug, um zu wissen, dass sich eine Beziehung im Laufe der Zeit verändert. Wie sagten ihre Freundinnen?

„Man wird härter miteinander.“

„Ehrlicher“, meinte Salome bei diesen Gesprächen, es schien ihr das richtigere Wort zu sein. Ihr war ihre Ehe mit den Jahren immer inniger erschienen. Ehrlich und innig.

„Deswegen“, sagt sie nun zu Jon, „hat es mich auch so kalt erwischt“.

Und dann lacht sie bitter auf:

„Polareiskalt.“

Über ihnen schlagen Flügel, wieder zwei Enten.

Jon haucht seinen Atem in die geröteten Hände.

„Geknallt“, sagt er, „Doreen meinte, es habe…“, nun verzieht er seine Lippen zu einem Grinsen, hebt die Schultern und lässt sie fallen, „… einfach geknallt“.

„Peng“, Salome schaut den Enten spöttisch hinterher, „peng“.

*

Nach der ersten Tasse Kaffee weiß sie, dass Jon Leiter einer Spezial-Abteilung ist. Seine Gruppe hat die Aufgabe, Salafisten für eine Kooperation mit der Polizei zu gewinnen.

Die rote Mütze liegt auf dem Tisch, das Offenbaren seines kahlen Schädels und seines Berufes haben ihren Blick auf ihn verändert. Natürlich äußert er sich nicht näher zu seinen Tätigkeiten. Welchen Preis man für diese Art Zusammenarbeit zahlen muss, welche Gefahren damit verbunden sind. Das sind Fragen, die sie nicht zu stellen wagt.

Er habe sich im letzten Jahr sehr in die Arbeit vergraben, sei auch viel im Ausland gewesen, lächelt Jon.

Gesprächiger wird er, als Salome nach seinem Privatleben fragt.

Acht Jahre zuvor habe er Doreen bei einem Jazz-Konzert kennengelernt.

„Sie war in diesem Club und spielte Trompete. Nach dem Gig ging ich hinter die Bühne und fragte sie nach ihrer Nummer. Sie stellte mir ihre Musiker vor. Alles ihre Brüder“, er lachte auf, „und ich dachte, gut, dann wäre das mit der Familie schon mal geklärt“.

Sie stammten aus der DDR, waren vor ’89 in den Westen gekommen, hatten Einiges durchgemacht. Im Brotberuf war sie Krankenschwester geworden, und in der Freizeit trat sie mit ihrer Brüderband auf. Freiheit sei für Doreen das Wichtigste. Er wäre gerne mit ihr zusammengezogen.

„Tja“, sagt Jon und sieht zu den Propyläen hinüber, wo sich eine Touristen-Gruppe unter Schirmen aneinanderdrängt. Salome folgt seinem Blick.

„Was ist?“, fragt Jon.

Auch andere Mütter haben schöne Söhne.

Salome fasst sich an die Stirn.

Das Gesicht ihrer Mutter schaukelt auf sie zu. Vor ihrem Tod waren sie oft hier gewesen, im Museum, sie hatten danach Kuchen gegessen. Und das Thema Hannes vermieden.

Kochen, das ja. Kochen kann er, Schätzchen.

Wie konnte sie nur glauben, sie könnte an diesem Ort wie ein normaler Mensch umherspazieren, sich niederlassen, Kaffee trinken, einfach so?

Salomes Herz schlägt schneller, sie weiß, wo das enden wird.

Murmelt etwas, will aufstehen.

Und sieht Hannes da draußen, umringt von Leuten, die ihm zuhören. Wie oft hatte sie ihn in den ersten Jahren begleitet, als er neben dem Medizinstudium Stadtführungen anbot.

Jüdisches Leben in München, Räterepublik, Arcisstraße und Königsplatz – Von der Bücherverbrennung zur Musikhochschule, Grete Weil, Oskar Maria Graf…

Jedes seiner Worte wurde verstanden, auch wenn man am Rand der Gruppe stand, selbst das Rumpeln des Verkehrs hatte sie abgefedert, seine gutturale Stimme, die alle mitnahm, in seinen Bann zog. Sie sieht den rötlichbraunen Haarschopf hüpfen, feinstachlig, ihre Handflächen brennen. Hannes' gelassene Kompetenz, wenn er bei jeder noch so blöden Frage lächelte.

Das war er! Das war er doch! Nicht dein Phantom, Ma.

„Alles in Ordnung?“, fragt Jon.

Und wer hat ihm all das nahegebracht? Der Heilige Geist? Oder wer?

Salome sieht sich als Mädchen lesend in der elterlichen Wohnung und spürt die Verlegenheit, wenn Kinder sie besuchten und fragten, warum sie in einer Bibliothek wohne, sie sieht sich als Erwachsene Unmengen von Kisten auspacken, Kisten voller Bücher, die sie von ihrer Mutter bekommen hatte, nachdem diese in eine kleine Wohnung gezogen war.

Ach, Ma…

Die Wände ringsherum kommen näher. Und von oben die Decke, das ist am schlimmsten. Salome schließt die Augen, was aber, sie weiß es, gar nichts helfen wird. Beim Versuch, sich endlich von diesem Stuhl hochzustemmen, treibt aus ihrem Magen, der ein Krater geworden ist, etwas wie Lava, schießt nach allen Seiten, glühendes Geprassel bis unter die Schädeldecke, ins Gesicht, die Fingerkuppen, Fußspitzen, hinein in jede schockheiße Zelle.

Hannes ist nach Berlin gezogen.

„Zahlen, bitte."

Zu ihr.

Do – reen.

Jon legt Geld auf den Tisch. Fällt sie in Ohnmacht?

Er stützt sie. Jetzt ist ihr Gesicht eindeutig zu rot, sie atmet schwer, wirkt wie unter Drogen.

Die Leute am Nebentisch –

Salome reißt sich los mit einer Kraft, die sie sich selbst nicht zugetraut hätte, eilt zur Tür, jemand kommt soeben herein, sie ist draußen.

Nur weg hier, wegwegweg. Nach den ersten Schritten beschleunigt sie, fällt nicht um, kann sich aufrecht halten. Weiter, nicht stehen bleiben, gehen, laufen, wenn sie stehen bleibt, gibt es keine Garantie. Die Augustenstraße überqueren, die Abgasluft wegatmen, diese ganze verpestete Luft. Sie wird nicht versteinern, diesmal nicht. Nichts mehr bewegen können, eine Statue sein, festgeschraubt am Asphalt –

Und dann die Blicke und Fragen, *kann man Ihnen helfen*, das inwendige Gebrüll NEINMIRISTNICHT-ZUHELFEN, nicht nach hinten sehen, bewegen, bewegen, solange es geht, auch wenn sie jetzt keucht, weiterweiterweiter –

Plötzlich ist er neben ihr, muss schnell gelaufen sein.

In der Hand den Mantel ihrer Mutter.

Jons Atem ist normal, ein durchtrainierter Mensch, während sie alles Mögliche ausstößt, aus jeder Pore, Panik und Scham.

*

Später wird sie sich nur erinnern, wie er „Alles klar, ich bringe dich nach Hause" sagte und den Arm hob, als er an der Kreuzung ein Taxi sah.

Ihr beim Einsteigen half, sich nach hinten zu ihr setzte und zum Fahrer meinte, er solle losfahren, gleich wisse er die Adresse.

„Nimrodstraße 3", hüstelte Salome.

Und wie sie es folgerichtig und grotesk zugleich fand, dass sie jener, zu dessen Frau ihr Mann gezogen war, nach Hause brachte.

Dorthin, wo sie lächerlicherweise gedacht hatte, gemeinsam alt zu werden, in „heiterer Würde", wie sie es immer bezeichnet hatten, sie und Hannes, der „Ihrige", wie man in der Gegend sagen würde, aus der er kam.

*

„Wer…“, fragt Jon, als sie sich gegenübersitzen und die Tablette, die Salome geschluckt hat, wirkt, „…ist Herr Nimrod?“

Sie lacht: „Ja, der Herr Nimrod. Erstes Sinnbild für Überheblichkeit. Laut Bibel. Gründer von Babylon und Ninive, Erbauer des Turms von Babel. Und angeblich der Mann von Semiramis.“

„Oh“, sagt Jon, streicht sich über den Schädel und grinst, „ehrlich gestanden…“

„Das ist die mit dem Weltwunder, den hängenden Gärten… und vermutlich hat sie ihn getötet.“

Jon schmunzelt: „Interessante Straße…“

Ja, denkt Salome. Das fand Hannes auch, als sie hierherzogen. Und dass einige Leute in der Stadtverwaltung offenbar über einen subtilen Humor verfügten, als sie eine Straße mit fünf Häusern, die etwa dreißig Meter lang und fünf Meter breit ist, nach jemandem benannten, der als „der Erste“ gilt, „der Macht gewann auf Erden“.

Ein Jäger, Eroberer, Schätzchen, ein Tyrann.

Sie sitzen am Küchentisch. Das Wohnzimmer mit seiner Sitzlandschaft war Salome beim Eintreten zu intim erschienen und die anderen Zimmer zu unaufgeräumt, sodass sie Jon sofort ins Unverfänglichste gelotst hatte.

Er hatte sich kurz umgesehen, Röntgenblicke, als brauche er nur den Flur und einen Raum, um sich zu orientieren.

„Darf ich…?“, fragt er nun und steht auf, sie deutet nach draußen.

Geh endlich weg, Ma.

Als er von der Toilette wiederkommt, schließt Salome soeben die Kühlschranktür, hat den Wein herausgenommen.

Er betrachtet das Foto mit den beiden Jungs, „Unsere Neffen", sagt Salome, „naja, Hannes' Neffen zweiten Grades… wir haben…", sie dreht sich um, „… *ich* habe sie… lange nicht mehr gesehen", Jons Blick schweift über die Magnete, während sie mit dem Rücken zu ihm die Flasche bearbeitet. Nur das Quietschen des Korkens ist zu hören, denn es gibt nichts zu sagen angesichts dieser auf Bahnhöfen, Flughäfen, Kiosken, Flohmärkten weltweit gekauften buntschreienden Mitbringsel von vergangenen, sicher glücklichen Reisen.

Plopp. Salome wendet sich um, mit Flasche und Korkenzieher in der Hand. Es war Hannes gewesen, der ihr die Nimrodstraße erklärt hatte.

Nicht du, Ma.

Es gab wenig, was er nicht wusste.

Pah. Dir konnte er das Wasser nicht reichen.

Hör auf, Ma.

„Er will", Salome holt tief Luft und nimmt zwei Gläser aus dem Schrank, „dass wir… wir die Wohnung verkaufen".

Sie schenkt ein, sieht ihren Gast nicht an, als sie ihm das Glas reicht.

Sehr still ist die Küche, nichts rührt sich.

„Sie… sie gehört uns beiden…", fügt sie hinzu, „Prost".

„Salute", Jon löst sich aus seiner Starre, hebt das Glas, betrachtet dessen lichtes Inneres.

Dieses Problem hat er nicht, denkt Salome, schön für ihn.

Sie deutet zum Tisch, Jon nickt, sie setzen sich.

Ich habe es immer gewusst, immer. Unglück wird er dir bringen, Un – glück.

„Wirst du hoffentlich gut beraten?“ Nun sucht Jon ihren Blick.

„Ja …“, sie zögert, „nun …“

Weiß er das schon? Sie beißt sich auf die Lippen.

Er sieht sie fragend an, und sie sagt, als wolle sie es so schnell wie möglich hinter sich bringen:

„Hanneswillsichscheidenlassen.“

Jon betrachtet sie regungslos.

„Er sagte es nicht, aber … aber als ich ihn beim letzten Mal fragte …“

Salome fixiert die Tischkante, streicht mit einer Handfläche darüber.

„Was denn?“ Jon beugt sich vor, mit verschränkten Armen.

„Okay. Als ich ihn fragte, ob das bedeute, dass er wieder heiraten wolle – und ich Idiotin war sicher, dass er Nein sagen würde – antwortete er nicht.“

Sie fächelt sich Luft zu, gegen die plötzlich aufsteigende Hitze, die, sie weiß es, ihren Hals, ihre Wangen rötet.

Jon wartet. Er ist es gewöhnt zu warten.

Salome schließt die Augen, gibt sich einen Ruck, öffnet sie:

„Hannes bekam nur einen glasigen Blick. Und als er erkannte, was das bei mir bewirkte, schüttelte er den Kopf, er sah weg, und ich … ach, es war so demütigend, ich verachtete ihn so, nie hätte ich gedacht, dass ich ihn so verachten könnte, ein schreckliches Gefühl, ich wollte dieses Gefühl in mir ersticken … es war alles so … so erbärmlich …“

Sie ist nahe dran zu weinen, schluckt. Genug geweint, es ist genug.

Nicht nur Jons Gesicht, sein gesamter Schädel: Versteinerung, Gipsabdruck, Totenmaske –

„Tut mir leid", flüstert Salome.

Hab ich's nicht gesagt, Schätzchen?

Immer noch treten seine Kieferknochen scharf hervor. Aber nun kommt Bewegung in ihn, er setzt das Glas an den Mund, trinkt einen kleinen Schluck, stellt es am Tisch ab. Sagt sarkastisch:

„Das Leben ist immer wieder voller Überraschungen, nicht wahr?"

Sie blickt aus dem Fenster, über die schmale Nimrodstraße hinweg auf das gegenüberliegende dunkle Gebäude, die Kindertagesstätte.

Eine flüchtige Erinnerung steigt auf: Hannes' Rücken am Fenster, sichtbar durch die halb angelehnte Tür, wenn vom Haus drüben Lachen, Weinen, Geschrei und Mahnworte oder Kurzbefehle herüberschwappten.

„Ja", murmelt Salome, „Überraschungen..."

Einige Male hatte sie ihn auch nachts vor diesem Fenster gesehen, als alles still gewesen war und lichtlos, sie war dann ins Schlafzimmer zurückgeschlichen und irgendwann doch eingeschlafen.

Ihr Blick kehrt zu Jon zurück, taucht in seinen, der sie mit einer merkwürdig kühlen Wachheit durchdringt. Als könnte er etwas sehen, was tief in ihr verborgen ist, er dreht den Kopf, sie starrt auf ihre Hände, verwirrt, ohne Atem.

Wie ist das möglich! Sie fühlt sich aufgerissen, so, als habe sein bohrender Blick die Tür zu einem geheimen Raum aufgestoßen, der nur ihr und Hannes gehört, ein Raum, in dem eine Verkündigung hockt, eine Entscheidung, eine Übereinkunft. Etwas für immer.

Ewig und immer... ha!

„Ziemlich stickig hier, nicht wahr", lächelt Salome, wartet keine Reaktion ab, sondern geht zum Fenster und kippt es.

Doch die kühle Luft kann nicht verhindern, dass sie nun auch daran denken muss:

An den Traum, den sie seit Jahren träumt.

In dem es ein Kind gibt zwischen Hannes und ihr.

Im Traum sieht sie weder das Kind noch ihn, aber sie weiß, dass sie zu dritt durch eine etwas neblige Landschaft gehen und fühlt, wie sich eine weiche kleine Hand in ihre schiebt. Und träumend weiß sie, dass Hannes auf der anderen Seite soeben dasselbe erlebt. Ein Dahingleiten in einer eigenen Zeitrechnung, ein schwereloses Existieren in einem Universum, das osmotisch mit der übrigen Welt verbunden ist, aber Regeln folgt, die nur sie kennen, Mutter, Vater, Kind.

Im nächsten Moment Bodenlosigkeit, Fallen, panisches Umsichschlagen.

Wenn Hannes da war, fand sie sich in seinen Armen, Stirn an Stirn, sie schwitzend, mit nassen Wangen, er „Istschongut, war nur der Traum, alles gut" murmelnd.

Salome setzt sich wieder.

Jaulen und Fauchen sind von draußen zu hören.

Hatte er nicht auch einmal gemurmelt, entnervt: „Was … wieder dein Traum? Lass mich schlafen …", und sich umgedreht?

„Die Nachbarskatzen", sagt sie und hätte nichts dagegen, das Thema auf sie zu lenken, tierische Kampfstile zu besprechen.

Jon aber nickt nur und streicht mit dem Zeigefinger am Glas, in dem noch ein Rest Weißwein schimmert, hinauf und hinunter.

„Wie hast du den Anschlag erlebt?"

Salome hört zu atmen auf.

„Äh …", sagt Jon, „… entschuldige".

Sie steht erneut auf, geht auf den knarzenden Dielen zum Kühlschrank.

Weiß er denn nicht, dass er damit ins Zentrum trifft?

Mit einem Ruck öffnet sie die Tür, ihr Gesicht leuchtet auf, sie nimmt eine Wasserflasche heraus.

Dass seit jenem Anschlag, Amoklauf, Hassverbrechen –

Natürlich weiß er es.

Weiß von jenem Freitag, diesem warmen bewölkten Julifreitag im vorigen Jahr, an dem kein heiliger Abend stattfinden konnte, kein gemeinsames Kochen und Essen, kein Kerzenlicht, weil Hannes schon mittags nach Berlin zu einem seiner Humangenetik-Kongresse geflogen war und sie tagsüber Termine gehabt und dann in die Klinik gemusst hatte, zum Bereitschaftsdienst.

Während sie sich schließlich für die Anästhesie entschieden hatte, war er mit seinen vielfältigen Interessen und nach längerem Hin und Her Genetiker geworden.

Ein Präventivmediziner, der Genprofile erstellt. Der Menschen erläutert, welche Enzyme sich bei ihnen an- oder abschalten, welche Medikamente für sie richtig oder falsch sind, welche Risikoallele sie tragen, – „die Leute rennen mir die Bude ein", lachte Hannes manchmal abends beim Zubereiten des Essens, „Schlomo, du glaubst es nicht".

Schlomo.

Nie wieder würde sie jemand Schlomo nennen.

*

Ein Zettel mit einem gemalten schwarzen Herz vor der himmelblauen Tasse hatte sie am Küchentisch erwartet, als sie im Morgengrauen damals von der Klinik nach Hause gekommen war. Sie hatte das Papier an sich gedrückt und die Tasse abgewaschen und Wasser aus ihr getrunken. Sie war so durstig gewesen, dass sie die Tasse mehrmals nachgefüllt hatte.

Danach war sie ins Bett gefallen und sofort eingeschlafen.

Die ganze Nacht davor hatte sie ruhig und seltsam gefasst verbracht, trotz des unaufhörlichen Sirenengeheuls und Hubschrauberlärms in der gesamten Stadt, der Bilder, Videos und Meldungen.

Tote, Verletzte vor und in einem Einkaufszentrum, unweit der Klinik.

Salome mochte es, dort einzukaufen. Sie kannte jeden Meter Asphalt zwischen dem Restaurant, wo die ersten, offenbar Jugendliche, erschossen worden waren, und den weiteren Gebäuden.

„Was... dort? Dort gehst du hin? Ich weiß nicht... Mir gefällt der Publikumsverkehr da nicht."

Salome hatte die Stimme einer ihrer Kolleginnen im Ohr, einer Oberärztin.

Was meinte die? Bei den nächsten Einkäufen hatte sie begonnen, die Leute zu beobachten. Ja, es gab offensichtlich viele, deren Eltern oder Großeltern aus anderen Ländern gekommen waren.

Salome hatte sich darüber nie Gedanken gemacht. Das Herablassende der Kollegin aber war wie Gift in sie hineingeträufelt, hatte ihre Wahrnehmung verändert. Sie wünschte sich ihren früheren Blick zurück, der Menschen im Fokus gehabt hatte.

Nichts als Menschen.

Der Klinikchef hatte die Belegschaft zusammengerufen und die unübersichtliche Lage dargelegt. Man sei in ständigem Kontakt mit verantwortlichen Stellen. Oberste Maxime: Ruhe bewahren.

Überall bleiche Gesichter, blinkende Displays in den Fluren und Schwesternzimmern, den Besprechungsräumen und der Cafeteria, die plötzlich zum Treffpunkt wurde, weil die beiden Angestellten wie alle anderen nicht nach Hause konnten.

Als die Nachricht von mehreren flüchtigen Attentätern kam, wurden alle Eingänge der Klinik verriegelt.

Blickte man aus den Fenstern des Krankenhauses, sah man leere Straßen. Kein öffentliches Verkehrsmittel war mehr in Betrieb. Keine Tram, kein Bus, und, so die Meldungen, auch keine S- und U-Bahn mehr.

Kein Taxi durfte jemanden mitnehmen.

Dann die nächste Nachricht: Schüsse an mehreren Stellen im Zentrum der Stadt. Weit weg vom ersten Ort des Verbrechens.

Salome hatte den Mundschutz hinter den Ohren befestigt und den Raum betreten, in dem sich ein alter Mann soeben in der Aufwachphase befand. Ein Routine-Notfall, Herzinfarkt. Das OP-Team war auseinandergegangen, Salome und Slava, die Anästhesieschwester, waren für die Nachsorge zuständig. Das Monitoring hatte keine Auffälligkeiten ergeben, die Schutzreflexe des Patienten würden wohl zufriedenstellend ausfallen.

Am Rande hatte sie mitbekommen, wie die Schwestern und Pfleger die Leute in den Betten zu beruhigen versuchten.

„Hier sind Sie sicher."

Die eilig vorbereiteten OP-Säle und zusätzlichen Krankenzimmer aber waren leer geblieben. Nur eine

Frau, in der allgemeinen Panik aus dem Fenster eines Lokals im Zentrum der Stadt gesprungen, wurde am späteren Abend mit einem Armbruch eingeliefert.

„Nun also auch wir."

Slava hatte dies ohne aufzusehen beim Präparieren des Katheters festgestellt, kurz bevor der nächste ungeplante Kaiserschnitt in den OP geschoben wurde.

„Wo ist mein Mann?", stieß die Schwangere nach einer Wehe hervor und krallte ihre Fingernägel in Salomes Unterarm, „Ich erreich' meinen Mann nicht", und Salome befreite sich sanft und antwortete, „Ganz ruhig, schön atmen, beruhigen Sie sich –"

Die dünne Nadel in die Lendenwirbelsäule der Frau zu stechen, um ihr Hirnwasser zu erreichen, war ein schwierigeres Unterfangen als sonst, der Rücken zuckte unaufhörlich vom Schluchzen der Frau. Erst als die Hebamme ihr versprach, den Mann ausfindig zu machen, ließ sie sich in die Seitenposition bringen und Salome konnte die Spinalanästhesie durchführen.

Das Baby kam ohne den Vater zur Welt. Die Mutter sah das Kind mit aufgerissenen Augen an, als man es ihr zeigte, und Salome gab ihr schließlich ein mildes Beruhigungsmittel.

Sie konnte sich später nicht mehr erinnern, ob sie Slava richtig verstanden und diese nicht gesagt hatte:

„Nun also auch hier."

Es war die Nacht der knappen Sätze gewesen, der mechanischen Bewegungsabläufe, des Schlafwandelns in einer Hyperrealität.

Und bei jedem Handgriff, den sie ausgeführt hatte, bei jeder neuen Information, die zu ihr und den anderen gedrungen war, hatte sie die Gewissheit gestärkt:

Hannes ist sicher.

Er war in Berlin, er würde nach dem Kongress zurückkehren, sie würde ihn vom Flughafen abholen und später in seinen Armen aufwachen und die Szenen mit ihm durchgehen, in denen sie Menschen aus Fenstern fallen oder Straßen entlangrennen gesehen hatte, und die Berichte mit ihm gemeinsam verfolgen von geisterhaft leeren Bahnstationen, Straßen und Plätzen, Schilderungen von fliegenden Stühlen in Lokalen und Brauhäusern, von zerbrochenen Tellern und Gläsern und Leuten, die über Weichteile, die stöhnten, getrampelt waren, irgendeinem Ausgang zu.

Er wäre wieder bei ihr, überarbeitet und unendlich froh.

Sie würden hören, dass der jugendliche Attentäter sich seine Opfer gezielt ausgesucht hatte. Vorwiegend junge Menschen, die nichtdeutsch aussahen.

Die aussahen wie er.

Hannes würde den Kopf schütteln und hervorstoßen:

„Was für ein Wahn. Was für ein abartiger Wahn. Es gibt keine Rassen. Das sind Konstrukte! Das muss endlich in die Schulen! Es gibt genetisch keine Rassen!“

Sie würden sich umarmen, fest. Und Salome würde ihm von einem Augenzeugenbericht erzählen, der sich nicht mehr löschen ließ in ihrem Gehirn, in leisen, stockenden Worten, die wirkten, als wäre sie dabei gewesen in diesen Minuten, in denen ein sterbender Junge am Gehweg vor dem Einkaufszentrum liegt und ein Mann, der in der Panik, im Schreien rundherum zu ihm kriecht, über den Asphalt, im Schutz der Hecken – und ganz nah, Aug in Aug, fragt der Junge den Unbekannten: „Warum? Warum muss ich sterben?“, und der Mann flüstert mit all der Liebe, die er zur Verfügung hat:

„Dubistnichtallein. Ichbinbeidir. Dubistnichtallein…“

*

„Ich gehe manchmal dorthin", sagt Salome, „und stelle mich in das Denkmal. Kennst du es?"

„Nein."

„Ein Gingkobaum wird von einer Art offenem Ring umschlossen. Im Inneren des Ringes sind die Porträts der … der … Getöteten angebracht. Schwarz-Weiß-Bilder. In einer milchigen Auflösung."

Sie stockt.

„Wären es normal scharfe Bilder, könnte man meinen, sie lebten noch. Aber so … das Milchige, Graue zeigt das Unwiederbringliche … den unumstößlichen Verlust …"

Salome wendet sich ab.

Jon starrt auf sein Glas.

Draußen ist plötzlich wüstes Kreischen und Fauchen zu hören, Kampfgetümmel.

„Jetzt reicht's aber", Salome steht auf und schließt das Fenster.

„Du magst das Wort Opfer nicht, richtig?", sagt er in ihren Rücken hinein.

„Richtig."

Sie dreht sich um und kommt zurück zum Tisch, setzt sich, schlägt die ockerfarbenen Hosenbeine übereinander.

„Und", fragt sie ein klein wenig angriffslustig, „wie hast du diese Nacht erlebt?"

Jon holt tief Luft.

Doreen hatte ihn noch angerufen nachmittags, sie müsse abends zu diesem Kongress, sie habe eigentlich keine Lust, könne man nichts machen, gehöre zum Job, mach dir 'nen schönen Abend, man sieht sich.

Er sah sie dann etliche Tage nicht, was nicht ungewöhnlich war, sie telefonierten und sprachen über den

Anschlag und wie schrecklich –, kurze nichtssagende Nachrichten mit vielen Bildchen dazu folgten, bin müde, du verstehst schon.

Er musste beruflich weg für eine Woche, und als er wiederkam und endlich ihre Stimme hörte, sagte sie, sie brauche eine Auszeit.

„Ehrlicher“, sagt Salome kühl, „als er war sie in jedem Fall“.

In jener Nacht, in der sie ihn in Sicherheit in einem Berliner Hotel geglaubt hatte, war Hannes schon bei ihr, Doreen, in ihrer Wohnung gewesen. Er habe sein Handy nicht gefunden, als er schlafen gegangen sei, hatte er Salome tags darauf angelogen.

Ihre Versuche damals, ihn von der Klinik aus zu erreichen, waren erfolglos geblieben, sie hatte mehrmals *MachdirkeineSorgen esgehtmirgut* getippt und eine Sonne geschickt. Natürlich schlief er, hatte sie sich gesagt, möglich, dass die Handys alle ausgeschaltet gewesen waren abends, beim Kongress, Empfang, wasauchimmer, dass niemand von den Vorgängen im Süden des Landes informiert worden war, aber eigentlich, und das war ein Unruheherd in einem entfernten Winkel ihres Denkens gewesen, konnte das nicht sein, es war doch auf allen Kanälen, der Ausnahmezustand einer Millionenstadt, in der Menschen Unbekannten, die panisch umherirrten, egal ob Einheimischen oder Leuten aus anderen Ländern, ihre Haustüren öffneten, *Kommt rein, schnell, hier seid ihr sicher,* alles verriegelten, während viele auf den Bahnhöfen außerhalb der Stadt festsaßen, andere stundenlang in Garagen hockten, Büros, Supermärkten, in Kühlhäusern, Kellern, sich zusammenkauerten in den Geschäftspassagen in der Innenstadt.

Hannes war zurückgekommen am nächsten Tag, sie hatte sofort seinen rotbraunen Schopf zwischen den Leuten, die durch die Sperre am Flughafen gingen, erkannt, seinen besorgten, flattrigen Blick, war in seine Arme gestürzt, „Naaa", hatte er, an sie gedrückt, gesagt und sich geräuspert.

Und wie sie es sich gewünscht, wie sie es erwartet hatte, war er mit ihr die Ereignisse durchgegangen, hatte alles mit ihr angesehen, diskutiert, aufgearbeitet, sie getröstet und bekocht. Sie hatten Freunde und Freundinnen eingeladen in den Wochen danach, zum Essen und Trinken und Reden über jene Nacht, sie waren beschäftigt gewesen, viel Arbeit und Aufregung, „gut", hatte er auf ihre Frage nach dem Kongress in Berlin gemeint, „das Übliche, du weißt ja".

Und dann waren noch einige Anekdoten hinzugekommen von Leuten, die Salome auch kannte und mochte oder weniger mochte und von Erkenntnissen, die Neues versprachen, wie immer.

„Nichts", sagt Salome bitter, „nichts war ihm anzumerken…"

„Ja, das ist bei vielen Tätern … äh …", Jon verstummt.

Sie lehnt sich zurück, verknotet unterm Tisch ihre Finger, lächelt dünn.

Was soll das hier? Sinnlos und vergeblich. Alles sinnlos und vergeblich.

Was will sie von diesem Fremden? Wie kann sie sich nur so hinreißen lassen und so vieles offenbaren?

Es war falsch, mit ihm hierher, nach Hause, zu kommen. Falsch, auch wenn die Pharmaindustrie ihr wieder einmal ermöglicht, es auszuhalten, dass jemand keine Ahnung hat, was sie fühlt.

So war's immer, Schätzchen.

Jaja.

Warum hatte sie nicht bemerkt, dass sie in einem Gespinst von Verrat lebte?

Jon lächelt sie an, ein wenig unsicher, Salome presst die Lippen aufeinander, schluckt, will den Ekel nicht hochkommen lassen, dieses Gebräu – diese Selbstbeschädigung, Ohnmacht, sie will ihr altes Leben zurückhaben, verdammtnochmal, das Leben, in dem alles sicher schien im Rhythmus von Arbeiten und Leben und Planen für die Zukunft, von Sabbat zu Sabbat. „Halthalthalt", hört sie ihren Therapeuten (bildet sie sich das ein oder hat er das tatsächlich gesagt?), „steigen Sie mal aus Ihrer Opferrolle aus".

„Was macht er – er – als Genetiker eigentlich genau?", fragt Jon nun.

Offenbar ist auch ihm unbehaglich, den Namen auszusprechen. Hannes.

Das stimmt sie versöhnlich, obwohl sie wenig Bedürfnis hat, sein Berufsbild zu erklären –

Jon lächelt: „Man kann ja schon so viel erkennen. Würdest du alles wissen wollen?"

„Du meinst sicher", sagt Salome, „die Frage, ob man Gene trägt wie … Brustkrebs beispielsweise oder Alzheimer …"

„Naja, zum Beispiel …"

Wie oft war es in den letzten Jahren genau darum gegangen, hier an diesem Tisch. Sobald einige Leute, nahe oder auch nicht so nahe, in dieser Küche Platz genommen hatten, war es immer nur eine Frage der Zeit gewesen, wann irgendjemand zwischen Suppe und Dessert seinen Blick auf Hannes gerichtet und nach den neuesten Erkenntnissen gefragt hatte.

Und wie oft war die Tischgesellschaft einig in ihrer Gespaltenheit auseinandergegangen, manchmal sogar wütend, sodass Salome schon begonnen hatte, Ablenkungsstrategien zu entwickeln, jedes Mal munter neue Themen in die Runde geworfen hatte, von denen sie ähnliche Brisanz voraussetzte, aber mit weniger Erregungspotenzial. Ihr Erfolg allerdings war mäßig geblieben.

Der Blick in die eigene genetische Struktur war so verlockend wie unheimlich und wurde immer wieder zwischen den Polen – „Also, ich möchte nicht wissen, ob ich Alzheimer bekomme" und „Aber wenn man einer heilbaren Krankheit vorbeugen kann" – verhandelt.

Hannes war in der Regel wortkarg geblieben in diesen Diskussionen, Salome wusste, dass er jeglichen Anschein von Eigeninteresse vermeiden wollte.

Offenbar konnte er vieles gut verbergen.

„Noch ist das alles ja sehr teuer", sagt Salome, „eher was für Betuchte", und erwartet, dass Jon sie nach ihrer Genanalyse fragt.

Aber er fragt nicht. Sie könnte ihm auch nichts sagen, weil es keine Analyse ihrer Gene gibt.

„Ich nehme mir einfach das Recht auf Nicht-Wissen", hatte sie Hannes entgegengelächelt, und er: „Verstehe ich!", erwidert, „Verstehe!", und dann hatten sie nicht mehr davon gesprochen.

Salome steht auf, „entschuldige bitte", und geht aus der Küche hinaus in den Flur, hinüber zum Bad. Im Spiegel sieht sie verschmierte Augenlider, sie wischt herum und zieht neue Linien.

Beim Zurückgehen streift sie im Flur versehentlich den Kamelhaarmantel, sie biegt um die Ecke und da sitzt sie, die Mutter, ein aufrechtes, zierliches Kraftpaket, schwarze Augen und Haare, zurückgebunden zu einem beachtlichen Knoten, glänzender Goldschmuck an Ohren und Hals, eine orientalische Königin mit kleinen faltigen Händen und rotem Nagellack, um deren Gelenke bei jeder Bewegung Goldreifen aneinanderklirren, Hannes ihr gegenüber, dazwischen Bekannte aus einem früheren Leben, ein fortgeschrittener fröhlicher Abend, und Hannes hat rotgeäderte Augen, wird entgegen seiner sonstigen Zurückhaltung gesprächig, als jemand zu fragen beginnt, lässt sich zu den Vorzügen einer Genanalyse hinreißen – dass sie unter anderem aufzeige, welche Medikamente man vertrage, welche nicht, was bei bestimmten Operationen lebensentscheidend sein könnte – und dass man auch Erfreuliches erfahren könne.

„Das wäre?“, Mutter fragt mit spitzen Lippen.

„Na, zum Beispiel, sogenannte Langlebigkeitsgene …“

Das war natürlich dumm von ihm.

Ja, Ma.

Langlebigkeitsgene, pah. Haben die etwa irgendeinem von uns in Dachau geholfen? In Ravensbrück? Mauthausen?

Salome betritt die Küche, setzt sich, legt ihre Fingerspitzen an beide Schläfen.

„Es ist spät,“ räuspert sich Jon, „ich werde mich mal auf den Weg machen“.

„Wohin?“, fragt sie mit sinkenden Händen.

Er nennt ihr ein Hotel in der Nähe des Bahnhofs, sie kennt es nicht.

Eine Woche nach dem Oktoberfest war es kein Problem gewesen ein Zimmer zu bekommen. Und in der Stille, die nun folgt, hören sie beide das Knurren, das direkt und unmissverständlich aus der Mitte seines Körpers kommt.

*

Nach Mitternacht fragt sie, ob er bleiben möchte.

Sie sieht Jon dabei gelassen an, so, als sei sie geübt darin, einem Mann am ersten Tag des Kennenlernens diese Frage zu stellen.

Er blickt ebenso zurück. Zwei Flaschen stehen zwischen ihnen am Tisch, Gläser, zwei Teller mit Pizzaresten.

Jon senkt den Kopf, streicht mit einer flachen, kräftigen Hand über seinen Kopf, Nacken.

Als er ihr zwei Stunden zuvor eingestand hungrig zu sein, berührte er sich ebenso. Einen Moment ertappte Salome sich bei der Frage, wie sich diese Haut, die Schädelknochen darunter anfühlen würden. Da kam sein Gesicht wieder zurück, verschmitzt.

Noch was müsse er beichten.

„Noch was?"

Salome leerte ihr Glas in einem Zug.

Mit Radikalen könne er. Er könne Wohnungen renovieren, am Auto herumbasteln, Räder reparieren, solche Sachen. Aber kochen könne er nur Würstchen. Und Tiefkühl-Pizza.

Salome lachte laut auf.

Eigenartig leicht fühlte sich alles an, wunderbar leicht und wohlig – Ach, herrlicher Wein! Danke, Pharmaindustrie mit deinen Serotonin-Wiederaufnahmehemmern und Tranquilizern! Danke, Therapeut auf Urlaub! Erhol dich von mir! Was für ein lange nicht mehr erlebter Zustand, sie erhaschte im Spiegel gegenüber der Küche ihr Gesicht mit den rosigen Wangen und blitzenden Augen – war das tatsächlich sie?

Und dann stöberte sie im Kühlschrank und belegte einen Pizzateig mit Tomaten und Thunfisch und Käse, schob ihn in den vorgeheizten Ofen, und Jon versuchte, sich alles gut zu merken.

„Ja", sagt er nun.

Salome bemüht sich, ihr Lächeln zurückzudrängen, steht etwas unsicher auf, „Hoppla!", gummipuppenartig bewegt sie sich vorwärts und muss lachen darüber, sie knipst das Licht im Wohnzimmer an, holt schwankend Decke, Kissen und Bettwäsche.

„Warte", er hilft ihr, beide kichern, das Sofa rumpelt, quietscht in den Scharnieren, als es ausgezogen wird.

Sie kichern noch mehr beim Bespannen der Liegefläche mit dem Laken, das störrisch von den Ecken wegspringt, „nanu", prustet Salome, „wieso ist das auf einmal zu klein?"

„Achlassmalgehtschon", flachst Jon zurück, jetzt reißt das Laken fast, als er es langzieht, aber es ist für sie keine Frage, es ist „zu heiß gewaschen, gibt's doch nicht", sie knautscht es zusammen, marschiert ins Schlafzimmer, wühlt im Schrank herum, sie kann ihm doch nicht den Platz neben sich im ehemaligen Ehebett anbieten, ach, da, da findet sie noch ganz hinten ein Geeignetes, Größeres, ist erleichtert – und zu ihrem Entsetzen irgendwie auch wieder nicht.

*

Mitten in der Nacht erträgt sie die Schlaflosigkeit nicht mehr. Sie hüpft aus dem Bett, als wäre es morgens, tänzelt auf Zehenspitzen aus ihrem Zimmer über die Dielen, öffnet unhörbar die Wohnzimmertür, er schnarcht.

Salome versteht sich selbst nicht, wird von etwas, das ihr den Verstand genommen hat, getrieben, lautlos bleibt sie vor der Bettkante stehen, verharrt Sekunden oder Minuten, setzt sich dann behutsam, schiebt sich so leicht wie möglich ins Bett, er schläft, tatsächlich, er schläft und schnarcht, sie beobachtet das scharfe Profil, den Arm, der aus dem T-Shirt ragt und locker seinen Kopf umrahmt, und sie sehnt diese vollkommene Entspannung herbei, die er verströmt, die Bewusstlosigkeit, von keinem Traum gestört, nichts vom Körper neben sich wissend, welcher am Rand der Bettfläche steif verharrt, um nicht an ihn zu stoßen.

Salome versagt sich den Wunsch, ihn zu berühren, obwohl ihre Handflächen schon die seidige Haut fühlen, das Harte, Feine, es ist ein innerer Kampf, die Arme an sich selbst gedrückt zu halten, die Hände ans eigene Fleisch zu pressen, sie liegt und lauscht seinen Lauten, die fremd sind, auch sein Geruch ist fremd, was macht sie hier, weg hier – sie bleibt liegen.

Will nicht zurück in ihr Bett, das nicht leer ist.

Seit Hannes in jener Nacht, in der sie „Klemmi“ zu ihm gesagt und gelacht hatte, aus dem Bett aufgesprungen war und in gepresstem Ton verkündet hatte, dass er ihr etwas sagen müsse, und sie nichts gesagt und zugehört und schließlich zu schreien begonnen und ihm Stunden später fassungslos zugesehen hatte, wie er seinen Koffer genommen und mit einem ihr unbekannten stockgeraden Rücken die Tür hinter sich geschlossen hatte, seit damals liegt die Mutter neben ihr.

Sie sehen einander an, aus dunklen Augen, beide seitlich hingestreckt, mit den Köpfen auf den Armen. Salome spürt unter ihrem Körper den Asphalt, den rauen Boden, sieht einen Zigarettenstummel zwischen ihnen, hat den durchdringend scharfen Geruch von Urin und Blut in der Nase, wie durch Watte dringen Schreie an ihr Ohr, Schüsse.

„Schätzchen", sagt die Mutter, und Salome möchte ihr deuten, dass sie nicht so laut und frech sein solle, aber sie kann weder sprechen noch sich bewegen, „Schätzchen, wir haben keine Wahl, töte ihn".

Und Salome weiß, dass die Mutter gleich sterben wird, sie könnte sie retten, sie ist Ärztin, sie könnte es, aber sie klebt am Asphalt und hat keine Sprache mehr. Und im Traum weiß Salome nicht, wen sie töten soll, wem dieser letzte Wunsch ihrer Mutter gilt, sie möchte schreien, natürlich kommt kein Laut aus ihr, aber sie braucht diese Information doch, wie soll sie diesen Auftrag ausführen, wenn sie den Namen nicht weiß – wen nur, um Himmels willen, soll sie töten??

Jon dreht sich seufzend auf die andere Seite, ist nun still, sie hält den Atem an, sieht im Zwielicht seinen Hals, die bleiche Schulter, den Rücken, der nun freiliegt, jetzt kann sie –, sie schafft es, sich aus ihrer starren Position zu lösen, vorsichtig, ganz vorsichtig gleitet sie aus dem Bett heraus, balanciert auf dem Parkett um die knarzenden Stellen herum, schleicht aus dem Raum.

In der Küche drückt sie den Lichtschalter.

Ihr Blick wandert über das schmutzige Geschirr im Abwaschbecken, die hellblaue Tasse darunter, das Foto mit den Jungs, die bunten Magnete auf dem summenden Kühlschrank. Auf der Anrichte liegt die silbrige Alufolie mit dem eingedrückten Blister und den verbliebenen Tabletten.

Sie geht zur alten Kredenz, dem Erbstück, das in einem Dachboden versteckt überlebt hat, öffnet den Unterschrank und betrachtet die Menora, die in ihrer Verbannung glänzt.

An die Schachtel neben der Menora hat sie lange nicht mehr gedacht. Sie hebt den Deckel auf, da sind sie, in Seidenpapier eingewickelt ruhen die schwarzen Schuhe. Salome befreit sie von der knisternden Hülle, schließt die Tür, richtet sich auf. Wischt die nackten Fußsohlen an den Waden ab und steigt in die genagelten Riemchen-Schuhe mit dem geschwungenen Absatz. Sofort fühlt sie ihre veränderte Körperspannung, das gereckte Kinn, Brust raus!, die ersten Schritte klacken auf dem Parkett, sie kichert. Wie gut sich ihre Hände die Drehungen gemerkt haben, die Arme die graziöse Luftzerteilung! Wie lange hat sie nicht mehr getanzt –

Und überhaupt: All die gutgemeinten Ratschläge von anderen – „Nimm dir doch eine kleinere Wohnung. Fang ganz von vorne an. Du wirst doch dauernd an ihn erinnert!“ – Sie zieht die Schuhe von den Füßen, drückt sie an sich. Mit dem feinen Ledergeruch aber atmet sie den Schmerz, der sie versengt, wieder ein, natürlich, wie sollte es auch anders sein, Hannes hatte so eine Jacke, ihre Arme fallen herab, ihre Brust hebt und senkt sich, die Schuhe drücken kalt durch den leichten Nachthemdstoff an ihre Schenkel, alles ist vergiftet rundherum, die Luft, die Gegenstände, allesallesalles – nein, Schluss jetzt, beruhige dich, los, geh schlafen.

Reiß dich zusammen.

An der Tür gähnt Salome, Tränen laufen über ihre Wangen, sie löscht das Licht.

Strafft in der Dunkelheit, der Stille erneut ihren Rücken.

Morgen.

Morgen wird sie sich hinsetzen und überlegen. Eine Strategie überlegen.

Diese Wohnung wird nicht aufgegeben.

Auf keinen Fall.

Nichts rührt sich, auch von der Straße dringt kein Laut herein.

Sie tappt blind über den Flur, öffnet die Schlafzimmertür und schleicht zum Bett. Stellt die Schuhe neben sich auf den Boden.

Salome ist nun so müde, dass sie es gerade schafft, unter die noch warme Decke zu kriechen und sie hochzuziehen.

Und in den wenigen Sekunden des Wegsinkens in den Schlaf hört sie nicht mehr, ob von der anderen Seite *Gute Nacht, Schätzchen* geflüstert oder ob es still bleiben wird.

Ein ungeheures Lachen über die ganze Welt

Anfang Oktober fuhren Hannes und Doreen zum Attersee, um seine Familie zu besuchen.

Von Wien kommend, wo er einen Vortrag gehalten hatte, wurde ihr Mietauto hinter Regau von einer Sekunde zur nächsten von einer plötzlich aufgetauchten Wattewelt verschluckt, bleich und trüb, keine Straße mehr, geschweige denn Landschaft links und rechts, und keine Berge, wie angekündigt, „die Seen", lachte Hannes, bremste und starrte wie Doreen ins Nichts nach vorne.

„Achtung", sagte sie, als aus dem grauen Brei zwei blasse Rücklichter näherkamen, „seh ich doch", grinste er, tat lässig, „fahr", forderte sie, „langsamer".

Er rollte mit den Augen und bremste etwas, sie sah ihn ungläubig von der Seite an und entspannte sich auch nicht, als sie endlich die Ausfahrt erreichten und der Nebel durchlässig wurde, Konturen freigab, farbige Flächen.

„Siehst du", sagte er, „alles gut".

Sie sah ein überdimensional großes Einkaufszentrum mit Autos davor, Appartementhäuser, Beton.

Nach vielen Kehren in hügeliger Landschaft, die selbst bei geschlossenen Autofenstern streng roch, hielt Hannes schließlich vor einem Haus mit einem kleinen Vorgarten.

Eine Tür öffnete sich, aus dem Inneren schwangen Gesichter hervor wie Lampions, neugierige Blicke, schüttelnde Hände, es duftete nach Kaffee und „Mehlspeisen", wie gesagt wurde, Geklimper von Besteck und dem guten Geschirr füllte die Küche, Stühle rücken in einem zu kleinen Wohnzimmer.

Doreen verstand wenig, außer, dass sie in eine Ansammlung lautstark durcheinandersprechender Menschen geraten war.

Niemand schien sich Mühe zu geben, dem oder der anderen zuzuhören.

Der Blick von Hannes' Mutter streifte sie über den Tisch hinweg, ein Blick aus graublauen Augen hinter Gläsern, den Doreen nicht deuten konnte.

Der Vater hatte etwas Gutmütiges in seinem zerfurchten Gesicht, erzählte offenbar lustige Anekdoten, über die er sich selbst am meisten amüsierte und den Mund beim Lachen so weit aufriss, dass es golden blitzte.

Als die Mutter aufstand, um weitere Gläser zu holen und den Gästen die Kuchenplatte zu reichen, bemerkte Doreen, dass sie eine sportliche Person in Jeans und Pullover war, eine Radfahrerin oder Bergsteigerin mit flottem Kurzhaarschnitt in Grau, sicher fuhr sie auch noch Schi. Früher waren ihre Haare rötlich gewesen, Hannes hatte seine von ihr geerbt.

Ab und zu drangen Wörter zu Doreen durch. Sie entnahm ihnen, dass es ums vergangene Mittagessen, um die unterschiedlichen Kuchen am Tisch und deren Herstellung ging, um den See, um Gärten, um überstandene oder zu befürchtende Krankheiten.

Niemand fragte sie etwas, was ihr recht war, einerseits.

Aber andererseits, vermutete sie nach einiger Zeit, schien das alles hier ein Ablenkungsmanöver zu sein, ja, eine Strategie. Sie aß ein Stück Nussstrudel und verneinte dankend, als ihr die Mutter noch eines von der Schokoladentorte anbieten wollte. Auch den Zwetschgenkuchen musste sie ablehnen, und die Mutter beugte sich wegen des Lärms vor, um zu hören, dass Doreen leider nicht so viel Süßes essen könne. Auch wenn es fantastisch schmecke.

Aha.

Wenn er was sagen dürfe, sagte ein Mensch, der sich als Onkel Rudi vorgestellt hatte, langsam und auf gewisse Weise hochdeutsch, sie solle das bitte jetzt nicht in den falschen Hals bekommen, also: Sie könne sich durchaus einige Kuchenstücke leisten. Bei ihrer Figur.

Er meine wohl die Speiseröhre, antwortete Doreen liebenswürdig, und Onkel Rudi dachte einige Momente zu lange über ihre Antwort nach, sodass sie sich von ihm abwenden und dem Wortschwall von links überlassen konnte. Sie kam aus dem Lächeln nicht mehr heraus, auch, wenn Hannes sich an sie wandte, Dialektworte gebrauchend, die ihm eine eigentümliche Fremdheit verliehen.

Beim Gang zur Toilette musste sie an einer Kommode vorbei, auf der sich Fotos befanden. Sie erkannte den Cousin von Hannes, Clemens. Er machte irgendetwas mit Maschinenbau in Berlin, Frau, zwei Kinder. Sie hatten keine Zeit gehabt zu kommen.

Eines der Fotos war eine Todesanzeige.

Ein schwarzer Engel war darauf abgebildet, ein Name: „Florian, unser geliebtes Kind". 1980–1983.

Sie wusste, dass Hannes' Bruder als Kleinkind an einer Erbkrankheit, dem Tay-Sachs-Syndrom, gestorben war. Ein fernes Ereignis. Aber nun, da sie seinen Namen las, erhielt der kleine Bruder ein Gesicht, das sie berührte.

Das größte Foto in einem Silberrahmen zeigte einen strahlenden jungen Hannes mit einer ebenso heiteren jungen dunkelhaarigen Frau im weißen Brautkleid.

Doreen überlegte, ob das Bild bewusst dorthin gestellt worden war.

Als sie zurückkam, deutete sie ihm, dass sie aufbrechen wolle, bald.

Eigentlich sofort.

Nach geräuschvollen und langwierigen Verabschiedungsszenen, in denen bedauert wurde, dass man „gar nicht zum Reden gekommen" sei, fuhr Hannes mit ihr die Straße am nun nebelfreien See entlang.

Er benannte die Dörfer, sie sah Bauernhöfe und Pensionen weit hinten zwischen den Hügeln, vor steil abfallenden Bergen, deren Namen sie sofort wieder vergaß. Auf der anderen Seite des Sees, sagte Hannes, lebe ein Fischer, der Dichter sei.

Oder umgekehrt.

Und ein anderer, der eine Buchhandlung führe, habe die Geschichte von Adhara ausgegraben, der Nixe, die den Menschen dieser Gegend in uralten Zeiten Gold, Silber und Edelsteine schenkte.

Aber da sich „die Leit", so Hannes, „wie immer" als habgierig erwiesen, verschwand die Nixe eines Tages. Ihr Geschmeide aber streut sie seither in den See, dessen Name sich wohl von ihr herleitet und an dessen Glitzern und Funkeln sich nun alle erfreuen können.

„Ah", sagte Doreen und suchte zwischen den Mauern der vorüberziehenden Häuser, die den Blick auf den See verstellten, das Geschmeide.

„Ihr Menschen! Ihr Ungeheuer! Ihr Ungeheuer mit Namen Hans!"

Nein. Herrgott. Hannes war froh, dass er nach vorne schauen, das Auto lenken musste. Geh weg.

Aber schon hatte sich ein grauer Sommerhimmel, schieferfarbenes Wasser vor sein geistiges Auge geschoben, Salomes übermütiges Lachen, ihre leidenschaftliche Stimme. Das Bild ihres ersten Besuchs hier am See – und er, eifrig bestrebt, sie mit seiner Adhara-Sage zu beeindrucken. Worauf sie ihm die ersten Sätze aus der Erzählung *Undine geht* von Ingeborg Bachmann entgegengeworfen hatte.

Er erinnerte sich an seine verliebte Ausgelassenheit, an Salome in ihrem hellen Kleid – dieses Kleid, das um ihre Knie geschwungen war! –, wie sie sich gedreht und mit ausgebreiteten nackten Armen, wehenden schwarzen Haaren, gerufen hatte:

„Ungeheuer bin auch ich!"

Geh, Salome, verdammtnochmal, geh wieder, dachte er, lächelte hinüber zu Doreen, schickte ihr ein Küsschen.

Schließlich bremste er in einem der Orte, parkte, sagte nicht, was er vorhatte. Hinter einem Gasthaus, das geschlossen war, an Campingwägen vorbei, ging er mit ihr Richtung See einen Abhang hinunter.

Ein scharfer Wind wehte vom Wasser her. Darüber grauhelle, riesige Wolkentürme, zwischen denen Himmelslücken leuchteten, in einem, wie Doreen schien, geradezu magischen Blau.

Sie schlang die Arme um die zu dünne Jacke.

Hannes wies auf ein weißes winziges Haus, irgendwie stolz, als gehöre es ihm, Doreen verstand erst, als sie das Schild las:

„Gustav Mahler. Komponierhäuschen."

„Nein!", rief sie, „das glaub ich nicht!?", Hannes strahlte, die Überraschung war perfekt.

Man konnte in das Zimmerchen lugen, in welches das Klavier und ein Hocker passte. Im Sommer könne man sich vom Gasthaus den Schlüssel holen und hineingehen, sagte Hannes.

Und sie müsse versuchen, sich die Wohnwägen wegzudenken, den modernen Anbau des alten Gasthauses, der zu Mahlers Zeit „Gasthof zum Höllengebirge" geheißen hatte. Eine bunte Wiese müsse sie sich vorstellen und gackernde Hühner, die den Mann am Stutzklavier wahnsinnig gemacht hatten und deshalb verbannt worden waren, der schmächtige Mann, der hier Ende des 19. Jahrhunderts von drei Fenstern aus auf den See geblickt hatte.

Das Wasser war nun tiefblau bis dunkelgrau, imposant bewegt, „Frechheit", sagte Doreen, „das nehme ich jetzt persönlich. Adhara hat nichts gestreut!"

„Unter uns", zwinkerte Hannes und senkte seine Stimme, als könne ihn jemand anderer hören, „verrate ich dir die Wahrheit: Es ist das Sonnenlicht in Verbindung mit Calzitkristall, das dem Wasser die türkise Farbe und das Gefunkel gibt."

Er grinste, gab ihr einen Kuss, erklärte, bewegte die Hände.

Sprach über Mahler, der in diesem Häuschen zwei Sommer lang an der 3. Sinfonie gearbeitet und sein Werk in einem Brief als „ein ungeheures Lachen über die ganze Welt" beschrieben hatte.

Doreen sah ihm bei seinem Bestreben zu, sie abzulenken.

Oder sich.

Es war ihr recht. Was sollten sie schon über diese Familie reden?

Er sei immer ein Fremdkörper in ihr gewesen, hatte er ihr erzählt. Als Jugendlicher wollte er nur weg. Das verband ihn auch mit seinem Cousin Clemens, dem es ebenso ergangen war.

Nur nicht so wie die anderen Jungs in der Fabrik arbeiten oder eine Pension oder einen Bauernhof übernehmen und das ganze Leben an diese Region gekettet sein.

Das verstand Doreen.

Bloß nicht an ein Land, einen Staat oder sonst irgendetwas gekettet sein.

Gut, dass sie an den See gefahren waren. Die Distanz, die sie in seinem Elternhaus ihm gegenüber empfunden hatte, war gewichen, hier, in diesem frischen, kühlen Wind, an diesem Ort.

Beim Zurückgehen zum Auto dachte sie an die Platte, die ihr Vater damals in ihrer Kindheit ergattert hatte, an den Schriftzug:

Jascha Horenstein dirigiert Gustav Mahler 3. Sinfonie.

Aber nein, berichtigte sie sich innerlich, solche Platten hatte es damals nicht gegeben. Nicht bei ihnen in der DDR. Sie war dem Vater sicher geschenkt worden, von irgendjemandem mit Kontakt in den Westen.

Seltsam, sie hatte es vergessen.

Manchmal waren Gegenstände, die anders rochen und aussahen als die üblichen, wie durch Zauberhand in den Haushalt gelangt, Gegenstände, von denen sie und ihre Brüder gewusst hatten, dass sie mit einem Schweigen belegt waren, einem Frageverbot, ohne dass die Eltern dies aussprechen hatten müssen.

Sie erinnerte sich an das Zittern, als ihr Vater die Platte aufgelegt und den Tonarm in die Rille geschoben hatte.

Alles hatte den Atem angehalten, so schien es ihr, alles in jenem Zimmer damals, nicht nur die Eltern und sie und ihre Brüder, mit denen sie auf dem abgeschabten Sofa gesessen hatte, auch die Wände, Lampen,

Zierdeckchen auf der Anrichte, der Laminatfußboden, die Bücher in den Regalen der Wohnung in Oranienburg, die Vorhänge, alles schien sich der Kostbarkeit der Situation bewusst gewesen zu sein.

Und mit den ersten Klängen war etwas mit ihr passiert, das sie nie vergessen hatte können, eine Erinnerung, gespeichert wie das Bild der auf dem Holzstuhl aufrecht sitzenden Mutter links neben dem Gerät, die Augen geschlossen in dem müden Gesicht, das umrahmt war von fahlblondem, gewellten Haar, rechts davon der Vater, versunken in seinem kantigen Körper.

Als die letzten Töne verstummt waren, hatte alles im Wohnzimmer geschwiegen, so lange, bis die Brüder ihre Glieder zu strecken und zu schütteln begonnen hatten, und die Eltern aus ihrer Entrücktheit zurückgekehrt waren. Da hatte sich auch Doreen aufgerichtet und nach den „spitzen Schreien" gefragt.

Die Brüder hatten losgeprustet, die Eltern einander fragend angesehen.

Sie hatten die Platte erneut auflegen müssen, und Doreen, die eine Woche später in die Schule gekommen war, hatte gesagt: „Da."

Genau das wollte sie spielen können.

Und wie viele Zaubertricks notwendig waren, wurde ihr erst viel später erzählt:

Wirklich war, dass es ein Jahr später in ihr Leben kam, das Cornett.

Und danach die Trompete.

In Salzburg ließen sie das Mietauto stehen, weil die Autobahn nach München wegen eines Unfalls teilweise gesperrt war, sie beschlossen eine Pause zu machen und den Zug zu nehmen.

Doreen ging mit großen Augen im Mirabellgarten umher, und obwohl es kühl war, bedeckt, sagte sie: „Kneif mich mal, das kann doch nicht wirklich sein“, und Hannes lachte und entschied, ihr eine Reise nach Salzburg zu schenken, im Sommer.

Später in der Bahn sah er, wie sie das Buch mit dem Titel *Amanda. Ein Hexenroman* von Irmtraud Morgner, die ihm ausnahmsweise nichts sagte, aus der Tasche zog, ein Buch, das sie in Berlin begonnen hatte und sie seither immer wieder zum Kichern brachte.

Doch nachdem sich der Großraumwagen mit lederbehosten Männern und jungen Frauen in quietschbunten Synthetikdirndln, deren Röcke kurz unter dem Po endeten, füllte, blieb das Buch ungeöffnet auf ihrem Schoß liegen und landete schließlich erneut in ihrer Tasche.

Der Bierdunst aus den Dosen, der Schweißgeruch störten Doreen auf eine Weise, die sie an sich nicht kannte, und die von derben Sprüchen durchsetzte Umgebung erschien ihr mit einem Mal unangenehm, ja bedrohlich.

Hannes las unbeeindruckt von dem Trubel in seinen Studien, den Laptop auf den Knien, weggekabelt. Ab und zu streifte sie sein Blick, fröhlich und unerreichbar.

Sie war doch sonst nicht so empfindlich –

Erleichterung, als sie in München hielten.

Aber schon befanden sie sich abermals in einer Menschenmenge, mit der gemeinsam sie aus der Bahnhofshalle hinausgespült wurden, hinein in eine Atmosphäre merkwürdig urwüchsiger Leichtigkeit, eine Art gemütlicher Bereitschaft zur Ekstase, von der alle umfangen wurden, sobald sie diesen Boden betreten und diese Luft geschnuppert hatten, etwas anders Aufgekratztes, als es Doreen von Konzerten oder Demonstrationen oder sonstigen Ansammlungen her kannte.

Und nun war alles zu viel. Die intensiven Gerüche, der Lärm, die Nähe der Körper –

Wut stieg in ihr hoch, auf Hannes, der das gewiss wusste.

Sie war zum ersten Mal hier, sie konnte doch nicht ahnen, dass das Oktoberfest bereits in den Zügen begann und vom Bahnhof aus sternförmig alle Straßen, Plätze, umliegenden Biergärten, Parks und Hotels mit Menschen bevölkerte, die wie von einem riesigen schwarzen Loch angesaugt wurden, ein Strömen, ein Wogen von Menschenmassen, je näher man dem geheimen Zentrum kam.

Das in seinem Kern ein grellbuntes, ohrenbetäubend lautes – Doreen stolperte, Hannes fasste ihren Arm, konnte aber nicht verhindern, dass Entgegenkommende sie streiften, einer sogar grob an ihre Schulter stieß.

Grölendes Volk in der U-Bahn, Rucksäcke und Körper bedrängten sie, der Geruch von Leder, Ziege oder Hirsch, heisere Rufe, Rülpser.

„Wie immer“, sagte Hannes in ihr Ohr, „hochinteressant“, ohne Doreen anzusehen, die kaum Luft bekam und über seine Schulter hinweg den flackernden Blick einer älteren Frau auffing, der das Eingezwängtsein wohl ebenso unangenehm war wie ihr.

Sie wollte „Was?“ fragen, aber da tauchte ein sommersprossiges Gesicht unter einem Filzhut neben der älteren Frau auf, öffnete ein herzförmiges Mündchen: „Wie schön Sie sind, Madame!“, und zu Doreens Verwunderung schob sich ein Lächeln über die fransigen Lippen der Frau, weil in den Augen des Mädchens zu erkennen war, dass dieser Satz ernst gemeint war, irgendwie.

Dann, als ihnen Hugo, ein bärtiger Hüne mit offenem Blick, den Hannes schon seit dem Studium kannte, in Neuhausen in der Frundsbergstraße mit dem Spruch „Viel Freund, viel Ehr“ öffnete und sie einander in die Arme fielen und in der Küche Lasagne aßen und Rotwein tranken, fragte sie Hannes, was er mit dem „hochinteressant“ gemeint habe, dem in der U-Bahn.

Er lachte auf.

An München habe ihn immer das Phänomen Oktoberfest fasziniert.

Bevor er hier gelebt hatte, war sie ihm äußerst suspekt erschienen, diese alljährliche, zweiwöchige Zusammenkunft verkleideter Menschenmassen, die stumpfsinnige Schlager grölend, mit überdimensionalen Bierkrügen in den Händen, auf Bierbänken und Tischen tanzten.

„Aber das gibt's doch auch in Österreich“, wandte Doreen ein.

„Nein“, antwortete Hannes, „nicht in dieser Dimension. Und das ist der entscheidende Unterschied.“

Als er begonnen hatte, das Oktoberfest zu besuchen, war ihm klar geworden, was es mit dieser Tradition auf sich hatte.

„Entgrenzung!“, pflichtete ihm Hugo bei, „Aufgehen in der Masse, Verwischung der Stände, Schichten, Klassen, kein Oben, kein Unten mehr …“

„Mittelalterliche Karnevalskultur! Außerkraftsetzen gesellschaftlicher Regeln, Gesetze, Übereinkünfte!“, rief Hannes.

„Genau! Michail Bachtin“, rief Hugo zurück und stieß sein Glas gegen das seines Freundes:

„Aufs Lachen!“, schrien sie beide.

Und sie lachten.

Das war der Moment, in dem Doreen eine Gesichtshälfte in ihre Handfläche legte und bemerkte, dass ihr übel wurde.

Sie hatte nur einige Male am Wein genippt. In Hugos Bart hing eine Zigarette.

Wer war Michail Bachtin?

Sie wich Hannes’ Blick aus.

Überhaupt München. Sie hätte die Stadt lieber nur gestreift, vom Zugfenster aus beiläufig auf die Glasfassaden und Betonblöcke links und rechts gesehen. Den kurzen Aufenthalt im Bahnhof verdöst, gelesen oder am Handy gespielt. Was hatte sie mit alldem zu tun?

Dieses Bayern konnte ihr gestohlen bleiben.

„Ach, komm. Ich habe Hugo schon so lange nicht mehr gesehen. Außerdem möchte er dich kennenlernen.“

Zum Vergleichen, oder?, hatte sie gedacht, und dann, Na, wenn schon.

Zumindest hatte sie ein Hotelzimmer durchgesetzt.

Diese Zeiten waren für sie endgültig vorbei: Auf herausgezogenen Sofas oder weichen Gästematratzen bei Freunden von Bekannten von Freundinnen schlafen wie in den Tingel-Tangel-Jahren mit ihrer Band.

Nein, sie brauchte mittlerweile Abstand. Privatsphäre.

„Cheers“, sagte er nun.

Sie hob ihr Glas und schüttelte den Kopf, als Hugo ihr nachschenken wollte.

Seit der Trennung von seiner Frau war Hannes schon zweimal hier in München gewesen. Natürlich hatte er beruflich zu tun wegen seiner früheren Praxis und deren Übergabe an einen Kollegen.

Und logischerweise hatte er sich auch mit *ihr* getroffen.

Selbstverständlich, wegen der gemeinsamen Wohnung.

Sie hatte nie etwas gefragt, wenn er nach Berlin zurückgekommen war. Mit Unbehagen registrierte sie, dass Hugo sich erneut eine Zigarette ansteckte.

Warum sagte Hannes nichts? Noch dazu als Arzt?

Er mochte das doch sonst nicht.

Sie musste raus hier.

Am winzigen Balkon atmete es sich beim ersten Luftholen gleich besser.

Beim zweiten war alles viel zu herb, abgasdurchsetzt, modriger Blättergeruch, Fäulnis rundherum, Doreen sah in den schwarzen Himmel hinauf und dachte, dass das nicht sein könne.

Aber es war nicht zu verdrängen. Diese Überempfindlichkeit war nicht normal.

Sie wollte nun nicht denken, was sie eigentlich schon wusste.

Sie kannte das alles.

Ihr Körper hatte die Erinnerung daran offenbar eingespeichert, eine frühe Erinnerung, eine –

In ihr bäumte sich ein riesiges NEIN auf.

Sie rechnete nach. Konnte es tatsächlich –?

Dieses an alle Gerüche Ausgeliefertsein, dieses Dünnhäutige, diese seltsamen Anwandlungen bedeuteten doch –

Ihre Hände umklammerten das Balkongeländer. Erst später würde sie an ihren Fingern bemerken, dass es rostig war.

Sie vermied es nach unten zu sehen, konzentrierte sich auf die runzligen Blätter des Kastanienbaums vor ihrer Nase.

Und plötzlich schrie sie heiser auf.

Da waren Augen, zwei Meter von ihr entfernt, brennende Augen, eine Figur im Halbdunkel, sitzend in einer Astgabel, etwas wehte sie an, das sie nicht zuordnen konnte, ein namenloser Schrecken, nichts rührte sich, weder der Baum noch die Luft noch sie, und Doreen konnte den Blick nicht wenden, sie war gefangen, konnte sich nicht bewegen, wie mit einem Zauberbann belegt von diesen brennenden Augen, die sie endlos zu fixieren schienen, und schließlich hörte sie kleine, verzweifelte Laute –

„Was ist denn, was hast du?“

Hannes plötzlich neben ihr, besorgt, wollte sie umarmen, sie war steif, sah noch einmal hin, in den Baum hinein, das Kind war weg, der Blick –

„Ist dir kalt?“, fragte er forschend, „komm doch rein“, Hugo hinten, vom Tisch aus, schuldbewusstes Aufblähen der Backen –

„War es der Rauch? Sorry, kommt nicht mehr vor“, Doreen drehte sich, trat mit Hannes zurück in den Raum und sagte:

„Mir ist speiübel.“

*

Sie schaffte es noch bis zur Toilette der Pension.

Hannes stand vor der verschlossenen Tür, rief: „Alles in Ordnung? Doreen? Geht’s wieder?!“

Sie spülte den Lasagneschlamm hinunter, stützte sich am Waschbecken ab, sah in ihr mascaraverschmiertes

Gesicht. Zwang sich, ihrem Blick im Spiegel standzuhalten, nicht auszuweichen und wischte sich ab.

„Ja“, sagte sie laut, stieg in die Dusche, schrubbte sich das Gefühl, überall schmutzig zu sein, von der Haut.

Mit roten Wangen und feuchten Strubbelhaaren kehrte sie zurück ins Zimmer, das Handtuch um den Körper drapiert.

Hannes saß breitbeinig in einem tiefen altmodischen Sessel, daneben eine kleine Bierflasche auf dem runden Tisch, soeben warf er sich eine Handvoll Nüsse in den Mund.

Sie wusste nicht, was ihr den Atem nahm – sein mahlender Kiefer, die Kaugeräusche, der Salzgeruch oder die Ausdünstungen des Zimmers, in denen sich der Hauch von Putzmittel und jener undefinierbare von Vorhängen mischte, die längst schon hätten gereinigt werden müssen.

Natürlich war es fast aussichtslos gewesen, Oktoberfestzeit – „Da heißt's schnell sein, sonst bleibt nur mehr der Campingplatz“ –, und Hannes hatte sie ungläubig angesehen, als sie darauf beharrt hatte:

„Nicht bei deinem Freund. Dazu habe ich einfach keine Lust mehr.“

„Du kannst ja richtig stur sein“, hatte er hinterhergeschickt, ohne das jungenhafte Lächeln, das seine Aussagen sonst oft begleitete.

Irgendwie hatte er doch noch diese Pension hier aufgetan, „Glückstreffer!“, wie er Doreen die Übernachtung in München schmackhaft hatte machen wollen, und nun, die Überraschung: „Sogar ein Wasser, ein Bier, Snacks!“

Warum brauchte er jetzt noch Erdnüsse?

Sie versuchte die erneut aufsteigende Übelkeit wegzuatmen.

Drehte sich um, hängte das Handtuch ins Bad. Ekelte sich mit ihren nackten Sohlen vor dem Teppichboden, stieg in Hannes' Schuhe, die vor ihr lagen, um zum Koffer und somit ihrem Pyjama und den Sandalen zu gelangen.

„Alles wieder in Ordnung?", wiederholte Hannes kauend.

Sie ließ sich am Bett nieder, zog sich an.

„Ja, jaja", antwortete sie leichthin, „irgendetwas scheine ich nicht vertragen zu haben…"

Hannes nickte.

„Also, Hugos Lasagne kann es nicht gewesen sein… was hast du heute noch alles gegessen?"

Sie wusste, dass es nicht stimmte: „Ah, in der Bahn. Dieses Sandwich…"

„Der Schinken vielleicht…"

An den wollte sie tatsächlich nicht erinnert werden.

Sie legte ihre Fingerspitzen an die Schläfen.

Hannes starrte auf die leere Bierflasche. Wo kam nur dieser unbändige Durst her? Er ertappte sich bei dem Wunsch, das Zimmer zu verlassen, zurück zu Hugo zu gehen, der vermutlich noch herumzappte und es eine Spitzen-Idee fände, noch ein, zwei Biere miteinander zu trinken.

„Ich glaube, schlafen wird das Beste sein", sagte Doreen, „gute Nacht", sie lächelte vage hinüber zu ihm, wartete seine Reaktion nicht ab, sondern knipste das Licht an ihrer Seite aus und schlüpfte unter die Decke, die sie sich bis zu den Ohren hochzog.

*

Hannes betrachtete eine Weile die weiße Hügellandschaft im Bett.

Er war nicht müde, kein bisschen.

Wie gerne hätte er die Nacht von Anfang an bei Hugo verbracht. Doreen hätte bequem im Gästezimmer schlafen können und er und sein bester Freund –

Missmutig warf er die Nusspackung in den Papierkorb. Er schüttelte die Bierflasche, auch sie war leer.

Er dachte an die Termine der nächsten Tage in Berlin, den Kollegen in der Praxis, in die er sofort hatte einsteigen können nach seinem Weggang aus München – Leute wie er waren begehrt –, er nahm sein Smartphone vom Tisch, spielte einige Minuten ein Spiel, das ihn langweilte, sah nach den Nachrichten.

Hugo hatte ihm ein Zeichen geschickt, den nach oben gereckten Daumen. Er konnte sich auf das Wiedersehen, den Abend beziehen.

Oder auf Doreen.

Schließlich ging er ins Bad.

Als er sich neben sie legte, schien sie tief zu schlafen.

Er dachte an die vergangenen fünfzehn Monate, an den Rausch der ersten Zeit, an die Radikalität, mit der sich sein Leben geändert hatte.

Er dachte daran, dass er im letzten Dezember noch in München gewohnt hatte, in seinem alten Leben mit Salome, und Doreen in Berlin währenddessen Verletzte des Anschlags vom Breitscheidplatz versorgt hatte.

Eine absurde Analogie.

„Wohin geht das alles?“, hatte Salome am Küchentisch in der Nimrodstraße beim Ausrollen eines goldenen Bandes gemurmelt, „was ist nur los in dieser

Welt?“, es durchgeschnitten und eine Schleife um ein Weihnachtsgeschenk gebunden.

Arschloch, hatte Hannes gedacht, ich bin so ein Arschloch, Salomes Handrücken gestreichelt und gehofft, dass das, was Doreen und ihr Noch-Freund Jon in diesen Tagen erlebten – dieser war, wie sie ihm am Telefon berichtet hatte, Teil der polizeiinternen Untersuchungskommission – keine neue Nähe, kein Aufflammen ihrer Beziehung bewirkte.

Die Toten und Verletzten, das Entsetzen über dieses zweite Terror-Ereignis innerhalb weniger Monate, all das hatte Hannes wie durch einen Schleier registriert.

Und plötzlich dachte er: Diese Reise ist ein Flop.

Sein Herz schlug bis zum Hals hoch. Raus hier.

Er stand rasch auf und versank im Sessel gleich daneben, dessen Stoff an der Unterseite der Schenkel kratzte.

Er rutschte nach vorne, legte die Ellbogen auf seine Knie und starrte auf das Bett, zwang seinen Atem zur Ruhe.

Vielleicht war jener Tag im Frühjahr, an dem er Doreen im Überschwang den Antrag gemacht hatte, ein Fehler gewesen.

Die Zeit damals kam ihm nun wie ein Ausnahmezustand vor, eine permanente Fernsteuerung.

Hatte sich nicht etwas verändert zwischen ihnen?

Seit jener Nacht?

Doreen war beschwipst gewesen in jenem Friedrichshainer Lokal, so wie er, sie hatte die Augen aufgerissen und geflüstert: „Mich? Mich willst du heiraten?“, und dann den Kopf mit ihrem weißen Hals zurückgebogen und gelacht, Tränen gelacht, und sie wäre umgekippt mit dem Barhocker, wäre er nicht aufgesprungen und hätte sie aufgefangen.

Später im Taxi hatte sie gekichert: „Stimmt! Stimmt eigentlich. Warum nicht!“, und nachdem sie ihm das Versprechen abgenommen hatte, „nur zu zweit, weit weg von Deutschland!“ sowie „auf keinen Fall mit Familie!“, sondern mit Trauzeugen „von der Straße“ zu feiern, er eingewilligt hatte, weil ihm alles – ausgenommen ihr „Ja“ – unwichtig erschienen war, hatte sie danach ihre Brüder angerufen, jeden einzeln, mitten in der Nacht, und ins Telefon hineingerufen:

„Ich werde heiraten! Verstehst du? Dodo kommt nun doch unter die Haube!“

Dodo, ihr Kindername.

Als er sie gefragt hatte, ob sie wisse, dass Dodo der Name eines flugunfähigen Vogels auf Mauritius gewesen war, hatte sie den Kopf schräg gelegt und festgestellt: „Gibt es eigentlich irgendetwas, das du nicht weißt…“

Und weil er nur die Achseln gezuckt und sich einen gelehrten Spruch verkniffen hatte, hatte sie hinterhergeschickt, dass der Name hervorragend passe: Eigentlich komme sie ja von einer Insel, auf der man flugunfähig gewesen war.

Und das gefalle ihr auch: Dass der Name ihrer Band – „DodoQuintett“ – etwas mitmeinte, das „auf immer verloren“ war.

Doreen und ihre Brüder.

Älter als sie, rundliche Typen mit Köpfen, die jedes Stadium männlichen Haarverlusts zeigten, die sich aber so ähnlich sahen, dass sie an jenem Abend für Hannes nicht zu unterscheiden waren. Sie wechselten zwischen Posaune, Cello, Kontrabass, Saxophon und Klavier, mittendrin diese Elfe in Jeans, hellem T-Shirt, Sneakers, die blonden Haare kurz wie ein Junge, mit ihrer blitzenden Trompete.

Alles lief über winzige Bewegungen, Blicke, Gesten, eine sich blind vertrauende Gemeinschaft, wie auch in diesem vollen Saal, über Hunderte Köpfe hinweg, zu erkennen war.

Brennender Cool Jazz vom Feinsten.

Am Abend des Kongresses in Berlin, an jenem 22. Juli 2016, bildete das DodoQuintett das Kulturprogramm, und als Hannes nach einem anstrengenden Tag die ersten Töne aus der Trompete hörte, verschränkte er die Arme vor der Brust, wie um etwas abzuwehren.

Als einer der Organisatoren der Veranstaltung musste er später durch die begeisterte Menge hindurch, um sich bei der Band zu bedanken, er schüttelte die nassen, erstaunlich feingliedrigen Hände der Männer hinter der Bühne, „Allet klar“, sagte der eine, „Ham wa jern jemacht“, der nächste, und dann stand er vor der Trompeterin, die gerade einen kräftigen Schluck aus einer Bierflasche nahm.

Er wusste, dass sie Krankenschwester war. Irgendjemand vom Vorbereitungskomitee hatte von ihrer zusätzlichen Profession erfahren und sie eingeladen. Obwohl ihre Brüder andere Berufe ausübten – Lehrer, Bankbeamter, Angestellter in einer Glasfirma, Klavierlehrer und Musiker der Jüngste von ihnen – wurde von einer ambitiösen Assistentin bei der Ankündigung ins Mikrofon hineingerufen:

„Seht mal, was unser Pflegepersonal so drauf hat!“ – worauf Doreen ans Mikrofon getreten war und langsam und ruhig gesagt hatte:

„Guten Abend. Als einzige hier auf der Bühne, die als sogenanntes Pflegepersonal arbeitet, möchte ich betonen: Im Gegensatz zu vielen anderen im Gesundheitswesen habe ich Glück mit diesem Zweitjob."

Was beim Publikum beides ausgelöst hatte:

Beifall und betretene Gesichter.

Und einen gereckten Hals bei Hannes.

Eineinhalb Stunden später stand er in diesem engen, kahlen Raum, Schweißgeruch, Pappbecher, die Männer verstauten ihre Instrumente in den Koffern, rieben sich mit Handtüchern über die Halb- und Ganzglatzen.

Hannes stockte. In jenem Hauch von Zeit, in dem ihn Doreens Blick aus hellblauen Augen erreichte, in der Langsamkeit, mit der sie die Lippen vom Flaschenhals löste, der ein distanziert-spöttisches Lächeln folgte, tat sich ein Abgrund auf.

Hinter ihm lag sein Leben.

Das Leben mit Salome, in München.

Vor ihm klaffte ein Krater, und auf der gegenüberliegenden Seite ging ein unbekanntes Dasein weiter.

Er musste nur weit genug springen.

Und nun saß er da.

Bewegte sie sich?

Nein, nein. Doreen lag unverändert.

Von draußen waren Autogeräusche zu hören, nasse Reifen. In der Nähe befand sich die Nimrodstraße, fünfzehn Minuten zu Fuß oder zwanzig, und er konnte es nicht verhindern:

Salomes Gesicht.

Er hatte, ohne nachzudenken, in der Nähe der Frundsbergstraße nach einer Bleibe für diese Nacht gesucht und, er bildete mit seinen Händen eine Raute über Nase und Kinn, nicht bedacht, dass er zum ersten Mal mit Doreen in die Nähe seines früheren Lebens geraten würde.

Er war nur froh gewesen, überhaupt etwas bekommen zu haben.

Er hatte einfach nicht daran gedacht.

Einige Minuten tobten wirre Gefühle in ihm, sie waren ihm lästig.

Schließlich erhob er sich, griff so leise wie möglich nach seiner Kleidung am Stuhl, zog sich im dunklen Badezimmer an.

Die Tür knarrte, als er sie schloss. Er lauschte am Flur stehend, und als er nichts vernahm, drehte er langsam den Schlüssel um.

Doreen war nun eingesperrt, aber in der kurzen Zeit, die er draußen sein wollte, würde sie nicht aufwachen. Und es würde kein Feuer oder sonstiges Unheil ausbrechen, sicher nicht.

Hannes betrat die von Lampen erhellte, feuchtglänzende Straße, die Häuser waren finster, alles schlief.

Er saugte die Luft in seine Lungen und begann in der feuchten Herbstluft zu gehen, wollte sich nur die Beine vertreten, hier in der Klugstraße, das Gehirn frisch bekommen, nicht über sein Privatleben nachdenken, lieber über das, was heute aus London gesendet worden war.

Eine Sensation.

Die Annahme nämlich, dass das Protein Oct4 bei Mäusen offenbar eine diametral entgegengesetzte Funktion als beim Menschen habe, schien sich immer mehr zu verifizieren, eine völlig neue Sachlage, die vieles verändern, ja, die Grundthese, Forschungen an Mäusen wären weitgehend übertragbar auf Menschen, auf den Kopf stellen würde. Forsch schritt er aus, Waisenhausstraße, ein Taxi rauschte an ihm vorbei, die Kollegin in London arbeitete mit übriggebliebenen menschlichen Embryonen aus Wunschkinder-Kliniken, eine bahnbrechende Entwicklung, seine Beine gingen automatisch die Wege, die sie kannten, er dachte an seine eigenen Forschungen in verschiedenen Instituten, an die Erregung, wenn er die fensterlosen Räume mit ihren Inkubatoren und Stickstofftanks betreten hatte, der Geruch von Wasser stieg ihm in die Nase, ah, der Kanal hinter den Bäumen, und eine Gruppe Jugendlicher in Lederhosen und Jankern torkelte auf ihn zu, er wich diesen Schlafwandlern mit den blanken Waden und schlappen Stutzen über den Bergschuhen aus, überquerte die Nymphenburger, bog in die Lachnerstraße ein, es begann zu nieseln, seine Nase tropfte, Renatastraße, jetzt liefen seine Beine, er trabte die Jagdstraße entlang.

Nimrodstraße.

Heftig atmend kam er am Ende des Weges an und starrte von der gegenüberliegenden Seite, vorm Gebäude des Kindergartens stehend, auf das Haus mit der Wohnung, in der alles dunkel war.

Ganz oben rechts jedoch brannte Licht, Herr Brantl, der ehemalige Gerichtsvollzieher, konnte wieder einmal nicht schlafen und sah sich die ganze Nacht, wie meistens, Tierfilme an.

Sie hatten sich immer lustig gemacht über den alten Griesgram, der sie nie grüßte, aber eine Nachbarin hatte Salome aufgeklärt, dass *Herr BrantlderGrantl* seinen Beruf hatte aufgeben müssen, weil er es irgendwann nicht mehr geschafft hatte, den Leuten Gegenstände wegzunehmen oder Kinder.

Hannes lehnte sich an den Zaun des Kindergartens, spürte, wie seine Hinterseite feucht wurde, es war ihm egal.

Beim letzten Treffen war Salome in kräftigem Blau erschienen, Businesskleidung, einem neuen Anzug, der ihr stand. Forsch war sie auf ihn zugegangen, hatte professionell freundlich genickt und ihm gegenüber Platz genommen im Café in der Theatinerstraße, so, als wäre er ein etwas unsympathischer Arbeitskollege, mit dem etwas besprochen werden musste.

Sie bestellte Tee, er fragte, wie es in der Klinik gehe, gut, sagte sie.

Die Kellnerin brachte Tee, Wasser für ihn.

Salome fragte nichts.

Als er ihr daraufhin mitteilte, dass er den Kredit für die Wohnung weiterzahlen werde, ohne Bedingung, sie von ihm also keine Forderung mehr zu befürchten habe, hörte sie mit dem Löffelrühren im Teeglas auf, lehnte sich ruckartig zurück, kam ruckartig wieder in aufrechte Position.

Nach unten lächelnd schüttelte sie den vorgebeugten Kopf hin und her, sodass ihre Haare um ihre Wangen wippten und die schweren Tropfen aus ihren Augen kullerten, die Serviette nässten, und links und rechts vom Glas und im Tee selbst landeten.

Bestürzt saß er da.

Was hatte er erwartet?

Auf keinen Fall das, was hinterherkam:

Hass.

Er loderte ihm aus den schwimmenden Augen entgegen, als sie mit unbewegtem Gesicht wieder aufsah.

Aber im selben Moment verstand er ihn.

Er verstand ihren Hass, so wie er das ganze Ausmaß, die Schwere seiner Schuld verstand, welche über die Jahre immer weiter angewachsen war.

Ein dicker, langer Strick um seinen Hals, der ihn in die Schwärze seiner Zukunft zog.

Er lockerte seinen Kragen.

Salome nestelte in ihrer Tasche nach einem Taschentuch, übersah seines, das er ihr linkisch über den Tisch reichen wollte.

„Okay", sagte sie, nachdem sie sich die Nase geputzt und die Wangen abgewischt hatte, „gut".

Sie lehnte sich zurück, ihr Gesicht ein offenes Visier.

Nichts als Verachtung darin: „Du gedenkst mich also mit deinem Geld zuzuscheißen."

Entgeistert zog er die Augenbrauen und Schultern hoch.

Wie bitte? Wie sprach sie mit ihm?

„Ich… äh… also, ich denke…", er wollte den Satz eigentlich mit dem Wort „fair" beenden.

Es war doch klar, dass sie sich – trotzdem sie Ärztin war – die Wohnung allein nicht leisten konnte.

Er wusste, was ihr diese bedeutete, mehr, viel mehr, als anderen Menschen eine Wohnung, Bleibe, bedeutet, ein Zuhause.

In seiner Nähe kreischte nun eine der Nachbarskatzen. Er hatte sich ihre etwas lächerlichen Namen gemerkt, weil Salome ihnen immer wieder Milch in den Garten gestellt und sie gerufen hatte: Olaf, Titania, Fred. Und diese Viecher kamen dann auch und strichen um Salome herum und schnurrten.

Eine Katze, die „Titania" hieß!

Hannes fröstelte.

Aber was hatte er erwartet? Dass Salome sagen würde: Toll, Danke. Sehr lieb von dir. Ich freue mich –?

Er war ein Idiot.

Da lag sie nun, hinter diesem Fenster, vielleicht in einem neuen Bett.

Sicher in einem neuen Bett.

Salome, die ihm wenige Wochen nach dem Kennenlernen vor vielen Jahren an einem Spätsommerabend unter Kastanienbäumen mitgeteilt hatte, im goldenen Licht, welches sich in den Gläsern wie Honig gespiegelt hatte, dass sie ihn, bevor die Geschichte mit ihnen beiden weiterginge, über folgendes informieren wolle:

„Ich werde meine Gebärfähigkeit weder der Fortführung der Opferreihe noch jener der Totschlägerreihe zur Verfügung stellen."

Wie sie ihn dabei angesehen hatte, im Biergarten, mit ihren warmbraunen Augen im jungen, aufmüpfigen Gesicht! Ihre von den letzten Sonnenstrahlen rötlichen Haarspitzen hatten kaum merklich gezittert.

Hannes war überrascht, wie präzise und brennend diese Erinnerung in ihm hochstieg – einer Filmszene gleich. Er hörte das Scharren vieler Füße über Kies, erwartungsvolle Schritte, den Schänken zueilend, das Juchzen der Kinder vom himmelblauen Karussell her, er roch den Duft von geräuchertem Fisch, Hendl mit Pommes, Maßkrüge klackten aneinander, Wespen kreisten über Mülltonnen, er tauchte in Salomes unverwandten Blick, in ihr Warten auf seine Reaktion.

Etwas bis dahin Unvorstellbares hatte ihn geflutet.

„Wow", hatte er grinsend gesagt, zur Seite geschaut, sich im Nacken gekratzt und sie wieder angesehen, „wow".

Sein Bierglas an ihres gestoßen, Flüssigkeit war leicht hin- und hergeschwappt.

„Ich habe mich sterilisieren lassen, mit zwanzig."

Ihren Blick hatte er nie vergessen. Ein Blick, wie er ihn nie wieder erleben würde. Er sah das minimale Weiten ihrer Augen vor sich, spürte die ruhige Kraft, die von ihr ausgegangen war, das Band, das sie umeinanderschlangen in jenem Augenblick, in dem sie sich der Außergewöhnlichkeit ihrer Übereinstimmung bewusst wurden.

Was für eine Fügung!

Ein Freudensturm waren sie gewesen, diese ersten Jahre.

Und welche Befeuerung im Bett!

„Frei, wir sind frei...!" – wie oft hatte sie das geflüstert, gerufen, gezeigt –,

„... frei von allem, es ist himmlisch!"

Oh, ja, er erinnerte sich genau.

Es war himmlisch gewesen.

Ein Liebesvertrag, ein Bollwerk zu zweit gegen die Geschichte, die Welt.

Und diese Welt wollten sie gemeinsam erkunden, reisen, reisen, jedes Jahr mindestens eine große Reise, was würden sie nicht alles sehen, entdecken, erleben.

Das diffuse Licht an Regentagen fiel ihm nun ein, die Schattenlinie auf Salomes Hüftknochen, ihre flachen, weichen Brüste, die sie „meine beiden Brotlaibe" nannte, ihre Ellenbogen, weißschimmernd von den Narben, Relikt von Radstürzen in der Kindheit, das Ping-Pong der Sätze zwischen ihnen, wenn sie in seiner Studentenbude im Bett lagen, mit Büchern, Pizzaresten, all der Zukunft zwischen ihnen.

„Schschschsch!"

Das kam aus ihm, erschrocken. Kampfgeräusch, Fauchen, Körper, die aneinandergerieten und auseinandersprangen, direkt hinter ihm.

Er umfasste mit der Hand seine linke Faust, ließ die Gelenke knacken. Wann hatte es angefangen, das nicht mehr zu sein?

Himmlisch?

Es lag an ihm, nur an ihm.

Alles lag an ihm.

Es wunderte ihn, wie er es so lange geschafft hatte, diese Einsicht vor sich selbst geheimzuhalten.

Offenbar war er deswegen hierhergekommen.

Damit sich seine Schuld im Angesicht des früheren Zuhauses unverstellt Bahn brechen konnte.

Rein und scharf.

Ein Bußgang ohne Vergebung.

Am feuchten Zaun lehnend, in dieser Straße, in der er jeden Stein kannte, zog sich der Strick noch ein wenig fester um seinen Hals.

Er würgte ihn.

Kurz und hart lachte Hannes auf.

Ab wann hatte sich sein Blick zu verändern begonnen?

Unmerklich, schleichend, wie so viele Anfänge.

Eine winzige Verrückung.

Irgendwann waren sie ihm aufgefallen, Menschengruppen, die zuvor nicht vorgekommen waren in seinem Wahrnehmungsraster.

Kinder, Babys, Schwangere.

Spielplätze. Mütter und Väter, die Kinderwägen schoben.

Anfangs wunderte er sich. Wieso fielen ihm diese Menschen auf?

Dann dachte er an etwas Vorübergehendes, eine Phase, etwas, das Männern ab Ende Dreißig wohl ebenso widerfahren kann wie den Frauen in der Spätzeit ihrer Fruchtbarkeit.

Doch sein Blick wurde immer intensiver und das, was er schließlich als Sehnsucht, Vater zu werden, an sich erkannte, eine Kraft, die nicht mehr zu unterdrücken war.

Biologische Wesen.

Er hatte es nicht denken wollen, aber *es* dachte in ihm:

Das sind wir.

Nichts als Wesen, die auf Weitergabe ihrer Gene programmiert sind.

Oder wie war das, was in ihm brodelte, sonst zu erklären?

Und dann war es manifest geworden.

An jenem Tag, an dem er sein eigenes Genom in Händen hielt, das zeigte, er war kein Träger des Tay-Sachs-Gens, jenes defekten Chromosoms 15, an dem sein Bruder gestorben war, stieg Hitze in seinen Kopf:

„Also doch."

Und dann brodelte die Hitze im ganzen Körper:

„Also doch."

Und während er in seiner Praxis auf Zahlen in seinem Bildschirm starrte oder in das ängstliche Gesicht eines Patienten, der wissen wollte, welche Statine er nehmen solle, breitete sich zunehmend ein Gefühl in ihm aus, das er nie für möglich gehalten hätte.

Er konnte es mit Salome nicht teilen.

Es war das erste Mal, das er etwas mit ihr nicht teilen konnte.

Er kehrte nach Hause zurück, küsste sie auf die blassen Lippen und begann es zu fürchten, ihr Vertrauen.

Anfangs dachte sie offenbar, es sei etwas Anderes, das ihn von ihr entfernte.

Einmal flüsterte sie abends in seinen Rücken, er war schon fast eingeschlafen: „Ich weiß, sie ist sehr anstrengend für dich," mit einer dünnen Mädchenstimme.

„Nein", brummte er in sein Kissen, „... ja. Das sind doch alle."

Er setzte nach:

„Mütter."

Manchmal sah er vom Laptop auf und erhaschte einen Blick von Salome, die in der Tür stand.

Ein zärtlich-fragender Blick aus ihren Augen, der sein Herz mit Ohnmacht überschwemmte, Ohnmacht und Liebe.

Es gab Szenen, in denen sie, soeben aus der Klinik gekommen, in die Küche trat, übervoll mit Geschichten von Kranken und Geheilten, Scharmützeln zwischen den Abteilungen, Sekretariaten, Pflegekräften, abgekämpft, froh, angekommen, die Haare zusammengerafft, um ihre Schläfen dunkles Gekringel.

In der winzigen Zeitspanne, in der er sich von der Pfanne, von den in Knoblauch brutzelnden Scampi oder dem Gemüsetopf wegdrehte, damit sie einander umarmen konnten, witterte sie, er spürte es, seinen Kampf, und im gleichen Maße, wie ein Teil von ihm unaufhörlich in ein Paralleluniversum abdriftete, wuchs seine Liebe.

Seine Schuld.

Einmal kam es zu einer schweren Auseinandersetzung zwischen ihnen. Hannes wollte sich nicht erinnern, aber da überfiel sie ihn schon, die Situation von damals, das Wissen, dass dies einer jener Bausteine war, die sich im Rückblick als Stück der Mauer begreifen lassen, die man jahrelang unmerklich voreinander hochzieht. Bis man einander nicht mehr erkennen kann.

„Glaubst du, es ist ihr noch in diesem Leben klarzumachen", schrie er damals und schlug mit der flachen Hand auf den Tisch, „dass ich aus diesem Land komme" – ein Glas zersplitterte am Boden, Salome stand starr, gespensthaft –, „aber trotzdem nicht Hitler bin???"

Etliche Gläser und Flaschen wackelten, später würde Hannes seinen pulsierenden Handteller anstarren. Es war ein langer Abend gewesen.

Die Gäste waren gegangen, unter ihnen auch seine Schwiegermutter, die sie sich angewöhnt hatten, nur mehr innerhalb einer Gruppe einzuladen.

Salome stützte sich nach hinten an der Kredenz ab, die Knöchel ihrer Finger traten weiß hervor und auch ihr Gesicht war so kalkig, dass er dachte, sie falle in Ohnmacht.

Aber nein.

Schon hatte sie sich zurückverwandelt. Die Luft um sie: eine Zone reiner Energie. Aufrecht und vibrierend hielt sie stand.

Ihre Augen, kalte Kohlen, glänzten.

Am nächsten Morgen hörte er die Türe knacken, sie hatte im Wohnzimmer geschlafen, antwortete nicht, als er sie telefonisch zu erreichen versuchte.

Er schluckte eine Tablette gegen die Kopfschmerzen, schob die Scherben zusammen, räumte die Küche auf.

Betrachtete die Fotos der Neffen am Kühlschrank. Aufgeweckte kleine Bürschchen mit braunroten Stachelhaaren und Sommersprossen auf den Wangen.

Er legte einen Zettel auf den Tisch und fuhr in die Praxis.

Es war ein Frühlingstag mit Blütenteppichen auf den Autos und Gehsteigen.

Ein Monster, Hannes biss die Zähne zusammen, ich bin ein Monster.

Der nächtliche Vorfall würde ihm einige Tage Ruhe bescheren.

Salome würde sich ihm entziehen und ihre Mutter besuchen, vielleicht frei nehmen und an einen See fahren, und er würde sie nach ihrer Rückkehr mehrmals um Verzeihung bitten. Sie würde nicken und die Arme um seinen Nacken legen, ahnungslos von der falschen Fährte, die er gelegt hatte.

Er nestelte an seinem Hals herum, der Schal war viel zu warm.

Und dann starb sie.

Wachte eines Morgens nicht mehr auf, die Pflegerin rief an.

„Gut, danke", sagte Salome mit einem Blick schräg an ihm vorbei, während er die Kaffeetasse absetzte, „ich bin so dankbar", fügte sie hinzu, bevor ihr das Telefon aus den Händen fiel.

Sie fuhren in die Wohnung nach Schwabing, es war ein Montag, regennass, wütend fegten die Scheibenwischer hin und her.

Die winzige Wohnung, das fahle Licht, die verhutzelte Gestalt im altmodischen Nussbaumbett, Hannes sah, wie Salome das Puppengesicht ihrer Mutter zwischen ihre Hände bettete, die Wangen küsste, mehrmals.

Auf dem kleinen Sekretär an der Wand lag ein Blatt Papier, in runder, sorgfältiger Schrift beschrieben.

Mein letzter Wille: Herrn Dr. Schneider verständigen. Keine Leichenbeschau durch Euch. Keine Reden beim Begräbnis, kein Schnickschnack, in die Erde rein, fertig. Alles gut. Ein gutes weiteres Leben wünsche ich Euch, in Liebe Mutter.

Salome brach in Lachen aus, danach in Tränen, und er stand dicht neben ihr und wartete, bis das Beben aufhörte.

Später, zu Hause, berührte er ihre Schulter, sie ließ es zu, ließ zu, dass er sie umarmte, dass der Schock, die Trauer in ihrem starren Körper sich verwandeln konnte in etwas, das einen anderen Aggregatzustand ermöglichte, etwas Weicheres, fast Flüssiges, das ihm zu entgleiten schien – sie ließ sich ins Schlafzimmer schieben, die Jacke ausziehen, die Hose, alles an ihr nun Nachgiebigkeit, die ins Bett rutschen wollte, er breitete die Decke über sie, legte sich zu ihr, strich ihr über die Stirn, die Wangen.

Ihr Blick sank nach innen in diesen Tagen, Wochen, manchmal ertastete er ihre Finger und registrierte, wie knochig sie waren, leblos.

Ihre Mutter hatte alles veranlasst, den Sarg bestellt und im Vorhinein bezahlt, das Begräbnis, den Ablauf, alles.

An einem windigen Tag standen sie Schulter an Schulter am Friedhof vor dem Grab, inmitten einer kleinen Gruppe von schwarzgekleideten Menschen, der Rabbi vollzog das Trauerritual.

Und nach dem Begräbnis gingen sie essen, fassten einander an den Händen, erzählten von ihr, Stunden eigentümlicher Freiheit und Fülle und Leere.

An jenem 22. Juli 2016 stellte er ihr morgens den am Vortag gekauften blauen Becher auf den Tisch, malte ein Herz auf den Notizzettel und fuhr mit der S-Bahn zum Flughafen.

Er fühlte sich fahrig, erschöpft. Die Erkenntnis flog mit ihm nach Berlin, dass er es bald nicht mehr ertragen würde.

Nichts hatte sich geändert bei Salome, das wusste er.

Er hatte sie bei Einladungen beobachtet, wenn ihr Blick gleichgültig über herumlaufende Kinder streifte oder sie sich scheinbar interessiert über ein Babybettchen beugte.

Er hatte mitbekommen, wie sie sich mit einer Bekannten unterhielt und meinte, dass sie nicht verstehen könne, wie die Leute nach wie vor imstande waren, Kinder in diese Welt zu setzen.

Wenn sie beide morgens beim Frühstück durchs Fenster die Mütter und wenigen Väter, die drüben das Tor aufdrückten, um ihre Kinder abzugeben, sahen, war da nichts in ihr, nur völlige Teilnahmslosigkeit.

Erzählten sein Cousin Clemens und Jane, dessen Frau, bei ihren Besuchen all die Jahre von Windelekzemen, Infekten, Alpträumen und Legasthenieverdacht, bekam Salome nasse Augen vom unterdrückten Gähnen, lebte aber sofort wieder auf, wenn Themen angeschnitten wurden, die nichts mit Kindern zu tun hatten.

Er verstand sie, und dieses Verständnis war eine Last.

Er konnte es ihr nicht sagen.

Sie hatten einen Pakt geschlossen.

Er hatte ihn aufgekündigt.

Doreen sah jünger aus, als sie tatsächlich war.

Als Hannes in der ersten Nacht nach ihrem Alter fragte, lachte sie und meinte: „Schätz mal."

Einige Zahlen kamen aus seinem Mund, während sie ihm mit dem Zeigefinger über die Oberlippe strich und mehrmals „Na", sagte, „wenn du meinst".

„Also?"

„Warum? Ist das wichtig?"

Sie schlüpfte aus dem Bett und ging zum Fenster, um es zu öffnen.

Sie wusste, was er sah: Eine zierliche Gestalt, einen anmutigen Hals, auf dem ein blonder Bubikopf saß. Und dass es vor allem ihre Stupsnase war, die sie jünger machte.

„Und wie alt *ich* bin, interessiert dich gar nicht?", erkundigte er sich in ihren Rücken hinein, und sie rief „Ist! Doch! Völlig! Schnuppe!" zum Fenster hinaus.

Oh ja, es war ihm wichtig gewesen, ihr Alter.

Ob sie jemals in ihrem Leben an ein Kind gedacht – aber schon im Aussprechen bereute er diese Frage.

„Und du?", fragte Doreen einfach zurück, er schüttelte leicht den Kopf, zuckte die Achseln, konnte den Blick nicht wenden von ihren kleinen, ihn herausfordernden Brüsten.

Wochen später, als die „Sache" zwischen ihnen, wie sie es nannten, nicht vorbei war und sie sich wiedertrafen, drehte Doreen sich auf den Rücken und sagte zur Decke hinauf:

„Wenn ich ehrlich bin, habe ich noch keinen Mann getroffen, der ein Kind mit mir haben wollte."

Und als sie ihm schließlich am Telefon mitteilte, dass sie bald eine Vier erreichen würde und das sehr merkwürdig fände, stockte ihm der Atem.

Wie bitte? Sie wurde vierzig?

„Hallo?“, sagte Doreen in die Pause hinein.

„Na“, gab er sich locker, „dann werden wir was zu feiern haben!“

Hannes starrte hinüber.

Salome und er hatten sich die letzten Monate vor jener Nacht, in der er gegangen war, ins Arbeiten gestürzt, sich manchmal tageweise die Klinke in die Hand gegeben, über Zettel und SMS-Nachrichten miteinander gesprochen. Den Sabbat einzuhalten war ihm jedoch wichtig gewesen, aus vielerlei Gründen. Vielleicht war dieser Grund schließlich der wichtigste geworden: In jenen Stunden mit Salome war es ein wenig ruhig geworden in ihm. Friedlich fast. Ein Durchatmen.

Als wäre alles wie früher.

Aber diese Träume! Diese elenden Nächte! Immer wieder war er über den Krater gesprungen, hatte träumend gedacht, er würde am anderen Ufer aufkommen, aber je weiter er gesprungen war, desto mehr hatte sich die rettende Kante zurückgezogen.

Das Grauen über dem Abgrund, den Augenblick vor dem Absturz hatte er jedes Mal betäubt mitgenommen in den frühen Tag.

Was tat er hier bloß? Er hätte sich all das ersparen können.

Hannes schluckte schwer, rieb die Handflächen aneinander.

Eigentlich sollte diese Reise dem Bekanntmachen seines neuen Lebens dienen. Dass es mit seiner Familie nicht leicht werden würde, war von vorneherein klar gewesen.

Die Eltern … Die Blicke seiner Mutter würde er gern vergessen.

Sie hatte Salome geliebt, er wusste, sie vermisste ihre Schwiegertochter.

Er nahm ihr den kühlen Empfang nicht übel. Hannes fand, dass Doreen sich ganz gut geschlagen hatte …

Aber: Wäre er doch nur nicht mit ihr nach München gefahren.

München war falsch, er hätte es voraussehen müssen.

Oben im Haus erlosch das Licht, Herr Brantl hatte offenbar genug, und vielleicht deswegen wurde Hannes augenblicklich die Kälte bewusst, die überall in ihn hineingekrochen war, ja, er musste gehen.

Einmal sah er noch zu den Fenstern hinüber. Und jetzt war es nicht Kälte, die ihn frösteln machte, sondern das Schneidendhelle einer Wahrheit, die er zum ersten Mal in aller Konsequenz fühlte.

Nicht nur dachte.

Da stand er, ein Mann, der das Leben seiner Frau beschädigt hatte.

Nichts daran war wiedergutzumachen. Es würde Teil seines Lebens bleiben, das Leid von Salome, seine Lügen, sein Verrat würden ihn begleiten, was auch immer die Zukunft bereithielte.

Manchmal würde diese Wahrheit in den Hintergrund treten, verblassen, manchmal würde sie ihn überfallen beim Anblick einer Geste von sehnigen Händen, die ein Glas ergreifen oder eine Gabel, ein Messer, eine Kanüle, sie würde ihn beim Erkennen einer bestimmten roten Farbe lackierter Zehennägel in Sandaletten heimsuchen, beim Tanz geringelter dunkler Haare auf schmalen Schultern. Beim Aufnehmen von Gerüchen aus einem Hauseingang, Kerzengeflacker. In der Erinnerung von Gedichtzeilen.

„Wie soll ich meine Seele halten, dass sie nicht an deine rührt –“

Nie würde er sicher sein.

Was auch immer passieren würde –

Er drehte sich weg. Und nun vergaß er diese Wahrheit wieder.

Im Bruchteil der Sekunde, in der er sich wegdrehte vom Haus, mit dem Ärmel über die tropfende Nase wischte, seiner steifen Gelenke gewahr wurde, vergaß er die Wahrheit, er ging.

Er trabte den Weg zurück, vorbei an Bäumen und Zäunen. Hinter dem schwachen Schimmer der Straßenlampen glitten die dunklen Häuser vorüber, die Straßen glänzten.

Keine Wiesnleichen mehr, nur vereinzelte Autos, Taxis, deren Geräusche er als etwas Fernes wahrnahm.

Er ging wie betäubt und dachte nichts und war fast verwundert, als er in die Klugstraße einbog und die Eingangstür der Pension aufschloss. Er schlich durch den Flur zur Tür, hinter der Doreen schlief, und drehte so vorsichtig wie möglich den Schlüssel herum.

Da war sie.

Saß im Dunkeln. Sein Herzschlag beschleunigte sich.

Doreen saß aufrecht im Schneidersitz in ihrem lindgrünen Pyjama im Bett, ihre kleine, vorwitzige Nase wippte unter ihren geschlossenen Lidern, in ihren Ohren steckten AirPods.

Vor ihr leuchtete das Smartphone.

Sie würde zu Tode erschrecken, streckte er die Hand aus, also entschied er sich dafür, den Lichtschalter zu drücken.

Sie öffnete die hellblauen Augen mit den etwas verquollenen Lidern und betrachtete ihn ausdruckslos, ohne Regung.

Er versuchte zu lächeln, setzte sich neben sie. Ihre Haare waren verwuschelt, das hochdeutsche Wort dafür fiel ihm nicht ein. Er starrte in ihre Augen, deren Ränder gerötet wirkten, aber das lag vermutlich am funzeligen Licht der Deckenlampe, dieser Scheußlichkeit aus Plastik.

Langsam löste sie die Stöpsel einzeln aus den Ohren.

„Na", sagte sie spöttisch, „der Herr Nachtwanderer".

Ihre Unterlippe zierte ein weißes Häutchen, sie fasste mit dem Zeigefinger hin und rubbelte daran.

„Wie geht es dir?"

„Besser."

Sie schnippte das Häutchen seitlich auf den Teppichboden.

„Keine Übelkeit mehr?"

„Nein."

„Ich wollte mir nur …"

„… die Beine vertreten", beendete sie sarkastisch, „klar", und befeuchtete mit der Zunge ihre Lippen.

„Doreen", sagte er weich, „ich war spazieren, ja. Ich musste überlegen. Weil mir etwas am Herzen liegt, das ich dir eigentlich erst in Berlin sagen wollte."

Er nieste in seine Armbeuge, schniefte.

Die Starre in ihrem Blick hielt er für Müdigkeit.

„Ich muss es dir sagen."

Sie zog unter der Decke ihre Beine hoch, umschlang ihre Knie, gähnte: „Ein Geheimnis um drei Uhr nachts?"

Sie legte den Kopf schief.

Aber er war jetzt bereit, er konnte nicht mehr warten.

„Ja", er fuhr sich mit der Hand durchs Haar, lachte kurz auf, „wenn du so willst: Ein Geheimnis."

Seine Stimme war belegt:

„Ich … ich dachte viele Jahre, ich könnte wegen meines verstorbenen Bruders nicht … nicht Vater werden."

Sie verharrte reglos. Weiteten sich ihre Pupillen?

„Deswegen meine Sterilisation … Und das war viele Jahre … Es passte sehr gut … auch in meiner Ehe."

Das wusste sie längst, sie presste die Lippen kurz nach innen.

„Aber dann … Vor einigen Jahren stellte ich fest, dass ich das mutierte Gen meiner Eltern nicht geerbt habe."

Hannes suchte in ihren Augen nach etwas, das ihm Halt gab, eine Ermutigung, weiterzusprechen. Doreen aber sah ihn einfach nur an, mit leerem Blick.

„Was ich sagen will … ich meine … man kann das wieder … man kann es rückgängig machen …"

Stille.

„Ja", sagte sie ruhig, „ich weiß".

Er wartete, aber das war's.

Sie sah ihn einfach an.

Nichts weiter.

Wie viel Zeit verging?

Es war nicht das, was er gedacht hatte.

Nein, das war es ganz und gar nicht.

Hatte sie ihm überhaupt zugehört? Richtig zugehört? Aber vielleicht hatte er nicht den geeigneten Zeitpunkt –

Sie drückte auf ihr Smartphone, als wäre da etwas zu sehen, was sie nicht versäumen dürfte, richtete sich auf, streckte die Arme hoch und gähnte erneut. Sie sah entzückend aus.

„Wollen wir jetzt schlafen?"

Ja. Sie hatte recht.

Einen Augenblick verspürte er den Wunsch sie zu ohrfeigen. Und gleich darauf empfand er eine bleierne Müdigkeit. Er hätte ihr mitteilen können, dass ihm ein Kollege in einigen Tagen die Samenleiter wieder verbinden würde. Eigentlich, und das wurde ihm jetzt klar, wollte er diese Umkehr in seinem Leben mit ihr – *feiern*?

Er starrte sie an und erkannte etwas, wofür ihm erst in dieser Situation die adäquate Bezeichnung einfiel.

Doreen war imstande, mit offenen Augen *nicht* zu sehen.

Als wären ihre Blicke – tot. Hannes fröstelte, er rieb sich die Hände.

„Okay", sagte er, „okay, stimmt. Echt gute Idee."

*

Sie verhielt sich morgens, als hätte es die Szene wenige Stunden davor nicht gegeben.

Sie sprang aus dem Bett, duschte, klappte fröhlich ihren Koffer zu. Erzählte Hannes am Weg zum Bahnhof Patientengeschichten, machte ihn in der Halle aufmerksam auf Frauen in festlichen oder ordinären Trachten, auf Typen mit überdimensionalen Hüten, rollte mit den Augen, amüsierte sich.

Er wurde nicht schlau aus ihr, war aber dankbar für die gute Stimmung. Im Bistro trank sie Tee, was ihm als ungewöhnlich auffiel.

„Ach", meinte sie, „heute ist nicht so mein Kaffeetag".

Während der Fahrt in der Bahn später hörte sie Musik, tauchte ab in ihre Jazz-Universen, Miles Davis' *Bitches Brew*.

Später las sie in ihrem Buch, blickte in Thüringen auf und sagte: „Jetzt weiß ich, wer Michail Bachtin ist", und bevor er fragen konnte, „Wie? Der kommt in diesem Buch vor?", hatte sie es schon zugeschlagen, sich an ihn gelehnt und zu dösen begonnen.

Sie kamen nach Berlin zurück, in die Wohnung, die zu klein war für zwei Leute. Im hinteren Zimmer befanden sich ihre Instrumente, die sie sofort inspizierte und zu säubern begann. Als er ihr den Champagner aus dem Kühlschrank zeigte, hob sie den Daumen.

Er entkorkte die Flasche, sie stießen auf die überstandene Reise an, Doreen trank in großen Schlucken, begann über alles zu kichern.

Er sagte: „Du musst ihnen ein bisschen Zeit geben."

Sie dachte an den graublauen Blick der Mutter, das Goldblitzen im Mund seines Vaters, alles andere zerfaserte in ihrem Gedächtnis, die Gesichter, Gesten, Worte.

Hannes zeigte am Laptop auf die Wohnungs-Angebote in Pankow, Steglitz und Neukölln, die er in einigen Portalen gefunden hatte, „schön", lächelte sie und stieß sacht ihr Glas an seines, trank mit zurückgebogenem Hals. Trommelte mit ihrem Zeigefinger einen Rhythmus auf die Tischplatte.

„Schön, ja."

Sie war ihm ein Rätsel, ein Wesen, das aus einer entlegenen raumzeitlichen Ordnung zu kommen schien. Aber genau das, hatte er mittlerweile herausgefunden, war es. Es turnte ihn an. Trieb sein Verlangen nach ihr in Bereiche, die ihn verblüfft hatten und es noch immer taten.

Geduld, dachte er später, als sie ins Bett gingen und Doreen in seinen Armen einschlief, sofort.

Am nächsten Tag blieb sie liegen, hörte ihn in der Küche hantieren, wartete, bis er zur Arbeit in die Praxis ging.

Sie hatte noch einen freien Tag.

Ein kühler, aber wolkenloser Herbsttag empfing sie draußen.

Sie lief an der Apotheke, in der sie normalerweise einkaufte, vorbei, um die Ecke zur nächsten, ungeschminkt, in Jogginghose und Hoody, kaufte den Test und hockte sich, zurückgekehrt, auf die Toilette.

Der Strich war rot und eindeutig, keine Überraschung.

Während sie spülte und die Hände wusch, überlegte sie, ob sie Jon informieren sollte.

Ihm mitteilen, dass das letzte Treffen sechs Wochen zuvor, das in süßen Abschiedssex gemündet war, eine Konsequenz hatte.

Deren Beseitigung sie nicht allein bezahlen wollte.

Sie stopfte ihre Wäsche in die Maschine. Drückte das Bullauge zu.

Nein.

Sie füllte das Pulver in das Fach und drehte den Schalter. Das Geräusch des einschießenden Wassers befriedigte sie, wie immer.

Sie würde Jon nicht anrufen.

Es war ihr Körper und also ihre Entscheidung, ganz allein.

So wie damals, als sie fünfzehn gewesen war, und der etwas dickliche Trompetenlehrer in der Kantstraße einen unsichtbaren Hut vor ihr gezogen hatte, jedes Mal, wenn sie seine Wohnung betrat.

„Das hübsche Fräulein aus der Zone“, hatte er sie genannt, und ihre Lippentechnik gleich in der ersten Stunde gelobt.

Ihr in der zweiten mit Spucke in den Mundwinkeln mitgeteilt, dass Kunst und Eros untrennbar zusammengehörten.

Sie wusste nicht, was er damit meinte, auch nicht, als nach weiteren Stunden, in denen er sich angewöhnt hatte, ihr beiläufig über das Haar, die Wangen und die Finger zu streichen, wenn sie gut geübt und die Töne getroffen hatte, auch sein Gesicht einmal so nah an ihres geraten war, dass sie seinen Atem riechen konnte.

Sie bewunderte ihn, sobald er die Trompete an die Lippen setzte und scheinbar mühelos die Luftströme regulieren, satte Töne hervorbringen konnte. Er umfasste sie manchmal von hinten, um ihre Bauchmuskeln zu kontrollieren, zeigte ihr Zungenübungen, die ihr ein wenig peinlich waren, sie lachten gemeinsam. Nach ihr hatte immer ein Junge seine Stunde, der jedes Mal mit seiner Mutter draußen vor der Haustür wartete. Vielleicht waren diese beiden mit ein Grund, dass sie nicht darauf gefasst war, der Lehrer könnte eines Nachmittags den Schlüssel der Wohnungstür zweimal umdrehen, was sie, als es passierte, noch nicht wirklich beunruhigte. Erst als er auch das Unterrichtszimmer verschloss und ihr den fleischigen Rücken mit dem zu engen Hemd zeigte, den schütter behaarten Hinterkopf, etwas vorgebeugt, ein Augenblick des Zögerns, witterte sie – zu spät. Schon war er bei ihr, der Trompetenkoffer polterte zu Boden, mit der breiten Hand erstickte er ihren Schrei und im Fallen riss er ihre Beine auseinander.

Sie wusste nicht, wie sie damals nach Hause gekommen war.

Einige Stunden in ihrem Leben waren weg, ausgelöscht.

Ihre Erinnerung setzte wieder ein, als sie zu Hause in der Dusche stand. Und wie sie danach aus dem Bad trat und zu ihrer Mutter, die soeben einem Geist ähnlich vom Putzdienst zurückgekehrt war, murmelte, sie sei krank, sie gehe ins Bett.

Das Gefühl, eine in den Unterleib gerammte Eisenstange aushalten zu müssen, schien endlos zu dauern.

Nach dem Blut kam der Juckreiz, er war unerträglich, sie stopfte sich nasse Tücher in die Slips, rutschte in der Schule auf ihrem Stuhl hin und her, morgens hatte sie geronnenes Blut unter den Fingernägeln.

Dann begann sie zu erbrechen, „Iss was, Kind“, sagten die Eltern, aber erst, als die Periode immer länger ausblieb, vertraute sie sich dem ältesten Bruder an.

Er ging mit ihr zu einer Ärztin, die sie in Marienfelde, im Aufnahmelager, kennengelernt hatten. Sie nickte freundlich bei dem Wort „Schweigepflicht“.

Sagte: „Gott, nein“, als sie ihr zwischen die Beine leuchtete.

Die Medikamente gegen die Infektion bedeuteten endlich Erlösung, auch die Aussicht auf das Ende dieses Zustands, der Übelkeit. Mittlerweile war Doreen alles egal. Selbst wenn sie den Eingriff nicht überleben sollte.

Nach dem Termin bei der Ärztin brachte der Bruder tagelang die blutigen Binden an den Eltern vorbei in den Müll, kaufte Doreen Schokolade.

Und Taschenbücher. *Der Fänger im Roggen* wurde ihr Lieblingsbuch.

Der jüngste Bruder suchte ihr einen neuen Lehrer und die beiden Mittleren saßen die erste Zeit bei dem nächsten Trompetenlehrer in Schöneberg abwechselnd in der Ecke des Unterrichtszimmers und hörten zu.

Nie wieder, ihr ganzes Leben lang, hatte Doreen sich geschworen, würde jemand sie einsperren.

Nichts hatten die Eltern, die beide im Familiengrab in Weißensee lagen, je erfahren. Die Geschwister hatten dichtgehalten, all die Jahre hindurch.

Die Blätter des Ahorns vor dem Haus waren rot und gelb geworden in den Tagen ihrer Abwesenheit, das sah sie jetzt erst wirklich, als die Sonnenstrahlen den Hinterhof erreichten.

Sie ging ins Bad und nahm Hannes' Zahnbürste, sein Rasierwasser und Shampoo vom Brett. Sie steckte es in seine Kosmetiktasche. Aus dem Schrank holte sie seine Wäsche, Kleidung und ein Paar Schuhe, stopfte alles in den Koffer, der noch unausgepackt von der Reise im Schlafzimmer lag. Die übrigen Schuhe und das, was nicht mehr hineinpasste, warf sie in eine Mülltüte.

Nachts hatte sie wieder vom Mann ohne Gesicht geträumt, dessen Gewicht sie zu erdrücken schien und der wie immer kaum hörbar in ihr Ohr flüsterte, sie solle ihren armen Eltern keinen Kummer machen.

Sie stellte die Sachen vor die Haustüre.

Dann verabredete sie sich mit einer Freundin, um später mit ihr in den Lesekreis zu gehen. Anschließend würde sie den jüngsten Bruder anrufen, ihm sagen, dass sie einige Zeit bei ihm verbringen wolle und wusste im Vorhinein, dass er lachend „Dodo, prima" antworten würde, „ick stell noch 'n Bierchen kalt".

Zuvor wählte sie eine Nummer, die sie kannte, beantwortete einige Fragen und vereinbarte einen Termin.

Sie würde sich noch mal zwei Tage Urlaub nehmen müssen, irgendwie wäre das schon hinzukriegen.

Die Ahornblätter flirrten im Licht, eine gelborange, brennend goldene Hinterhofsinfonie.

In ihrem Kalender waren die Auftritte des Dodo-Quintetts in den nächsten Monaten rot eingezeichnet.

Tiefblau die Proben, wie das Stück Himmel über ihr.

Doreen lehnte sich zurück.

Darauf freute sie sich.

Von den Gedichthüten

Liebe Lilly,

diese Woche begann für die Kinder die International School, ich muss also nicht mehr, so wie die Wochen davor, Alleinunterhalterin spielen.

Bis nachmittags verfüge ich nun über meine Zeit, kann spazieren, einkaufen gehen, lesen, dösen, Briefe schreiben, es ist unglaublich.

Clemens kommt gewöhnlich erst abends – oh, ich weiß, was Du denkst, und kann Dir nicht widersprechen: Ein unverschämtes Luxuswesen bin ich geworden!

Deine raren Nachrichten zeigen mir, wie beschäftigt Du hingegen bist, und Deine Andeutungen über die Schwierigkeiten am Institut sowie die Unzuverlässigkeit der Babysitterinnen lassen mich Deine Nöte ahnen … hörst Du meine besorgte Stimme quer über die halbe Welt:

Achte auf Dich, versprich mir das, Liebe, ja?!

Vielleicht lenkt es Dich ein wenig ab, wenn ich Dir von uns und dem neuen Leben berichte:

Die Firma hat uns, wie ich Dir schon schrieb, eine Wohnung in Tai Ho, wo die meisten Expats, also Nichteinheimische, leben, zugewiesen, alles licht und groß, so wie wir es von zu Hause gar nicht kennen, und einen Pool gibt es hier auch. Begeisterung bei den Jungs klarerweise.

Das, was uns gleich nach der Ankunft überwältigte, war natürlich die tropische Luft mit all den Gerüchen, der Lärm, der Verkehr, Baustellen, die Menschen,

Frauen vorwiegend mit Mundschutz unter ihren Reishüten („Mama, warum tragen die einen Verband um den Mund?", „Keine Ahnung…", natürlich dachte ich gleich: das Internet hat recht, Luftverschmutzung, oje!), die Millionen Mopeds, Motorroller, dazwischen Räder, Autos, Altes und Neues neben- und ineinander, alles betörend fremd.

Die ersten Tage betreute uns Herr Langschloss, ein Kollege von Clemens. Brille, teigiges Gesicht, flinke Augen (auch auf mich, steht wohl auf Mollige, ha!), er zeigte uns einige Sehenswürdigkeiten und Restaurants, den Weg zur Schule, zum Arzt und zur Arbeit, nett, jaja, wir wollten uns schon herzlich verabschieden, als er die Sache mit den Hunden erwähnte.

Man solle auf keinen Fall, rief er an einer Kreuzung im Abgas- und Hupchaos, hier in Vietnam, seine Stimme wurde noch lauter, weil er gegen das Knattern angehen musste: AUF KEINEN FALL EINEN HUND HALTEN! Weil der nicht sicher wäre.

Jakob runzelte die Stirn, während Felix an meiner Hand zwischen zwei regenbogenschillernden Pfützen hin- und herzappelte.

Hunde würden weniger als Haustier, sondern vielmehr als Bestandteil der traditionellen Küche angesehen, schrie Herr Langschlotz, und von Hundefängern gestohlen und vor dem Kochen oder Grillen GRAUSAM ERSCHLAGEN.

ZU HUNDERTTAUSENDEN!

Clemens tat so, als habe er nicht richtig verstanden, der elende Feigling, weswegen ich ihn mit meinem Kampfgrinsen bedachte. Was nichts half, sodass ich, während Felix schon zu schluchzen begonnen hatte, mich wieder Herrn Langrotz zuwandte und brüllte:

„Sagen Sie mal, leiden Sie unter AKUTEM SADISMUS?“

Sodann die Kinder an den Händen fasste und mit ihnen abzog.

Ich war so wütend, dass ich zum ersten Mal keine Angst hatte, sondern einfach losmarschierte und tat, was hier alle, die zu Fuß unterwegs sind, tun: Man geht, ohne links und rechts zu schauen, in diese Mopedmasse hinein wie ein Keil, den die Maschinen in leichten Ausweichbewegungen gewähren lassen, man darf einfach nicht stehen bleiben, muss stur geradeaus Kurs halten, vor Dir öffnet sich ein Spalt, hinter Dir schließt sich die Welle, und plötzlich ist man auf der anderen Seite und hat es, oh Wunder, überlebt.

Natürlich stritten Clemens und ich die halbe Nacht, weil er mein Verhalten hysterisch und karriereschädigend fand, ich ihn in eine an Peinlichkeit nicht mehr zu überbietende Situation gebracht und er sich zerknirscht entschuldigt habe (bei Herrn Krankklotz) – und jetzt, Lilly, kommt's:

Dieser Mann, mit dem ich nun schon viele Jahre zusammenlebe, den ich mir als Lebensmensch erwählte, weil uns nicht nur eine mehr oder weniger intelligente Humorebene und zwei Jungs, sondern etliches darüber hinaus verbindet, dieser im Grunde geliebte Ehemann sagte an jener Kreuzung, nachdem wir drei verschwunden waren (was er im Übrigen verantwortungslos fand, nämlich sich! gegenüber), zu diesem Herrn, der meine Kinder nachhaltig verstörte und nach nun folgendem Satz sicher gönnerhaft grinste und auf wissend-verständnisvoll machte (so stelle ich mir diesen Dialog unter Männern vor und liege vermutlich nicht falsch):

„Ich fürchte, sie hat ihre Tage.“

Alles in mir wurde kalt, bis in die Knochen kalt, als Clemens mir das abends beichtete (der katholisch getaufte Dummkopf, er wollte Absolution), und bevor ich noch etwas erwidern konnte, erwachte Felix schreiend, flüchtete mit seinem alptraumheißen Körperchen in meine Arme und weigerte sich, allein weiterzuschlafen.

Dies verhinderte, dass ich Clemens Dinge sagte, die unsere Ehe beendet hätten, unwiderruflich.

Jedenfalls blieb der Kleine die folgenden Nächte bei mir im Ehebett, während sein Vater ins Kinderzimmer zog.

Die schlimmen Träume raubten uns die ganze Woche über den Schlaf, eine Erinnerung an das frühere Zombiedasein, als die Jungs Kleinkinder waren, nur dass meine Augenringe nun nicht mehr nur grau sind, wie damals, sondern blauschillernd bis schwarz. Junkie, hallo, begrüßte mich morgens der Spiegel im Bad.

Außerdem teilte Felix uns beim Löffeln seiner Frühstücksflocken mit bebenden Mundwinkeln mit, er wolle nach Hause.

Worauf ich Clemens verkündete, er könne fürderhin jegliche Zusammenkunft mit seinen Arbeitskollegen solo erledigen.

Nicht genug mit all dem: Opa und Oma in Weimar müssen nun Gretchen jedes Mal vor den Computer zerren, dieses Riesentier, das noch ein Welpe ist (googel mal die Hunderasse „Leonberger"). Per Skype muss festgestellt werden, wie putzmunter sie alle Stofftiere zernagen und meinen vollkommen beratungsresistenten Eltern weiterhin über den Kopf wachsen kann.

Auch Jakob, der, wie Du weißt, härter im Nehmen ist als sein kleiner Bruder, brauchte mehrere liebevolle

Gespräche, um die Einweisung in die landestypischen Eigenheiten zu verkraften.

So viel zu unserem Start in das so ersehnte Auslandsjahr.

Seither heißt Clemens' Kollege Herr Kurzschluss oder Nullanschluss, ich weiß, Scherze unter jeglichem Niveau, aber trotzdem hilfreich.

Für mich zumindest.

Aber es gibt auch das zu berichten:

Verschwindet der Smog, der manchmal grau wie ein Vorhang oder wie eine Schwefeldecke über allem hier liegt, strahlt plötzlich eine Sonne vom Himmel, welche die Farben zum Explodieren bringt, das Grün in Hanoi zu einem Lichtgefunkel macht, besonders, wenn man sich – leider zu selten – unter den riesigen Bäumen befindet, die Drachenapfel heißen.

Drachenapfel!

Gestern klatschte mir eine bechergroße Engelstrompetenblüte in die aufspritzende Suppe, leuchtendes Rot, wie man es sich zu Hause gar nicht vorstellen kann.

Der Strauch, vor dem ich im Innenhof des Restaurants saß, war meterhoch, ein Wunderwerk, voll mit diesen überwältigenden Blüten.

Überrascht kicherten wir los, Felix streckte seinen Arm aus, um die Blüte herauszufischen – schon standen die Kindesfinger in der Luft, unsere Münder offen und die Schüssel wackelte in den schmalen Händen einer Prinzessin (so Felix). Und tatsächlich sehen sie so aus, diese grazilen Kellnerinnen in ihren buntschimmernden traditionellen Gewändern, die *Áo dài* genannt werden, mit ihren mandelförmigen Augen, diesen anmutigen Figuren, dieser unglaublichen Haut.

Der kirschrote Mund unserer Prinzessin öffnete sich und klärte uns auf, dass die Engelstrompete hochgiftig sei.

„Don't touch it, please!" Am besten wäre es, den Tisch zu verrücken.

Was mehrere Prinzessinnen vollführten, nachdem wir aufgestanden waren, es sah wie ein bezaubernder Tanz aus.

Ja, Schönheit und Schrecken, liebe Lilly, sind in diesem Beispiel wieder einmal sinnfällig zusammengefasst, das weitere Essen übrigens war sensationell (für die Eltern). Leider werden vom Rest der Familie meist Gerichte „von zu Hause" verlangt, was sowieso nur Nudeln mit Ketchup oder Pfannkuchen bedeutet, sodass ich anderweitig meine kulinarischen Gelüste stillen werde müssen.

Jetzt, wenn ich aus dem Fenster sehe, präsentiert sich die Welt draußen schiefergrau, die Palmen biegen sich, es sieht kalt und unwirtlich aus.

Träte ich aus dem Haus, umfinge mich Atmosphäre wie ein Schlag eines feuchten Handtuchs ins Gesicht, auf die Brust, und innerhalb von Minuten wäre alles nass an mir.

Gut, dass es hier drinnen kühl ist, obwohl ich die Temperaturunterschiede immer schlechter vertrage – die Klimaanlagen halte ich trotzdem für einen Segen (und bitte, sag jetzt nicht, dass sie gleichzeitig ökologische Katastrophen sind, ich weiß es ja, ich weiß es).

Clemens meint, die Stadt habe sich stark verändert, ganze Hochhausketten seien neu, er war ja vor zwanzig Jahren zum ersten Mal hier. An den Bau einer U-Bahn dachte damals noch niemand, ebenso wäre ein McSowieso unvorstellbar gewesen. Und nun prangt dieser Billigfresstempel mitten im historischen Zentrum, im ehemaligen Feindesland. Das vietnamesische Essen ist so vielfältig, so fein, dass ich nicht begreife, wie sich dieser Laden halten kann. Gut, der Tourismus, die Jungs stürzten auch sofort hin, begrüßten das Logo wie ein heimatliches Symbol. Das selbstverständlich nichts anderes bedeutet als den Zusammenschluss einstiger Todfeinde gegen den gefräßigen Rivalen China (es gibt da so einige brandgefährliche Scharmützel um Inselgruppen im Südchinesischen Meer ...).

Aber nicht nur die amerikanische „Küche" begegnet uns: Stell Dir vor, es gibt auch „Berlin Kebab" hier und Thüringer Bratwurst, alles Zeichen der Verbindungen zu Deutschland, zum früheren geteilten und nun zum rein westlichen ...

Doch das alte Hanoi lebt offensichtlich auch weiter, wie Clemens bestätigte: Das Stromkabelgewirr, das sich abenteuerlich zwischen den Häusern der Altstadt herumrankt und jedes Mitglied einer Baubehörde in unseren Breiten zur Schnappatmung nötigen würde, wächst wohl seit Jahrzehnten munter vor sich hin. Und rätselhaft wird mir bleiben, wie die Leute auf Kinderplastikstühlen den ganzen Tag neben der befahrenen Straße, also in Abgashöhe sitzen können, ohne abends taub oder tot oder beides vom Hocker zu fallen.

Die Jungs sind nach dem Hundeschock nun doch von vielem angetan, vertragen den beispiellosen Lärm besser als ihre Mutter und haben nicht wie diese das Gefühl, dauernd schmutzig zu sein. (Klar.)

Was die politische Situation betrifft, sorgen die Ansagen, die jeden Morgen um 6 Uhr 45 und später am Tag aus den überall montierten Lautsprechern krächzen, eindrucksvoll dafür, dass niemand vergisst, in welchem

Land man sich befindet: in einem realsozialistischen nämlich.

Du, liebe Lilly, hast das nie erlebt. Dieses Gebrüll soll die Leute über die glorreichen Errungenschaften der kommunistischen Partei belehren, fordert sie auf, ihre Steuern zu bezahlen, allfällige Gesetzesänderungen zu befolgen, dem sozial Bösen zu widerstehen und so fort. Oh, diese Lügenschleudern.

Clemens hat die Ruhe weg. Morgens geht er gut gelaunt und kommt abends zufrieden nach Hause. Er sagt, dass die Vietnamesen immer schon so waren: fleißig und lernbereit, ganz anders als andere Nationen. Das ist rassistisch, sage ich dann, aber er sagt, das sei Blödsinn, in seiner Firma habe man schon zu DDR-Zeiten gerne aus diesen Gründen mit ihnen gearbeitet.

Liebe Lilly, ich musste unterbrechen, weil es läutete. Lan ist gekommen, was übersetzt Orchidee bedeutet, und ich wage es Dir gar nicht zu schreiben: Sie ist unsere Haushaltshilfe.

Sie kocht, wäscht, putzt, und ich kann Dir nicht sagen, welche Mächte in mir toben, Du weißt schon was ich meine.

Lan und ich können uns nur über Gesten miteinander verständigen, und sie will auf keinen Fall, dass ich ihr beim Tragen ihrer Arbeitsgeräte helfe (sie schleppt alle Putzsachen mit, einschließlich des Staubsaugers).

Ich lerne mit ihr die Kunst des Augenlesens, da sie immer Mundschutz trägt. Mittlerweile weiß ich, dass sich die Leute hier – wie viele in Asien – vor Schadstoffen und Krankheiten damit versuchen zu schützen.

Vielleicht täte es auch uns gut, draußen Mund und Nase zu bedecken, „Geht's noch", sagt mein lieber Mann und tippt mit dem Zeigefinger an seine Stirn.

Ob ich mich jemals daran gewöhnen werde, dass wir beide hier aus der Bevölkerung aufragen (sofern keine anderen Expats oder Touristen in der Nähe sind), bezweifle ich – jedenfalls fühle ich mich wie eine teutonische Milchkuh auf der Straße und Clemens mit seiner bleichen Haut ist eine austriakische Riesenmade (so nennt er sich selbst, er ist Maschinenbauer, wie Du weißt, kein Zoologe).

Du fragtest, was genau seine Aufgabe ist:

Seine Firma stellt Teile von Maschinen für den Straßenbau her, ökologisch nachhaltig, was immer das heißen mag. Besonders die ländlichen Gebiete sollen endlich asphaltierte Straßen bekommen, viele Dörfer sind nur über einspurige Schlamm- oder Staubwege erreichbar, vor allem im Norden Vietnams gibt es noch viel zu tun. Meinen Einwand, dass mehr Infrastruktur die Kulturen der noch lebenden Bergvölker wie *Dao, Tai, Muong* oder *Hmong* doch endgültig auslöschen werde, konterte Clemens gelassen.

Ob ich glaube, dass Brandrodung als Landgewinnungsmittel hilfreich sei? Das nämlich betrieben die Völker des Nordens weiterhin, wenn man ihnen keine Alternativen böte.

Und: Aufgrund des Männerüberschusses beim großen Nachbar China (wegen der massenhaften Abtreibung weiblicher Föten) würden seit längerer Zeit die Mädchen dieser Minderheiten an Chinesen verkauft oder verschwänden aus ihren Dörfern ohne irgendeine Spur. Nein, liebe Lilly, das ist keine böse Geschichte aus vorangegangenen Jahrhunderten, dem Mittelalter zum Beispiel. Es findet JETZT statt. Somit bedeutet Straßenbau laut Clemens Tourismus und Wirtschaft, also – Heiliges Wachstum. Und kein Verkaufen oder Verschwinden der Mädchen aus Armutsgründen.

Nach diesem Gespräch brauchte ich Luftveränderung, ließ meinen Mann am Tisch sitzen und betrat das nächste Zimmer.

Dort beugte sich Jakob, unser Bastler und Tüftler, soeben über seine Roboterbausteine und flitzte mit der Zunge zwischen seinen Zahnlücken hin und her (das Loch zwischen den Schneidezähnen ist das einzige Merkmal, das er von mir hat), seine Sommersprossen glühten vor Konzentration.

Der Kleine malte etwas Blaugrünes am Boden, nannte es „Tintenfisch", war über und über mit Wasserfarbe bekleckert und wollte, dass ich mit ihm Monster in der Tiefsee male.

Schreckliche Monster!

Was ich dann auch mit Hingabe tat.

Damit ich Lan nicht störe, bin ich jetzt auf die überdachte Terrasse gewandert. Falsch: Damit ich aus dem Radius des schlechten Gewissens herauskomme und ihre Wischgeräusche nicht höre.

Es ist windig und schwül, wie beschrieben, meine Fingerkuppen kleben an der Tastatur, aber ich muss Dir unbedingt noch erzählen:

Letztes Wochenende machten wir einen Ausflug zur Parfüm-Pagode, und das, muss ich sagen, war eine erstklassige Lektion.

Eine, die man sich für alle Zeiten merkt.

Als würde Dir Geschichte unter die Haut injiziert.

Zuerst fährt man mit dem Bus zwei Stunden südwestlich von Hanoi aus, bis man zum Yen Fluss gelangt. Umstieg in ein rostiges Boot jeweils zu zweit plus der Ruderin (ja, es sind meistens Mädchen und Frauen allen Alters, die diese anstrengende Arbeit machen).

Die Ruderin von Clemens und Jakob war sehr jung. In dem Durcheinander bei der Bootsstelle war es mir nicht aufgefallen, erst, als wir schon Platz genommen hatten, erkannte ich, dass sie zudem schwanger war. Am liebsten hätte ich unsere Bootsfrau, die ich auf Mitte Dreißig schätzte, gefragt, ob sie nicht tauschen wolle, weil Felix und ich leichter sind. Abgesehen von den Sprachschwierigkeiten schwammen wir aber schon los, und so werde ich das Bild nicht vergessen von meinem riesigen Mann, unserem siebenjährigen Sohn, der im Kontrast zu diesem rudernden Mädchen mit dem gewölbten Bauch, das aussah wie höchstens fünfzehn Jahre alt, plötzlich stämmig wirkte.

Grüne Berge und leuchtend helle Reisfelder, so weit das Auge reicht, lenkten mich ab, winzige Tempel, in denen Enten schliefen, inmitten von Wasserrosen und Lilien, und Stille, Stille, die nur vom Flügelschlagen einzelner Kraniche durchbrochen wird oder vom Krächzen der alten Scharniere an den Booten.

Selbst die Jungs hörten auf, einander zuzurufen, schauten irgendwann nur mehr mit großen Augen so wie wir.

Und dann begannen die Mädchen und Frauen zu singen.

Von Boot zu Boot wehten Klagegesänge, Freudengesänge, Anbetung der Götter und Göttinnen…

Zuweilen tauchten weit hinten im Grün einzelne, aufrecht stehende Gestalten auf, angetan nur mit einer Art Lendenschurz und dem typischen Palmblätterhut, langsam eine lange Stange eintauchend, sie glitten, schwebten vorbei wie Geister.

Felix schmiegte sich an mich, sein kleines Rückgrat in meinem Bauch, sein verschwitztes Haar unter meinem Kinn. Die Kompaktheit dieses wilden, zerbrechlichen Körpers und das wehe Wissen, dass diese Art Zusammensein zeitlich begrenzt ist, verursachten einen Glückstaumel in mir. Ab und zu drehte er sein Gesicht zu mir hoch, die Stupsnase mit den Sommersprossen, sein Blick suchte meine Augen.

Er hatte keine Worte, aber ich wusste genau, was er mir sagen wollte.

Ein feierliches Staunen über die Welt einte uns.

Nicht lange, weil er dann doch zappelig wurde und nach den Enten grapschen wollte, die uns begleiteten.

Aber lange genug, um diese Momente für immer aufzubewahren in der inneren Schatzkiste.

Die Reise durch diese Märchenlandschaft dauerte ungefähr eineinhalb Stunden, und wäre es das Einzige, was ich von Vietnam sehe, ich sage Dir, der Aufwand hierherzukommen hätte sich gelohnt.

Schließlich steigt man aus (die Ruderinnen deuteten, dass sie warten würden) und kämpft sich noch mal so lang einen Berg hinauf, um zur Pagode zu gelangen, einem zentralen buddhistischen Heiligtum in Vietnam. Es hätte auch eine Seilbahn gegeben, aber wir fanden, das sei zu einfach.

Welche Überhebung!

In unserer Gruppe trugen alle dickes Schuhwerk, Hüte und Mützen, die ersten keuchten nach zehn Minuten, einige stützten sich auf Felsbrocken, schweißüberströmt. Unsere Kinder staunten wie wir, denn links und rechts von uns flitzten nur wenig ältere Jungen und Mädchen das Gestein hoch, an den Füßen irgendwelche Latschen und Flipflops. Sie trugen Wasserkanister für uns, ein Service, den man natürlich extra bezahlen muss. Es schien ihnen nichts anzuhaben, sie wirkten gemsengleich, kannten offenbar jede Spalte, jeden kleinen Vorsprung, von dem aus sie dann auf uns warteten, nie rutschten sie ab, und einen Moment lang sah ich uns von oben:

Eine Gruppe zum Teil überernährter Leute aus Europa und den USA, verzerrt vor Anstrengung, sich Schritt für Schritt vorrobbend, und übers Gestein verteilt die feingliedrigen einheimischen Kinder, aufwärts tänzelnd, eigentlich schwer schleppend, was ihnen jedoch in keinem Moment anzusehen war. Alles an ihnen war dem Klima, der Landschaft gemäß, und als ich zweien von ihnen einmal nahekam, bemerkte ich, dass auch ihre Transpiration vollkommen anders zu funktionieren schien als unsere.

Und da verstand ich, habe plötzlich *mit allen Sinnen* verstanden, warum die Amerikaner den Krieg verlieren mussten.

Gegen diese zierlich gebauten Menschen, die von diesen Landschaften hervorgebracht worden waren, konnten sie letztlich nicht gewinnen, Menschen, die in Hunderte Kilometer langen, teilweise mehrstöckigen Tunnels unter der Erde Waffen und Nahrungsmittel transportierten, Tunnelsysteme, in denen normal große westliche Menschen nach der ersten Minute

Platzangst bekommen oder gleich stecken bleiben. Mit all ihren schweren Kriegsgeräten, den Tonnen von Bomben, Minen, dem Agent-Orange-Irrsinn, all den Militärberatern in Unmengen von Hubschraubern, trotz all der Massaker, Folterungen, Vergewaltigungen – sie konnte nicht siegen, die scheinbare Übermacht.

Aber was heißt das, liebe Lilly.

Der Krieg bleibt doch bei allen, in allen, mehrere Generationen lang.

Er bleibt bei den Siegern und bei den Verlierern, er vermint Böden und zerstört Lebensbedingungen, Körper und Seelen viele Jahre danach, auch, wenn es nicht gleich zu erkennen ist.

Aber zurück zu unserem Ausflug.

Ich brauche vermutlich nicht zu erwähnen, dass ausnahmslos alle unserer Gruppe die Seilbahn zurücknahmen (die Pagode in der Höhle oben am Zielpunkt war wegen Überfüllung nur von ferne erkennbar, also etwas enttäuschend).

Clemens musste die Gondel aus einem zweiten, nämlich patriotischen, Grund besteigen: Es ist eine österreichische Firma, die mittlerweile in ganz Asien und darüber hinaus Seilbahnen baut, in jeden halbwegs hohen Berg dieser Welt Beton hineinrammt, damit der Mensch sich nicht mehr plagen muss und eine schöne Aussicht hat dabei.

Tatsächlich wurde uns ein atemraubender Blick von dieser Gondel aus ermöglicht, im wahrsten Sinne für mich, die ich nach innen stoßbetete mit meiner Höhenangst (die den männlichen Mitgliedern meiner Familie nur genervtes Augenrollen oder Kichern abnötigt) und froh war, als wir am Boden ankamen.

So, jetzt bin ich wieder hineingewandert. Hocke nun am Bett im Schlafzimmer, während Lan die Küche putzt.

Was ich noch hinzufügen muss:

Ohne das Parfüm-Pagoden-Erlebnis könnte ich das Bild nicht verstehen, das ich gestern im Frauenmuseum sah.

Ja, das gibt es hier, ein Museum, das auf drei Stockwerken den vietnamesischen Frauen gewidmet ist. Das sozialistische Pathos muss man übersehen, vor allem am Anfang mit dem heroischen Mutterkult, der mir sofort auf die Nerven ging. Aber im mittleren Teil der Ausstellung blieb ich lange hängen.

Oh, Lilly. Hier hängt das riesige Bild, das ich nie wieder vergessen werde, ein Schwarz-Weiß-Bild.

Die zarte Soldatin mit dem Maschinengewehr, barfuß, vor ihr geht der Riese mit gesenktem Kopf, zweimal so groß und mächtig wie sie, die Arme am Rücken zusammengebunden.

Sie hieß Nguyen Thi Kim Lai und war siebzehn, Anführerin einer Frauenmiliz, die 1965 den amerikanischen Soldaten William Robinson gefangen nahm. Sie trafen einander zwanzig Jahre später wieder, auch davon gibt es ein Foto – sie blickt hoch und lächelt ihn an und man könnte meinen, sie seien seit Ewigkeiten befreundet, die kleine Vietnamesin und der nun sehr dicke Riese aus Amerika.

Will man jedoch mit jungen Leuten hier in Hanoi über die Vergangenheit sprechen, winken viele ab.

Das hat mir Oi erzählt, die gegenüber wohnt und für eine NGO arbeitet. Sie ist Thailänderin und spricht fünf Sprachen. Sie sagt, dass wir aus dem Westen am Amerikanischen Krieg, wie er in Vietnam heißt, weit mehr Interesse haben als die Leute hier. Schuldkomplexe, überhaupt Kriegstraumata aller Art leiteten uns, die wir mit unserem amerikanischen way of life nach Vietnam kämen. Und sie sagt, es sei so, ob wir es nun wüssten oder nicht.

Ich wollte höflich einwerfen, dass ich eher im russischen Einflussbereich sozialisiert worden bin, aber Oi sah mich mit ihren dunkelbraunen Augen auf eine Weise an, dass ich verstummte.

Tatsächlich wusste ich nicht genau, was Russland, oder besser gesagt, die frühere Sowjetunion, in Vietnam getan hat. Das kommunistische Nordvietnam unterstützt, ja …

Grässliche Lücken, Lilly!

Während Oi mir einen Tee reichte, der nach Ingwer und etwas Blumigem duftete, erinnerte ich mich an eine Situation in Berlin, in der Nähe des Alexanderplatzes, kurz vor unserer Abreise.

An der Kasse des Supermarkts saß eine ältere Vietnamesin, deren Gesicht sich plötzlich verhärtete, als sie die Person vor mir in der Schlange sah. Ich konnte richtiggehend spüren, wie es einige Grad kälter um diese Kasse herum wurde, um uns alle. Die kleine, alte, zierliche Dame in Blazer und Hose vor mir schien äußerlich davon nicht beeindruckt zu sein, sie legte mit fein manikürten Händen mehrere Bio-Tees aufs Band, sah die Frau vor sich aber nicht an.

Diese starrte ins Ungefähre, als ihr Arm, steif wie ein von ihr unabhängiger Körperteil das Wechselgeld hinlegte, es gab kein „Sönen Taaag“, wie sie es bei mir sagte und wie ich es beim Hinausgehen beim nächsten Kunden erneut hörte. Die kleine Dame draußen war nicht weit gekommen, sie tippelte langsam und telefonierte, als ich an ihr vorüberging. Sie war ebenfalls eine Vietnamesin, wie ich aus den Augenwinkeln erkannte, sie sprach schnell und laut mit ihren dezent geschminkten Lippen und verschwand in der Menge.

Jetzt erst, Lilly, verstehe ich diese Szene. Ich hatte die Begegnung zweier Frauen erlebt, die aus den unterschiedlichen Teilen Vietnams stammen, Norden und Süden. Mehr als vierzig Jahre nach Kriegsende! Nachdem die Wiedervereinigung stattgefunden hatte! Aber die Zusammenführung des Landes unter kommunistischer Herrschaft hatte so viel neues Leid gebracht, Folter, Umerziehungslager, millionenfache Flucht…

Bis heute gibt es in Berlin, wo man sich leicht begegnen könnte, wenig Berührungspunkte zwischen jenen, die in der DDR gelebt hatten und geblieben sind, und denen, die als boat people ab Ende der siebziger Jahre in den Westen kamen. Im Gegenteil: nach wie vor ist Ablehnung vorherrschend, stell Dir das mal vor.

Oi führte dann noch sanft und hartnäckig aus, dass der Amerikanische Krieg eine Auswirkung des Kolonialismus war und ein Stellvertreterkrieg, um die Ausweitung des sowjetischen Imperiums in die Schranken zu weisen, Tatsachen, welche mir bekannt sind, aber wieder einmal überkam mich so ein fieses Ganzkörper-Ohnmachtsgefühl.

Denn wer hat denn vor Jahrhunderten angefangen mit den ganzen Ausrottungen und der Ausbeuterei weltweit.

Richtig, Lilly. Wir aus Europa, ganz genau.

„Wann kommst du?“, blinkte eine SMS auf meinem Handy auf, aber ich hätte es unhöflich gefunden, die Tasse Tee nicht zu Ende zu trinken.

Außerdem war ich ein wenig befangen, da Oi mich zum ersten Mal eingeladen hatte. Ich wollte unbedingt noch wissen, was ihr Arbeitsschwerpunkt ist. Sie kämpft in ihrer Abteilung gegen die Müllberge, die nicht nur an den Straßenrändern und Flussufern der Städte und Dörfer sichtbar sind, sondern wohl auch, wie sie sagt, massiv das Meer, Strände, Mangrovenwälder, Berggebiete verseuchen (mir reicht schon, was ich bisher gesehen und gerochen habe).

Laut Oi befinden sich etliche einheimische Umweltschützer und Bloggerinnen, die mehrere Umweltskandale aufgedeckt haben, in Haft.

Man müsse, seufzte sie, als internationale Organisation sehr diplomatisch vorgehen und habe viel zu wenig politischen Spielraum.

„Hm", meinte Clemens, als ich ihn später fragte, ob er glaube, dass das gut gehe, dieses Ineinander von Kommunismus und Kapitalismus.

Und dann meinte er, ich solle aufpassen, mit wem ich spreche. Auch wenn es eine Ausländerin sei.

„Was?", rief ich entsetzt, „Oi?"

Er sah mich mit seinen Teddybärenaugen an und sagte, es tue ihm sehr leid, aber jeder und jede könne es sein. Er müsse in der Firma auch auf seine Worte achten.

Dann umarmte er mich, und ich atmete den Geruch seines warmen, beruhigenden Körpers ein.

Wir spürten beide, dass ich bereit war, seinen Verrat an der Kreuzung endgültig in die Kiste „Erledigtes" zu packen, in der schon Anderes gestapelt ist, an das ich mich nicht mehr erinnere. Bösartigkeiten, Schimpfwörter, Nächte allein mit hochfiebernden Babys, Erschöpfungszustände, Einsamkeiten in allen Varianten, Tobsuchtsanfälle.

„Janie“, murmelte er, „alles in Ordnung, ja?“

Ja, für einen Moment war es das, oder etwas länger, die Welt zwischen uns war in Ordnung.

Das Übrige aber konnte ich nicht wegdrängen.

Wie dumm, wie bodenlos dumm und naiv ich hierhergekommen war.

Und am nächsten Tag bäumte sich alles in mir auf.

Nein, dachte ich, nicht Oi.

In der Ecke des Zimmers, in dem wir gesessen und Tee getrunken hatten, war ein kleiner Tisch mit Bildern, Blumen, Räucherstäbchen und Geschenken aufgebaut. Auf meine Frage antwortete Oi, das sei der Altar und die Opfergaben für ihre Ahnen. Thailand und Vietnam seien sich sehr ähnlich diesbezüglich.

Ich hatte schon die Gräber in den Reisfeldern hier gesehen, deren genaue Lage, wie mir erklärt worden war, von *Sehern* festgelegt wird. Diese erkennen, wo die Toten am liebsten beerdigt werden wollen.

Es gibt zwei Begräbnisse im Norden Vietnams, das erste nach dem Tod, das zweite, wichtigere nach drei bis fünf Jahren.

Die Reste des Leichnams werden dann aus der Erde geholt, die Knochen „entfleischt“ und mit „duftendem Wasser“ gereinigt und in einer zweiten Zeremonie erneut in einem Sarg liegend vergraben, für die Ewigkeit.

Die Seelen der Verstorbenen aber leben mit den Menschen in den Häusern. Sie erhalten kleine Geschenke, Früchte, es werden ihnen Neuigkeiten, Sorgen, Freuden erzählt, man verbrennt Papiergeld für sie, damit sie im Jenseits nicht leiden müssen.

Man wohnt mit den Toten zusammen, sie bleiben Teil von jedem Familienmitglied.

Und da musste ich an Salome denken.

Du weißt, das ist die Frau von Hannes, von der ich Dir schon ab und zu erzählte, die Frau von Clemens' Cousin in München.

Als ich sie das letzte Mal sah, sprachen wir über Südostasien, weil sie planten, nach Vietnam zu reisen.

Sie fragte mich, ob ich wisse, dass die Menschen in der alten Kaiserstadt Hué sogenannte Gedichthüte trügen.

Gedichthüte!

Ich hatte natürlich keine Ahnung.

Salome erklärte mir, dass die Innenseite der Hüte mit Bildern oder Versen bemalt werden. Hält man den aus Palmenblättern gefertigten Hut in die Sonne, kann man die Bilder sehen und die Gedichte lesen.

Wir bekamen beide fleckige Wangen vor Aufregung und überlegten schon gemeinsame Ausflüge, weil sich die Zeit unseres Aufenthaltes mit ihren Reiseplanungen überschnitt. Wir sandten uns Berichte, Bilder, sie schickte mir Verse, zum Beispiel von dem nach Amerika geflohenen Dichter Tô Thùy Yên – … *Jede Nacht grabe ich mir aus Träumen ein Nachtlager*… oder … *wie der Fluss sein Herz wechselt, wie der Berg die Füße bewegt…*

Zum ersten Mal hatten wir etwas Gemeinsames, und ich fühlte mich ihr ganz nah.

Am meisten, glaube ich, lag Salome daran, mehr über die Ahnenkulte in den verschiedenen Ländern zu erfahren. Sie sagte damals zu mir (und noch heute schaudert es mich, weil sie mir damit Einblick in etwas gewährte, das mir unbekannt war):

„Ich möchte sehen, wie man die Toten ehren kann, ohne dass sie einen auffressen.“

Bisher haben wir keine Nachricht, ob Hannes und Salome nach Vietnam kommen werden.

Und je länger das Schweigen andauert, desto fraglicher scheint mir die Reise der beiden auch zu sein.

Das hängt mit dem zusammen, was mir Clemens eines Morgens mitten in unseren Abfahr-Vorbereitungen offenbarte. Er wolle es mir eigentlich nicht erzählen, sagte er, aber er halte es nicht mehr aus.

„Was denn?“, fragte ich mit leise klingelnden Panikglöckchen im Hinterkopf.

Er sei, holte Clemens tief Luft, einige Wochen zuvor mit Hannes verabredet gewesen, der einen beruflichen Termin in Berlin gehabt hatte.

Nach zwanzig Minuten Warten in der Hotellobby und mehrmaligen vergeblichen Anrufen hatte Clemens gehen wollen, als plötzlich ein verliebtes Paar, offenbar direkt aus dem Bett gekommen, aus dem Lift herausgetreten war. (Mein Panikglöckchen verstummte.) Hannes war entgegen seiner sonstigen Souveränität nervös wie ein kleiner Junge geworden, hatte sich bei Clemens, den er offenbar komplett vergessen hatte, entschuldigt und das „blonde Nymphchen“, wie Clemens meinte, als „Assistentin“ vorgestellt.

„Und i hoaß Fronz“, hatte mein Mann gesagt und die beiden stehen gelassen.

Während er sich daraufhin Sorgen machte um das enge Verhältnis zu seinem Cousin – er fragte mich allen Ernstes, ob er toleranter hätte sein müssen in dieser Situation! –, war mein Herz eindeutig bei Salome.

Gut, dass sie keine Kinder haben, brummte Clemens, und vielleicht beruhe das Fremdgehen ja auf Gegenseitigkeit bei den beiden. Vielleicht hätten sie, fügte er noch hinzu, genau deswegen so eine gute Ehe, aber da schrie ich schon: „Schluss jetzt, bevor du dich ins Elend hineinquatschst!“, und dann gab er mir einen Kuss und grinste, wie sehr er es liebe, mich zu provozieren.

Provokationen gleich welcher Art waren mir in jenen Wochen ein Graus, ich wusste nicht mehr wo mir der Kopf stand, in der Welt draußen und innen, ganz nah, fanden Dinge statt, die wir uns nie vorstellen hätten können, „Aus!“, zischte ich in Richtung Clemens, wenn die Jungs bei den Nachrichten um die Ecke bogen und ich gerade unsere Medikamentenkiste durchwühlte, „mach doch den Fernseher aus!“ In diesen Tagen mussten wir noch zum Tropeninstitut, die letzten Impfungen mit den Kindern erledigen, den ganzen Papierkram, die halbe Wohnung auflösen, all das, seit Wochen, nein Monaten kroch ich schon auf dem berühmten Zahnfleisch dahin.

„Oh Gott“, sagte ich, „ehrlich, das wird mir jetzt alles zu viel“.

So sind wir, Lilly, nicht wahr, denken immer nur an uns selbst.

Clemens’ Blicke glitten damals über das Chaos im Zimmer, er ließ Luft zwischen den Lippen entweichen, was ich als Verständnis für mich interpretierte, und ging das Auto holen.

Jetzt, wo ich weit weg bin und Zeit habe, mir vieles zu vergegenwärtigen, bedrängt mich, dass ich Salome in jenen Wochen ausblendete, ja sogar vergaß. Aber es geschah, Du weißt – die Kinder kamen nach Hause, und Jakob fragte irgendwie aufsässig, ob wir nun nie wieder auf einen Weihnachtsmarkt gehen würden.

Mir plumpste das Herz in den Bauch.

„Warum?“, Felix war alarmiert.

(Im Kindergarten werden noch keine Nachrichten diskutiert, klar.)

„Ach…“, wollte ich ansetzen, – „Ein Riesen-LKW ist in den Weihnachtsmarkt gefahren!“, rief Jakob, „Die Leute sind durch die Luft geflogen…!“ „Ich“, schrie Felix, „will aber auf den Weihnachtsmarkt!“, „Und ganz viele…“, setzte Jakob wichtigtuerisch hinterher, „…sind tot!“ „Waaas??? Du lügst!!“, schrie Felix, „Hört zu! Hört mal zu“, rief ich, „Es stimmt, ich lüge nicht, Blödmann!“, Jakob boxte los, „Ich will auf den Weihnachtsmarkt“, schluchzte Felix, „aber nicht sterben, Mama, nicht sterben!“, ich fasste nach den fuchtelnden Armen, „Hört mir jetzt gut zu: Nächste Weihnachten feiern wir in Vietnam. Wir werden dort auf einen Markt gehen, in Ordnung? Und niemand stirbt. Niemand! Verstanden?“

Oh, Lilly.

Vielleicht, dachte ich später, vielleicht war die Hotelgeschichte ja etwas Einmaliges, nichts, was die Ehe von Hannes und Salome gefährden würde. Aber dann ist mir hier vor Kurzem etwas eingefallen, das mich doch nachdenklich stimmt:

Ich erinnerte mich an den Tag, den wir vor Jahren in München verbracht hatten. Clemens und ich, stolze Eltern, wollten auf der Durchreise vom Salzkammergut nach Berlin Jakob, unser sieben Monate altes Baby präsentieren.

Die beiden empfingen uns in ihrer Luxuswohnung wie immer mit Herzlichkeit und Hannes’ Kochkünsten. Salome musste später zum Nachtdienst, und bevor sie sich verabschiedete, legte ich ihr das Baby in die Arme.

Sie war es nicht gewöhnt, ein so kleines Kind zu halten, was Jakob sofort bemerkte und unwillig zu grunzen begann.

Behutsam umfasste sie sein Köpfchen, hauchte ihre Lippen auf seinen Haarflaum und summte, wiegte ihn sacht hin und her. Sie schloss die Augen, hatte den Ausdruck aller im Gesicht, welche bezaubert werden von diesem einzigartigen Babyduft.

Clemens und ich betrachteten gerührt unseren Kleinen sowie Salomes unerwartetes Geschick, und mein Blick fiel seitlich auf Hannes, wohl um seinen Beifall zu erheischen.

Aber da erschrak ich schon.

Was ich in seinen Augen sah –

Es war der Blick in ein geheimes Zimmer, dessen Tür man verbotenerweise öffnet und sofort wieder zuschlägt. Nur das realisierte ich. Ich hatte etwas gesehen, es aber nicht verstanden.

Irritiert wandte ich mich in jenem Moment ab, fort von dieser verstörenden Nacktheit.

Später dämmerte es mir.

Als wir an jenem frühen Abend losfuhren, sagte ich nach vorne, in Clemens' Nacken: „Ich fürchte, die beiden haben ein Problem."

„Jane", erwiderte er in der Tonlage, die ich kannte, „es war doch so ein netter Nachmittag".

Jakob machte ein kleines Schnäuzchen im Schlaf und ballte seine winzigen Fäuste. Gleich danach gurgelte es kräftig in der Windelgegend. Er lag neben mir, angeschnallt in seinem abgeschraubten Kinderwagenbett, und um ihn nicht aufzuwecken, zischte ich leise nach vorne: „Nichts anderes behaupte ich. Aber hast du seinen Blick gesehen, als Salome Jakob hielt?"

„Nein“, sagte Clemens kopfschüttelnd in Richtung Windschutzscheibe, „was du nicht immer alles siehst“, damit beendeten wir diesen Dialog, und ich vergaß ihn wieder und seinen Anlass ebenso.

Lan ist soeben gegangen. Sie hat die Putzutensilien nach unten geschleppt und erneut mit blitzenden Mandelaugen verweigert, dass ich ihr helfe. Ich kann ihr ja nicht den Staubsauger einfach aus den Händen winden! Unten hievte sie das Gerät und alles andere Zeug in einen Anhänger, band sich den Hut um und bestieg ihr Fahrrad.

Wo war ich gewesen? Ach, ja, bei Salome. Ihr Satz von den Toten klingt nach in mir, vor allem auch, da ihre Mutter einige Zeit vor unserer Abreise gestorben war. Ich hatte sie nur ein paar Mal in all den Jahren gesehen und weiß nicht, was mich mehr an ihr einschüchterte: Ihre kühle Schönheit oder das Wissen um ihr Leben.

Davon habe ich Dir noch nie erzählt.

Salomes Eltern waren Kinder von jüdischen Überlebenden gewesen.

Im Nachhinein quälen mich unsere Versäumnisse, ach, sie sind zahlreich. Nie sprachen wir in all den Jahren über Salomes Vater, wenn wir in der Nimrodstraße auf dem Sofa saßen. Ich wusste nur, dass er Arzt gewesen und eines Abends nicht zum Essen nach Hause gekommen war. Sie fanden ihn mit einer Spritze im Arm, tot in seiner Praxis. Salome war damals sieben Jahre alt gewesen, ihre Mutter heiratete nie wieder.

Jetzt sitze ich hier in diesem fremden Land und schäme mich.

Salomes Herkunft, das Leben ihrer Mutter – wer hat je wirklich nachgefragt? Wollte es irgendjemand wissen?

Gleich werden die Jungs kommen, Lilly, den ganzen Tag über habe ich nun geschrieben… Und noch kein Wort über die kleine Fanny verloren. Wie sie schon gewachsen ist! Und als wir uns auf diesem schmuddeligen Spielplatz in Friedrichshain kennenlernten, lag sie noch eingerollt in Deinem Bauch (nie werde ich Dir vergessen, dass Du Jakob aufgefangen und gerettet hast, weil das verdammte Klettergerüst in diesem Chaotenberlin marode war und ich mich einen Moment zu lang um Felix kümmerte). Und manchmal, wenn ich daran denke, dass Fannys Vater viele Jahre vor unserer Begegnung eine Rolle spielte in meinem Leben, meine erste Liebe war!, muss ich mich kneifen: Wie kurios sich manche Lebenswege verknüpfen! Und wie wir uns kaputtlachten, als wir dahinterkamen –

Klein ist die Welt, nicht wahr, Lilly, so klein. Ach, Du. Lass Dich nicht unterkriegen. Das versprichst Du mir, ja?!

Jetzt habe ich mir folgendes vorgenommen: Wenn die Jungs abends schlafen, werde ich einen Brief an Salome beginnen. Oder morgen. Ich werde sie fragen, ob sie nicht Lust hat hierherzukommen.

Ich finde, wir sollten gemeinsam nach Hué fahren. Unsere Gedichthüte warten doch dort auf uns!

Auf jeden Fall werde ich heute noch einen Altar aufbauen, wir haben hier ein schickes Holztischchen stehen. Ich werde Räucherstäbchen entzünden, die mir Oi mitgegeben hat, und eine Drachenfrucht auf ein Schälchen legen. Gestern schenkte Felix mir eine lila Bananenbaumblüte, die er auf der Straße gefunden hat, die werde ich dazutun.

Oi betet kniend (in Jeans-Shorts) mit den Räucherstäbchen in den Händen vor dem Altar, ich glaube, knien liegt mir nicht so, ich werde es mir bequemer machen…

Egal, wie Clemens reagieren wird, ob milde lächelnd oder mit dem Zeigefinger auf der Stirn:

Sie sollen willkommen sein bei uns, die Geister.

Es läutet! Die Jungs! Ich umarme Dich!

Deine Jane

Der Geigenbauer

Meine erste Erinnerung ist ein Schaben und Fräsen und der Geruch von Holz.

Es fiel flockig von oben herab, bedeckte schließlich den Boden, abends wurde es weggekehrt.

Ich saß unter dem Tisch, rundherum rieselte Holzschnee.

Zwischen den Flocken sah ich zwei Beine, die in abgewetzten Hosen steckten. Sie endeten in schiefen Schuhen.

Manchmal wackelten die Beine, hin und wieder auch die graubraunen Schuhe. Dann sank das Holz wie Staub herunter, und oben war das Sägen, Schnalzen und Surren, während ich unten hustete und schluckte.

Als ich ein wenig älter wurde, kroch ich unter dem Tisch hervor und sah Großvater zu.

Sein Rücken war gebogen über dem Tisch, die graue Weste baumelte. Seine Arme bewegten sich, hielten eine Feile in der Hand, eine kleine Säge, ein Schmirgelpapier. Der Tisch war voll mit leichtgewölbten Platten aus verschiedenen Hölzern, Ahorn, Fichte, Ebenholz.

Aus den Hölzern formte Großvater einzelne Teile und nannte alle bei ihren besonderen Namen:

Zargen, Wirbel, Schnecke, Frosch.

Nur ich durfte ihm zusehen, wenn er an seiner Geige baute.

„Du kannst deinen Mund halten, du kannst hierbleiben“, sagte er mit einer Karo im Mundwinkel, „wenn du *einen* Laut von dir gibst, fliegst du raus“.

Der Rauch der Karo ließ ihn zwinkern, so, als sei das gerade ein Scherz gewesen. Aber ich wusste, er meinte es ernst.

Ich fragte nicht, warum ich keinen Laut von mir geben durfte. Hockte mich auf einen Stuhl.

Niemals wollte ich ihn enttäuschen.

Als aus Mietscha, die bei uns wohnte, merkwürdige Geräusche kamen, weil sie ein um den Schwanz gebundenes Drahtgestell hinter sich herzog, sagte Großvater, ohne aufzublicken:

„Nimm das ab."

Ich brauche mich nicht zu wundern, wenn die Katze mich nun meiden würde, fügte er hinzu, nachdem ich sie befreit hatte.

Als hätte sie seine Worte verstanden, tat sie nun genau das: Sah sie mich, bekam sie ein Fell aus Stacheln und fauchte, als sei ich ein Hund.

Nichts half mehr, nicht einmal meine ausgestreckten Handflächen voll mit Fleisch.

Mein Großvater, so kam es mir vor, machte sein ganzes Leben nichts anderes, als eine Geige zu bauen.

Vor meiner Geburt war er zwar Maurer gewesen und antifaschistischer Held, wie ich von Mutter wusste, aber auch damals hatte er offenbar immer an der Geige gebaut.

Es schien mir selbstverständlich zu sein.

Solange ich klein war, lebte ich in der Überzeugung, dass der Krieg etwas sei, das zurückgekehrte Männer veranlassen würde, ihre ganze Zeit und Hingabe in den Bau einer Geige zu legen, die niemals fertig wird.

In meiner Vorstellung war in allen Nachkriegswohnungen und den halb fertigen Häusern ein Schaben und

Fräsen zu hören, ein Schnalzen und Surren und abends das müde, gleichmäßige Geräusch vom Kehren und Abfallwegtragen und schließlich das Geräusch vom Verschließen einer Tür.

Lange fiel mir nicht auf, dass die Geige niemals fertig wurde.

Ich sah, dass Großvater arbeitete, Tag für Tag, und dass nichts ihn so aus der Ruhe bringen konnte wie unangemeldeter Besuch oder irgendwelche gesellschaftlichen Verpflichtungen – ein Aufmarsch oder ein Begräbnis –, die seine Aufmerksamkeit und Anwesenheit erforderten, und die er stumm und sichtbar unbeteiligt über sich ergehen ließ.

Auch andere Menschen waren stumm und unbeteiligt bei diesen Anlässen, das sah ich auch an Mutter.

Aber Großvater, so empfinde ich das heute, hatte hinter seiner Stummheit eine Sprache. Diese Sprache war wie eine schwere Arbeit in ihm.

Manchmal wurde ein Zucken daraus, das unter den Augen begann und sich von den Wangen über den Hals bis in Arme und Beine fortsetzte. Dann leitete ihn Mutter rasch aus dem Friedhof oder von der Straße weg und brachte ihn nach Hause, wo er sich beruhigte und schließlich, entspannt geworden, zu seiner Geige in die Werkstatt ging.

Einmal, mitten in der Nacht, wurde ich geweckt von nie gehörten Tönen.

Es war wie ein Singen, aber ein Singen aus der Hölle. Ein Pfauchen, Zischen, Wimmern, jämmerliches Klagegeschrei.

Auch wenn keiner von den Erwachsenen davon sprach: Es gab sie, die Hölle.

Das wusste ich von Maik, dem älteren Nachbarsjungen, der eigentlich Michael hieß und mit dem ich immer Indianer und Cowboy spielte. Er hatte es in einem geheimen Buch gelesen.

Niemand durfte wissen, dass er das Buch am Dachboden gefunden hatte. Unter den Büschen zwischen unseren Höfen erzählte er von Feuerseen und vom Gewinsel der Verdammten darin.

In jener Nacht zog ich mir die Decke über den Kopf, aber das half nichts.

Wäre Mutter da gewesen, hätte ich sie geweckt, aber sie war auf einer Fortbildung. Und Großvater schlief drüben in der Werkstatt – ich begann zu zittern.

Um zur Tür zu gelangen, musste ich durch die Küche. Und aus der Küche schienen diese Höllengeräusche zu kommen, also –

Sie lag am Küchenboden.

Sie sah aus, als gäbe es keinen Knochen in ihrem Körper, der nicht gebrochen war. Sie hatte sich noch ins Haus schleppen können, während das Auto oder Motorrad in der Finsternis verschwunden war.

Das war Großvaters Erklärung am nächsten Tag.

Ein Streifen Mondlicht machte die Fliesen hell. Mietscha erschrak vor mir.

Aber vielleicht war nicht ich es.

Vielleicht ist man erschrocken, wenn man stirbt, auch die Tiere.

Ich hockte am Boden, wie gelähmt.

Nicht einmal die Ohren konnte ich mir zuhalten.

Und als das Singen und Röcheln irgendwann aufgehört hatte, schaffte ich es, mich aufzurappeln und in die Werkstatt hinüberzustolpern.

Großvater schnarchte, unter seiner Decke roch es nach Furz und Tabak, schluchzend drängte ich mich an ihn.

Am Morgen gab er mir Gartenhandschuhe und eine Schaufel, er half mir beim Graben, und gemeinsam legten wir das Bündel Fell, Blut und Knochen in die Erde hinter dem Schuppen.

„Nimm das“, sagte er, es war ein Stück wertvolles Ahornholz.

Ich schnitzte einen Futternapf.

Und danach einen Fisch.

Den Fisch legte ich in den Napf und beides aufs Grab. Fisch hatte es selten gegeben, aber der war ihr am liebsten gewesen.

Wie gut, dass Mutter in diesen Tagen weg war.

Wie gut, dass sie das Ende von Mietscha nicht mitbekommen hatte.

Und auch das Begräbnis nicht.

„Feine Nerven“, sagte Großvater manchmal über Mutter, „ganz feine Nerven“ habe sie und deswegen war manches „nicht so ihre Sache, gar nicht so ihre Sache“.

Nicht, dass sie an Mietscha so besonders hing – sie hatte sie meinetwegen, man kann sagen, ertragen. Ich hatte sie angebettelt, das Kätzchen retten zu dürfen, weil Maiks Vater es sonst im Bach unten ertränkt hätte, so wie die anderen blinden und tauben Würmchen.

„Unwertes Leben“, wie er immer grinste, „weg damit“, und Maik und ich spielten Mutprobe.

Wer länger zuschauen konnte.

So war Mutter damals also mit mir rüber zu den Nachbarn, und ich durfte mir ein Würmchen aussuchen. Es war schrecklich.

„Können wir nicht alle nehmen?"

Es waren sieben, man sah sie fast nicht unter dem grauen Bauch von Minka. Aber ihr Fiepen war zu hören. Ich machte die Augen zu und stupste mit dem Zeigefinger in das Gewusel.

Er traf das Grauweißgestreifte.

Mutter verhandelte mit Maiks Vater, dass unser Kätzchen bei Minka bleiben konnte, bis es alt genug war.

Und jedes Mal, wenn wir nach drüben gingen, um zu sehen, wie es ihr ging, sagte Mutter leise „Mietscha" zu ihr.

Und so blieb es bei diesem Namen.

Aber es dauerte nicht lange und Mutter begann zu husten und zu schniefen, wenn das Kätzchen auf ihren Schoß oder ihr Bett sprang, wir wussten nicht, warum.

„Bleib mir bloß fern", sagte sie also zu Mietscha nach einigen Wochen, „ich werde dir kein Futter mehr geben, das macht Großvater jetzt".

„Und ich!", rief ich.

„Und du", lachte Mutter und wandte sich nach unten, „und dich versuche ich nicht zu sehr in mein Herz zu lassen", und Mietscha legte das Köpfchen schief, sah sie aus grünen Augen an, mit aufgerichtetem Schwänzchen, so, als hätte sie alles verstanden.

„Wir dürfen es ihr nicht sagen", heulte ich, als wir abends zusammensaßen, nachdem wir sie begraben hatten.

Großvater sah von der Gemüsesuppe auf.

„Was?"

„Wie… naja… wie sie…“

Er überlegte, indem er den Löffel hob und auf die Kartoffel starrte.

Ich glaube, er wusste zuerst nicht, was ich meinte. Aber dann dämmerte es ihm, als ich mit dem Zeigefinger nach drüben, zur Kommode zeigte, zu den Fotos.

„Keine Ahnung“, brummte Großvater also auf Mutters Frage, als sie am nächsten Tag wiederkam und schon beim Eintreten in unseren engen Flur bemerkte, dass etwas nicht stimmte, „vielleicht irgendwo was Giftiges gefressen…“

Sie legte ihre Hand über ihren Mund und schloss gleichzeitig die Augen, und ich sah schnell zu Boden.

Der Grund für unsere Notlüge war das Bild im silbernen Rahmen, das im Wohnzimmer auf der Kommode stand.

Ein rundes Gesicht, Mondsichelaugen, Haare streng nach hinten gekämmt. Er sah nicht im Geringsten so aus, wie ich mir meinen Vater wünschte: mit Blick über die weite Prärie, kantigen Zügen, wehendem Haar, das von einem gestickten Band mit stolzer Feder geschmückt wird.

Wenn Besuch kam und ich Hände schütteln musste, sagten die Leute:

„Gar nicht wie der Vater“ oder „Ein bisschen aus der Art geschlagen“, was ich nicht verstand, aber dann wurde sowieso von etwas Anderem geredet.

Ein Auto hatte ihn totgefahren, schon vor meiner Geburt.

Oder ein Motorrad.

Mein Vater war nachts über eine Kreuzung gegangen, es war dunkel gewesen und ausgerechnet das einzige

Fahrzeug, das vorbeigefahren war, hatte ihn erwischt, und der Mensch in dem Fahrzeug war einfach weitergefahren, einfach so.

Nichts hatten die Ermittlungen der Polizei ergeben.

„Jetzt“, flüsterte ich in Mutters Hals, der nach Seife und ein klein wenig nach Schweiß roch, „kannst du wieder besser atmen“, und sie drückte mich fest an sich, sehr fest.

*

Der Tod von Mietscha bedeutete im Nachhinein das Ende und den Beginn von vielem.

Von Maiks Höllengeschichten wollte ich nichts mehr wissen.

Wir spielten immer weniger Indianer und Cowboy, weil keiner der Cowboy sein wollte und wir nur ein Indianerkostüm hatten.

Meine Zeit in der Werkstatt wurde kürzer, die Schule begann, ich wurde junger Pionier und war stolz auf mein blaues Halstuch.

Mit dem Lesen und Schreiben sickerte auch die Erkenntnis ein, dass ich dumm gewesen war.

Großvater arbeitete doch nicht seit Urzeiten an einer einzigen Geige!

Er musste im Laufe der Jahre viele Geigen gebaut haben!

Warum war mir nicht früher aufgefallen, dass die Geigen in unterschiedlichen Braun- und Rottönen ausfielen?

Außerdem bemerkte ich, dass er die Geige wegsperrte, sobald er jemanden durch die leicht verschmierten Fenster auf die Werkstatt zukommen sah, die Nachbarin oder den Genossen von der Kreisleitung oder Hallöchen-Fritz, der ihn zum Kartenspielen abholte.

Kaum hörte er das Quietschen des Gartentürchens zehn Meter vor der Werkstatt, das die Eintretenden verriet, bevor man sie erkennen konnte, öffnete er rasch und geübt den Schrank neben dem Tisch, legte die Geige oder ihre Teile hinein, sperrte zweimal ab und tat so, als schnitze er an einer kleinen Truhe oder feile an einem Schemel herum, an Gegenständen also, die er immer in Greifweite hatte.

„Es muss niemand wissen“, sagte er und zwinkerte mir zu, „weißt du. Ist unser Geheimnis.“

Wie stolz ich war! Was für ein Geheimnis!

Mit heißen Wangen streckte ich ihm meine Hand entgegen, feierlich schüttelten wir unsere Hände und noch heute kann ich ihn spüren, diesen warmen, rauen Druck zwischen uns.

Aber was passierte mit den fertigen Geigen?

Versteckte er sie irgendwo oder warf er sie etwa weg, zertrümmerte oder verheizte er sie?

Nein, das konnte ich mir nicht vorstellen. Ich sah ja, mit welcher Liebe er an jedem Holzkörper hing, wie vorsichtig seine klobigen Finger wurden, wenn er über die Maserungen des Holzes strich.

„Warum spielst du mir nicht etwas vor?“, bettelte ich.

Er sah mich erstaunt an, als hätte ich etwas gefragt, das außerhalb seines Denkens lag.

Er blieb einige Zeit stehen, eine Feile in der Hand. Er schüttelte nicht einmal den Kopf.

Ich wiederholte die Frage.

Aus dem Inneren des Großvaters kam ein schweres Atmen. Er hob die Hand vor das Gesicht, als müsste er etwas abwehren.

Mit der anderen Hand zog er mich kurz und heftig an sich heran. Ich hörte das Jagen seines Blutes. Begann er zu zucken? Bitte nicht zucken …

Voller Scham presste ich meinen Kopf in seinen Bauch. Ich hatte ihm wehgetan, ich hatte etwas falsch gemacht.

„Was soll das?“, fragte ich also Mutter.

Sie war gebildet, wir hatten ein ganzes Regal voller Bücher. Ihr Lieblingsbuch war dick und trug einen Titel, den ich nicht verstand.

Er klang wie aus einem alten Märchen: *Leben und Abenteuer der Trobadora Beatriz nach Zeugnissen ihrer Spielfrau Laura*.

Und innen stand noch: *Roman in dreizehn Büchern und sieben Intermezzos*.

Das alles war verwirrend, aber nicht für Mutter. Im Gegenteil: Oft, wenn sie in diesem Buch las, lachte sie lauthals auf und blieb noch Stunden danach vergnügt.

„Die Wahrheit dieses Buches“, sagte sie, wenn ich fragte, „bringt mich zum Lachen“.

Die Zeichen, die ich in einem Heft zwischen den Büchern gefunden hatte, Mozart, *Eine kleine Nachtmusik*, konnte sie mir aber nicht erklären.

Ich wollte den Zusammenhang zwischen den hellen und gefüllten Kringeln, den Fähnchen und Linien verstehen.

Ich wusste, dass sie einen Raum von Klängen öffnen konnten.

Und zwar wusste ich das, weil am Ende unserer Straße ein Haus stand, aus dessen offenen Fenstern immer wieder Musik nach draußen drang.

Ich kletterte auf den Baum vor dem Haus und konnte so zwischen den Zweigen ins Innere des obersten Stockwerks lugen.

Durch zwei Fenster beobachtete ich jeden Samstagnachmittag eine Familie beim Musizieren.

Die Familie bestand aus Vater, Mutter, vier Söhnen und einer Tochter. Sie hatten Blätter vor sich auf silbrigen Vorrichtungen, die sich zusammenlegen ließen. Die Tochter spielte Trompete. Die Mutter saß am Klavier, ich konnte das Klavier nicht sehen, nur den Oberkörper und das Profil der Frau.

Die vier Söhne spielten Posaune, Cello, Kontrabass und Saxophon. Die Namen dieser blitzenden und kurvigen und für mich damals kuriosen Instrumente lernte ich erst später kennen.

Das einzige Instrument, das mir vertraut war, wurde vom Vater gespielt, die Geige.

Durch die zwei Fenster erblickte ich Arme, Oberkörper, Gesichter und Instrumente, nichts war vollständig, ein lebendiges Puzzle.

In meinem Kopf setzten sich die fehlenden Teile zusammen.

Wenn sie endlich zu musizieren anfingen, vergaß ich die Ungemütlichkeit meines Sitzes. Ich wusste nicht, was sie spielten.

Es kam gedämpft auf mich zu und immer, wenn sie aufhörten, war es, als sei ich mit dem Baum zusammengewachsen.

Sollte ich vielleicht fragen, ob ich bei den Eltern des Mädchens Geige lernen dürfte oder sogar Klavier?

Wir hatten das Geld natürlich nicht, das war sicher ein Grund, warum ich diese Idee sofort wieder verwarf. Im Nachhinein scheint mir aber, dass etwas anderes wesentlicher war:

Die Vorstellung, sich in ihre Nähe vorzuwagen –

Die Zimmer zu betreten, in denen sie lebte, die Luft einzusaugen, die sie atmete – ich machte mir vor, dass es die Musik sei, aber ganz tief unten wusste ich, dass es das Mädchen war, das mich auf den Baum zog.

Und wenn ich mich in diesen Jungen hineinversetze, fühle ich mich eingesponnen mit glühenden Fäden.

Wie eine Larve, die nicht schlüpfen kann.

Eines Tages begegneten wir uns zufällig auf der Straße, vor dem HO.

Das war noch nie passiert.

Ich schlug die Augen nieder, als ich das Mädchen erkannte, das blonde Haar unter ihrer Mütze, meine Beine waren aus Watte, das Herz klopfte im Kopf.

So wankte ich an ihr vorbei.

„Na", zischte sie mir hinterher, „du übst wohl fleißig?"

Was war das für eine Abscheu in ihrer Stimme?

Wie betäubt ging ich weiter.

Was wusste sie von mir? Hatten sie mich gesehen auf dem Baum?

Später, als ich zu mir kam, abends im Bett, der heiße Schreck:

Sie dachte wohl, ich sei so jemand wie die Nachbarin oder Fritz, „mein lieber Freund", wie ihn Großvater nannte, der immer mit einem „Hallöchen" um die Ecke bog, Leute also, die Berichte schrieben und vor denen man nicht alles sagen konnte.

Wochenlang wagte ich mich nicht in die Nähe des Hauses, ging Umwege, um zur Schule und zurück zu kommen. Aber irgendwann hielt ich es nicht mehr aus.

Und als ich von meinem Baumsitz aus in die Wohnung sah, starrten mir gelbliche Wände mit weißen Vierecken entgegen, dort, wo ein Schrank gestanden oder ein Bild gehangen hatte. Nichts war mehr da, alles leer, wie tot.

Die Familie sei in einen anderen Teil des Landes gezogen, hörte ich von der Nachbarin, die die Augen rollte.

Aber Mutter wusste, was wirklich passiert war.

„Sie sind rüber", sagte sie, während sie, vorm Spiegel stehend, ihre Haare zu einem dicken Zopf flocht, „alle zusammen – aber, was … was hast du denn …"

*

In der Werkstatt sah ich weiterhin jede Geige in fast fertigem Zustand, ihr wochenlanges, monatelanges Wachsen, bevor sie plötzlich verschwand, als wäre sie über Nacht zu Staub zerfallen.

Nichts blieb übrig von ihr, nichts, außer der spezielle Geruch von Holz und Lack und Rosshaaren, der in der Werkstatt hing.

Es gab niemanden, der die Geigen kaufte oder dem sie von meinem Großvater geschenkt worden wären.

Was also passierte mit ihnen?

Ich strich um den Schuppen, die Vorhänge waren zugezogen, ich legte meine Ohren an die Wände, doch nichts war zu hören, nichts, nur wieder das Rauschen meines eigenen Bluts.

An jenen Tagen, an denen eine Geige kurz vorm Abschluss stand, kam der Großvater nächtelang nicht zu uns in die Wohnung.

Mutter, müde von der Arbeit in der Textilfabrik, sah in der Küche auf vom Nähzeug. Sogar ihre Augenfarbe war stumpf, so ein Putzwasserbraun, wo es doch sonst ein Kastanienbraun war, mit Goldfunken.

„Lass ihn in Ruhe“, murmelte sie und blies eine blonde Strähne aus der Stirn.

*

Am Abend des Tages, an dem wir erfahren hatten, was mit Großvater geschehen war, trat ich aus der Küche in den Flur, schloss die Wohnungstür und ging zur Werkstatt.

Die Tür war nur angelehnt, sie knarrte ihr vertrautes Geräusch, während ich sie öffnete, vorsichtig, als könnte ich Großvater bei der Arbeit stören.

Der Raum roch schwach nach Rauch und Holz und stark nach Fäulnis, vermutlich lagen noch Teller mit Essensresten unter dem Klappbett. Großvater pflegte sie zu stapeln und zu vergessen.

Ja, es sollte stinken, es war mir recht.

Bis zum Himmel sollte es stinken.

Ich sah die Werkzeuge an ihren krummen Nägeln an der Wand hängen. Der Besen, mit dem Großvater den Boden gekehrt hatte, lehnte in der Ecke. Der Tisch, von dem die Holzflocken all die Jahre hindurch herabgeschneit waren, schien mir bleich wie ein riesiger Knochen im Halbdunkel entgegen.

Ich setzte mich auf das Bett und kam erst wieder zu mir, als die Tür knarrte und jemand in den Raum trat, der längst schon im Finstern lag.

Es mussten wohl Stunden vergangen sein auf diesem kalten Bett, ich hatte die Decke über den Kopf gezogen, atmete die Ausdünstungen von Großvater ein.

„Komm“, flüsterte Mutter, sie hielt sich ein Taschentuch vor Nase und Mund.

Ich antwortete nicht und blieb, sah einen krummen Kegel aus Filz im matten Spiegel gegenüber.

Da setzte sie sich zu mir, und so lehnten wir Schulter an Schulter.

Wir schwiegen, aber wir wussten, woran wir dachten.

Ohne uns anzusehen wanderten unsere Gedanken zurück zum Morgen dieses Tages, den ich nie vergessen werde.

Es war der Morgen, an dem der ABV, unser Abschnittsbevollmächtigter also, und zwei Volkspolizisten läuteten und uns fragten, ob wir die und die seien, und meine Mutter ein spitzes Gesicht bekam und sagte, das wüssten sie doch.

Kurz bevor sie geläutet hatten, war mir etwas vor der Tür aufgefallen, an der ich soeben zufällig vorübergegangen war.

Ich hatte etwas gehört, das wie ein Seufzer geklungen hatte. Ja, die Dielen, die normalerweise lautstark ächzten, hatten nur geseufzt.

Weil sie so leise aufgetreten waren.

Ich fand Mutters Nerven ganz schön stark, wie sie so dastand, mit verschränkten Armen.

Obwohl klar war, dass uns nichts passieren konnte: Schließlich waren wir wer.

Eine Heldenfamilie.

Das wussten alle, vor allem der ABV, aber auch Frau Schulze und die anderen Lehrer in der Schule, weswegen ich manchmal bessere Noten bekam als ich verdiente.

Die Volkspolizisten waren sehr jung in ihrer Uniform, das fiel sogar mir auf, und Schweißperlen traten ihnen auf den blassen Hautabschnitt zwischen Augenbrauen und Uniformmütze.

Dann sagte der rechte, dass es um Großvater ginge, und der linke sagte, Genosse Wermann, der Vater meiner Mutter, sei tot.

„Wo“, fragte Mutter, und das war logisch, weil der Großvater schon seit sieben Tagen, wie es später im Protokoll hieß, „abgängig“ war.

„Sie hätten Meldung erstatten müssen“, sagte der ABV mit glitzernden Augen.

Einen Lidschlag lang war es still.

„Ich – kann – mir – nicht – vorstellen“, erwiderte Mutter langsam, indem sie jedes Wort betonte, „dass – es – unseren – Sicher-heits-or-ga-nen – nicht – bekannt – ist, wo – sich – einer – unserer – Bürger – aufhält“.

Der ABV fixierte sie, zückte einen Notizblock und schrieb etwas auf.

Sie lügen. Das war es, was plötzlich in meinem Kopf hämmerte.

Großvater war doch immer wieder zurückgekehrt! Auch wenn er über eine Woche nicht nach Hause gekommen war, irgendwann hatte er wieder in der Küche gestanden, hatte sich Kaffee gekocht, war einfach wieder da gewesen, und nie wussten wir, von welchen Orten er zurückgekehrt war wie ein streunender, alter Kater!

Später wurde klar, dass er in dieser Zeit Dinge organisiert hatte mit seiner Karre und dem großen Rucksack, Spiritusöl, Färbemittel, Werkzeug, all die vielen Gegenstände, die man zum Bauen einer Geige braucht, Rosshaare und Tropenholz für die Bögen, die er bei Witwen von sächsischen Geigenbauern kaufte, die noch über Lager von vor dem Krieg verfügten.

„Wo“, kam es erneut aus meiner stockgeraden Mutter.

Und ich dachte: Wie?

Denn dass Großvater einfach so – wie ein normaler Mensch – sterben könnte, das war so ausgeschlossen wie ein Sprung über die Mauer.

Ich sehe uns an diesem sonnigen Vormittag in Begleitung zweier junger schwitzender Vopos und des ABV durch die Straßen gehen, mit der Regionalbahn fahren, der Straßenbahn und schließlich in den Zug steigen, der am Ostbahnhof wartete. Die Leute wichen zur Seite, sahen uns aber, wenn ich mich umdrehte, neugierig nach.

Vielleicht hielten sie meine Mutter und mich für ein Verbrecherpaar oder für Republikflüchtige, auf frischer Tat ertappt, oder für Doppelagenten, die nun verhaftet worden oder auf dem Weg zur Hinrichtung waren.

Auf jeden Fall beschloss ich auf dieser Fahrt, in meinem späteren Leben eine richtige Uniform zu tragen.

An die Fahrt erinnere ich nur Einzelheiten.

Wir fuhren hinaus aus Berlin, ins weite Brandenburg hinein, noch nie waren die Kiefernstämme so rot gewesen.

In Storkow hielten wir, und zwei weitere Volkspolizisten warteten auf uns, mir stockte der Atem. Ein GAZ-24-02 Wolga! Ich konnte es nicht fassen, sah zu Mutter hinauf, aber sie schien es gar nicht zu bemerken.

Ein GAZ-24-02 Wolga!

Was musste Großvater für einen wichtigen Tod gestorben sein! Mir wackelten die Knie beim Einsteigen und die ganze Zeit hatte ich das Gefühl zu schweben.

Wir schwebten an einem Ort vorbei, den die Volkspolizisten wie Neu-Bös-Tön aussprachen. Hätte mich Maik oder jemand aus der Klasse sehen können!

Dann stoppte der GAZ-24-02 Wolga am Rand eines Feldes, ich fasste Mutters Hand, sie hatte mit offenen Augen geschlafen. Und dann gingen wir in den Wald hinein, zuerst die Vopos aus Neu-Bös-Tön, dann Mutter und ich, und hinter uns der ABV mit den zwei jungen Vopos.

Das Wichtigste aber hatte ich wohl falsch verstanden, denn im Wald, den wir auf einem Forstweg einige Zeit durchwanderten, würden wir keinen toten Großvater vorfinden, Genosse Wermann sei, so der ABV, zur Untersuchung auf dem Weg nach Berlin. Ich sah Mutter von der Seite an, zog ein wenig an ihren Fingern, aber die hingen wie nasses Gestrüpp herunter. Ich wischte mir die Hand an der Hose ab und beschleunigte meine Schritte wie sie.

Es war kühl und mild in diesem Wald, der Boden sandig, wir gingen und gingen.

Manchmal blieben wir stehen, weil die zwei hiesigen Volkspolizisten sich nicht im Klaren waren über die Aufzeichnungen, die sie in Händen hielten wie einen Lageplan für eine Schatzsuche.

Den Lageplan hatte ein Förster aus Neu-Boston angefertigt, er hatte den Großvater offenbar gefunden, aber konnte oder durfte uns nicht persönlich führen.

Die zwei Vopos berieten sich flüsternd und aufgeregt, ich sah einem Käfer vor meinen Schuhspitzen zu, der einen anderen, offenbar toten, am Rücken schleppte.

Ich weiß nicht warum, aber plötzlich schob sich mein Fuß vor, ich konnte es nicht verhindern, plötzlich war mein Schuh über dem toten und dem noch lebenden Käfer, es knackte, und dann hatten sich die beiden geeinigt und sagten:

„Einfach nach vorn und links."

Mutter ging starren Blickes geradeaus, ihr ganzer Körper schien seit dem Morgen eckiger geworden zu sein, einer der Volkspolizisten sagte: „Gleich ...", Zweige schlugen mir ins Gesicht, wir standen auf einer Lichtung.

Zuerst sah ich gar nichts außer Grün und Sonnenlicht, aber dann fielen mir die kleinen Hügel auf, etwas größere Maulwurfshügel, sie waren kreisförmig angelegt in einer seltsamen Ordnung, wie es schien, ein Kreis nach dem andern.

Der Mund meiner Mutter war ein wilder Strich, ihre Augen zwei Murmelsteine, sie schwankte leicht, und einer der Berliner trat neben sie und fasste sie unter den Arm.

Sie wehrte sich nicht.

Das fand ich äußerst beunruhigend.

Die übrigen Volkspolizisten nahmen die Mützen ab und wischten sich die Stirnen. Der ABV öffnete den obersten Knopf seines Hemdkragens.

Ich stellte mich neben einen Maulwurfshügel, alle standen stumm und hörbar atmend in der stechenden Mittagssonne.

Durch die Grasbüschel war meine Sicht getrübt gewesen, denn nun erkannte ich, dass hier jemand die Erde umgegraben hatte. Um ein Loch zu graben.

Gleich daneben sah die Erde genauso aus, sandig, graubraun und löchrig, ich trat von einem Hügel zum nächsten, und vor jedem Hügel sah ich in ein Loch hinein.

Dann hörte ich ein Räuspern und einer der Männer sagte, wir sollten ihm folgen.

Wir gingen an den Kreisen vorbei, ich wollte die Erdhaufen zählen, aber die anderen gingen zu schnell.

„Hier“, sagte einer von den Neu-Bostonern am Waldrand.

Der Übergang von der gleißenden Sonne ins Schwarz des Waldes blendete.

Zwischen Schatten und Licht brach etwas Riesiges hervor, ich duckte mich im ersten Moment wie vor einem Urzeittier.

Aber im zweiten Moment sah ich, dass es ein Kunstwerk war.

Es türmte sich auf vor uns in merkwürdigen Formen. Es war eine wilde Geometrie von Rundungen und Geraden, rotschimmernd, braun.

„Nein, das gibt’s doch nicht“, sagte ein Kind neben mir.

Die Kinderstimme war voll mit einem Staunen, das von sehr weit herkam.

Dann setzte sich meine Mutter einfach auf den Boden. Sie lehnte sich an einen Baum und schloss die Augen.

Die Männer traten von einem Bein auf das andere, schnauften.

Rundherum waren die Geräusche des Waldes zu hören.

Zweigeknacken, Vogelrufe, Getrappel von kleinen Hufen und Pfoten, Kratz- und Schmatzlaute. Aber vielleicht bildete ich mir das nur ein. Vielleicht war es totenstill, und mir kam nur vor, ich könnte rundherum die Tiere und unter meinen Füßen das Wachsen und Wühlen hören, während ich vor dem Berg stand, dessen Einzelteile nun klar sichtbar wurden. Das Schimmern der Körper, der Schnecken, der Wirbel, die Saiten, die glitzerten wie Silberfäden, Spinnweben, die aus frischem und moderndem Holz wuchsen, mit Würmern und Käfern, die ihre leuchtendgrünen Panzer zeigten, türkisblaue Libellenflügel sirrten, neue, in die Luft ragende und wieder zerbröselnde Bögen, der Berg voller Geigen, so ist es in meiner Erinnerung, war ein atmender, verwesender Organismus, Naturwerk, Kunst.

Weil niemand etwas tat, wagte ich mich nahe heran und sah, dass die Bögen mit Bändern an den Geigen befestigt waren. Viele waren fasrig geworden, ausgebleicht, erdverkrustet, dürre Schnüre, aber auf einigen waren noch Zeichen zu erkennen, und dann sah ich Buchstaben auf den noch neueren Bändern, und dann versuchte ich zu lesen.

Der Förster hatte den toten Großvater liegend, mit dem Spaten in der Hand, gefunden.

Da sich in den Wäldern ringsum einiges „Gesindel“, wie der Vopo sagte, „herumtrieb“, das die reichlich vorhandenen Totenschädel und Helme und all das „andere Zeugs“ aus dem Zweiten Weltkrieg ausgrub und verkaufte oder irgendwelche merkwürdigen Riten damit trieb, hatte der Förster anfangs gedacht, der Großvater wäre auch so einer.

Dann hatte er entdeckt, dass Großvater nicht über einem Soldatenhelm, sondern über einer Geige gelegen hatte.

Als die Polizei angekommen war und alles untersuchte, hatten sie bemerkt, dass der Bogen mit einem Leinenband an der Geige angeklebt war – und auf diesem Band in schwarzen Druckbuchstaben ein Name stand.

Großvater war also gestorben, als er soeben im Begriff gewesen war, ein Grab für eine Geige zu schaufeln.

Sie hatten die ganze Lichtung ausgehoben und eine Geige nach der anderen gefunden, in unterschiedlichen Auflösungserscheinungen.

Jede Geige trug einen anderen Namen.

Uns wurde eine Liste vorgelegt in der Wachstube in Neu-Boston.

Sie seien hier nämlich, sagte einer der Vopos, von der schnellen Truppe.

Mutter trank einen Schluck Wasser, bevor sie sich über das Papier beugte.

Sie kenne niemanden, sagte sie nach einer Weile.

*

Wie lange wir an jenem Tag im Schuppen auf Großvaters Klappbett saßen, Mutter und ich, kann ich nicht mehr sagen. Irgendwann knipste sie die Funzel über dem Tisch an.

„Gehen wir", sagte sie und nahm mir Großvaters Decke ab.

In der Küche stellte sie Wasser auf, wir tranken Tee, und beim Heulen fielen uns Tropfen aus der Nase.

*

Wären wir keine Heldenfamilie gewesen, wäre die ganze Sache für uns anders ausgegangen.

Die Vopos und der ABV fuhren damals mit uns nach Hause und räumten die Werkstatt um.

Ich nahm die kleine Holzkiste aus dem Schrank, an der Großvater zuletzt herumgeschnitzt hatte, als sie gerade draußen waren. Ich konnte sie unbemerkt in mein Zimmer tragen und unter dem Bett verstecken. Mutter stand die ganze Zeit in der Tür des Schuppens und tat, als hätte sie nichts gesehen. Die Vopos räusperten sich, wenn sie an ihr vorbeimussten, und Mutter machte ihnen betont langsam Platz, wieder wie eine Schlafende mit offenen Augen.

Sie fanden nichts, was geholfen hätte, die Sache zu verstehen – jedenfalls schien es mir so – und trugen alles fort, was Großvater zum Bau seiner Geigen angeschafft hatte.

Wir sahen ihnen hinterher, mit verschränkten Armen.

In den Wochen danach kam Hallöchen-Fritz vorbei, mit Trauermiene und Schnaps, und weil Mutter mich dann hinausschickte, schnappte ich nur einmal Sätze auf wie – „Aber sei doch vernünftig“, – und „… vollkommen verrückt geworden.“

Schließlich besuchten uns auch ein Mann und eine Frau, und einmal musste Mutter sogar in die Kreisstadt fahren, „zur Klärung eines Sachverhalts“, wie sie mit hochgezwirbelten Mundwinkeln feixte.

Sie war eine Squaw mit blondem Zopf und Zornesfalte zwischen den hellen Augenbrauen, und so ließ ich sie ziehen, siegesgewiss, weil sie und ich zusammenhielten.

Ebenso wie die Witwen der sächsischen Geigenbauer, wie sie mir später berichtete. Niemand sprach schlecht über Großvater. Kampfesmutig verteidigten wir unser Land!

Deshalb gaben sie irgendwann auf, die Häuptlinge fremder Stämme.

Bei seinem Begräbnis gab es eine stumme Rede und keine Musik.

Damals verstand ich noch nicht, dass Großvater eigentlich eine andere Beerdigung erwarten hätte können, wäre er in seinem Klappbett in der Werkstatt gestorben oder bei uns in der Wohnung. Sein unordentlicher Tod aber bewirkte, dass er schnell unter die Erde kam, im sogenannten kleinsten Kreis.

Mutter schien es nicht zu stören, ich glaube, Großvater wäre es auch recht gewesen.

Nur Hallöchen-Fritz, einige Nachbarn, Genossinnen aus der Textilfabrik, Maik und seine Mutter waren gekommen, vielleicht war aber auch der Regen schuld. Es platterte und dampfte.

Niemand verstand, was der Mensch von der Kreisleitung von sich gab, und viel später erst erfuhr ich von Mutter, dass man Großvater eigentlich verbrennen hatte wollen.

„Das“, ihre Augen blitzten, „wurde allerdings verhindert“.

Wie sie es geschafft hatte, einen Sarg aufzutreiben, wo doch gerade wieder eine Sarg-Engpass-Phase herrschte, verriet sie mir damals nicht, „lass gut sein, mein Junge“, sagte sie, „später einmal…“

Hätte ich doch für ihn spielen können – und einen Moment lang dachte ich an eine glänzende Trompete, als ich an Mutter gedrängt unter unserem alten Regenschirm stand und wir zuschauten, wie sich der Mund des Kreisleitungsmenschen bewegte, während Starkregen auf uns und den einfachen Holzsarg herunterpolterte, so, als schleudere der Himmel alle Geigen auf uns.

Es war Großvaters Grab, das plötzlich die Frage nach einem anderen hervorrief. Oder einer Urne.

„Wo liegt eigentlich mein Vater?“

Nie war es mir in den Sinn gekommen, mich danach zu erkundigen.

Großmutter war in einer Urne, aber nachdem ich als kleiner Junge, wie ich von Mutter wusste, immer wieder gebrüllt hatte, musste ich nicht mehr mit zum Friedhof.

Es war die Asche.

Ich konnte mir meine Großmutter nicht als Häuflein Asche vorstellen.

War Vater auch nur mehr Asche?

Mutter straffte ihre Schultern und sagte, er habe das Meer geliebt. Und deswegen lebe er nun am Meeresgrund und sei ein Wassermann und habe viel Spaß mit den Fischen und Korallen und Krabben.

Und zwar so: Sie begann mich zu kitzeln, am Hals, ich riss die Arme hoch, sie kitzelte mich unter den Achseln, an den Seiten, ich schlug aus und lachte und trat nach ihr, und wir prusteten und kitzelten und schrien, bis wir nicht mehr konnten.

*

Die Jahre danach verschwimmen in meiner Erinnerung.

Andere Dinge waren wichtig: Schule, Sportverein, später Clubs, Mädchen, Jane zum Beispiel, solche Sachen. Im Spiegel sah ich einen Schlacks mit dunklen, eigentlich schwarzen Haaren und einer zu großen Nase. Das Einzige, was ich mochte, war das Grübchen in der linken Wange beim Lachen. Aber wer hat schon dauernd was zum Lachen.

Ich hätte so etwas Rassiges an mir, hatte Jane, die ich anfangs nicht so mochte, eines Tages gesagt, und, heute muss ich es eingestehen, aus Dankbarkeit hatte ich mich in sie verliebt. Denn wenn sie das Rassige – was immer sie darunter auch verstand – über meine komische Nase und die Pickel stellte, musste es doch wahre Liebe sein.

Mutter lernte einen Mann kennen.

Heinrich.

Er brachte jeden Tag Schrippen mit und sächsische Eierschecken und thüringische Mohnkuchen.

„Früher dachte ich manchmal, ach, käme doch eine Fee und sagte: Einen Wunsch hast du frei. Ich hätte mir das gewünscht: Zeit. Kein Anstehen mehr. Du“, säuselte Mutter, „bist meine Fee, Heinrich“.

Also war es etwas Ernstes.

Sie schnitt sich den Zopf ab, trug ihre Haare plötzlich wie einen hellen Helm um den Kopf und ging samstags mit ihm tanzen.

Er war groß und hager, über seiner Oberlippe lag ein Schnauzer.

„Na, mein Süßer", sagte Mutter plötzlich, fasste Heinrich unter das Kinn und kicherte, sobald sie seine Haare in der Nase und im Mund hatte.

„Komm her, du Salzprinz!" Auch das sagte sie nun zur Begrüßung.

Mann, dachte ich, er ist Lebensmitteltechniker, Mutter, ganz banal.

Und dann dachte ich an Großvater und bevor ich traurig wurde, dachte ich an unsere Stunden im Schuppen und den Sarg, und dass er nicht verbrannt worden war.

Es wurde schwieriger zwischen uns.

Mutter konnte es nicht fassen, dass ich die Zulassung zur EOS nicht bekommen würde, das sei schlimm, regte sie sich auf. Wieso sie plötzlich so dringend einen Geistesschaffenden aus mir machen wollte, verstand ich nicht. Es war völlig in Ordnung, dass es nicht geklappt hatte. Ich war zu schlecht, außerdem hatte ich einmal Herrn Pellkamm widersprochen, unserem Staatsbürgerkundelehrer.

Mein Klassenstandpunkt sei nicht gefestigt, hieß es, aber Mutter bekam ihre Stirnfalten und Augen ohne Funken und machte eine Eingabe.

Nachdem die Eingabe beantwortet worden war, verschwanden ihre Zornesfalten nicht, sondern blieben nun immer.

Großvaters Heldentum hatte offensichtlich an Wirkung eingebüßt.

Prima, dachte ich und genierte mich gleichzeitig. Vor Großvater, der Menschen vor den Nazis gerettet hatte. Aber ihn konnte sowieso nichts mehr treffen.

Das, fand ich, war die gute Sache am Tod.

Und Heinrich sagte, die Entscheidung der Schulleitung sei richtig, da ich rotzfrech gewesen sei und wir doch in einem Arbeiter- und Bauernstaat lebten und nicht in einem Geistesarbeiterstaat.

„Trotzdem“, beharrte Mutter, „er hätte es gekonnt, ich weiß es…“

„Tstststs“, schüttelte Heinrich den Kopf, „wat du allet weeßt…“

Und damit war die Sache erledigt.

Gemeinsam mit Jane überlegte ich, welche Berufsausbildung geeignet wäre. Was denn so meine Vorlieben seien, fragte sie lachend mit ihrer Lücke zwischen den Schneidezähnen, in die ich meine Zungenspitze stecken konnte.

Eigentlich fiel mir nur eine ein: Holz.

Dass ich es gerne roch. So wie sie.

Worauf wir uns küssten und ein bisschen fummelten, und währenddessen beschloss ich, Holzfacharbeiter zu werden oder sowas in die Richtung.

Das mit Jane war in jener Zeit ein sogenannter Lichtblick, kann man sagen.

Lästig fiel nur manchmal ihr Bruder, der auch so einen englischen Namen hatte – Jerome. Die Mutter war Englischlehrerin und hatte ihre Kinder nach so Schriftstellern genannt: Jane Austen, Jerome D. Salinger, was mir alles affig vorkam. Und Jane war auch noch stolz darauf.

Als wär das was Besonderes, nach irgendwem zu heißen, der vor Jahrhunderten ein Buch geschrieben hat.

Egal.

Mutter war nun manchmal auch drüben im Schlafzimmer albern.

Einmal hörte ich, wie Heinrich wie ein Schauspieler trötete – es war offensichtlich ein Spiel zwischen ihnen: „Du hast de Eisenringe um meene Brust jesprengt!"

Worauf sie vor lauter Lachen keine Luft mehr bekam.

Ich hielt mir die Ohren zu. Alles nur mehr peinlich.

Dann zogen wir um. Mutter hatte eine neue Stelle bekommen, als Facharbeiter für Schreibtechnik. Sie war ganz aufgeregt, denn die Arbeit in der Textilfabrik war langweilig gewesen und manchmal gefährlich, wegen der Maschinen.

Wir zogen nach Berlin rein, nach Hellersdorf, in eine Drei-Raum-Wohnung, Mutter, Heinrich und ich.

Es war der endgültige Abschied von Großvater. Als der Trödler kam, um das übrige Zeug aus dem Schuppen zu holen, fuhr ich mit dem Fahrrad noch einmal zu Jane. Aber ihr Bruder war auch da, und so konnte ich mich nicht mehr auf sie legen und an ihr herumschnuppern.

Wir würden uns nicht mehr sehen, nach dem Umzug, wir wussten es beide.

Als sie mit der letzten Tüte voller Bücher in Heinrichs Auto einsteigen wollte, drehte Mutter sich draußen noch einmal um. Ich sah durch das offene Fenster, wie sie den Atem anhielt.

Weil nichts geschah, starrte ich nach vorne, in Heinrichs glattrasierten Nacken.

Da schlüpfte Mutter auf den Sitz neben ihm und sagte zur Windschutzscheibe:

„Abfahrt, bitte."

*

Und dann fiel die Mauer.

Das heißt, zuerst stand sie noch, aber die Leute tanzten auf ihr.

Die Leute tanzten auf der Mauer.

Und niemand wurde erschossen.

In diesen Tagen und Nächten, in denen die Leute auf der Mauer tanzten und niemand im ganzen Land erschossen wurde, und wir alle Kisten ausgepackt und die Badewanne und die Zentralheizung bewundert und Mutter und ich, während Heinrich seine Schrippen buk, den 9. November verschlafen hatten, in diesen Tagen und Nächten also, in denen alles gleichzeitig geschah und wir durchs Brandenburger Tor und über den Ku'damm schwebten und Mutter von all den Farben, dem Lärm und dem Schweben wochenlanges Glücksweh, wie sie sagte, bekam, vor allem im Kopf, an den Schläfen, hinter den Augen bis zu den Ohren hinunter, fiel mir die Trompete wieder ein.

Die glitzernde Trompete, an die ich sehr lange nicht mehr gedacht hatte.

Und dann dachte ich, dass die Sachlage in dieser Hinsicht nun eine vollkommen veränderte war.

Rein theoretisch.

Denn natürlich war es aussichtslos.

Rein praktisch.

Man kann niemanden finden, von dem man nichts weiß, weder Vor- noch Nachname.

Nur, dass sie einmal, vor Jahren, Trompete gespielt und blonde Haare gehabt hatte, vier musikalische Brüder und Eltern.

In diesen verrückten Monaten war plötzlich mehr Zukunft in Sicht, als man verkraften konnte. Niemand wusste, was kommen würde, nichts schien unmöglich.

Alle hatten diesen irren Blick, irgendwo war immer was los, in besetzten Häusern feierten wir, schliefen durcheinander auf gammeligen Matratzen, ein ewiges Partymachen und Geheule und Diskutieren, und ich beschloss, von Mutter und Heinrich wegzuziehen und fürs erste zu jobben, irgendwas.

*

An einem der Tage, an denen ich vorbeikam, um Sachen zu holen, war niemand zu Hause.

Mutter hatte Schicht, das wusste ich.

Eigentlich hätte Heinrich da sein müssen, meistens schlief er um diese Zeit, aber die Wohnung war leer.

Am Sofa lag ein aufgeschlagenes Buch.

Amanda. Ein Hexenroman. Den Namen der Autorin kannte ich, wusste aber im ersten Augenblick nicht mehr, woher.

Ich drehte das Buch um.

Mutter hatte einen Satz angestrichen, mit rotem Stift.

„*Die Frauen leben nicht nur im Patriarchat; es lebt auch in ihnen*“, las ich.

Ich blätterte weiter und musste schmunzeln wegen der vielen roten Stellen, die mich ansprangen.

Zum Beispiel: „*Die Menschen haben die alten Mythen über Bord geworfen und sich in die Falle eines neuen Mythos' begeben: das des ewigen exponentiellen Wirtschaftswachstums …*“

Das sagte eine Schlange namens Arke. Sie war geflügelt.

Sehr amüsant.

Das Buch bestand aus vielen kleinen Kapiteln, die mir sehr unübersichtlich vorkamen. Menschen und Fabelwesen, Goethe und Pandora, antike Götter und Hexen und die DDR, alles durcheinander.

Man musste wohl von Anfang an lesen, um das zu verstehen.

Ich schlug die ersten Seiten auf.

„Das Lachen ist nur der Schmerzenslaut der Sehnsucht nach der Heimat, die im Innern sich regt."

(E.T.A. Hoffmann, Seltsame Leiden eines Theaterdirektors)

Offenbar das Motto.

Ich hatte Durst, holte mir ein Glas Wasser.

Während ich mich fragte, wann Mutter das alles las, fiel mir die offene Tür zum Schlafzimmer auf.

Auf der cremefarbenen Rosenüberdecke des Bettes – woher kam plötzlich dieser Kitsch? – lag Papier, ein beschriebenes Blatt.

Daneben ein schneeweißes Kuvert.

Und in der ganzen Helligkeit stach mir etwas in die Augen, ein Leuchtsignal, das alle in diesem Land kannten.

Die bunte Briefmarke von drüben, aus dem Westen.

Der Brief lag offen da, das Kuvert war an Mutter adressiert.

Unlesbarer Stempel.

Das Kuvert flatterte in meiner Hand, als ich es umdrehte.

Der Absender: Lothar Bach.

Plötzlich saß ich auf dem Boden, mit dem Rücken am Bett.

Mein Vater …

Lothar Bach war doch mein Vater.
Tot, überfahren von einem Auto.
Oder Motorrad.
Tot, tot, tot.

Seine Schrift war klein, die Buchstaben drängten sich aneinander.

Mein Blut schoss in alle Richtungen, eine inwendige Hitze-Achterbahn.

Zuerst kapierte ich nichts, aber dann entzifferte ich, dass er sich freue, Mutter gefunden zu haben. Er habe bis vor Kurzem nichts gewusst von der Verwandtschaft in der DDR.

Wie bitte? Gleich platzte mein Kopf.

Wie?

Er „habe nichts gewusst von der Verwandtschaft in der DDR"?

Erst in den Wochen vor ihrem Tod letzten Monat habe seine Mutter von ihrem Vetter Berthold gesprochen.

Großvater hatte so geheißen, einen anderen Berthold kannte ich nicht.

Nach dem Krieg, las ich weiter, hätten sie sich einige Male noch gesehen, nach dem Mauerbau nicht mehr. Auf die Frage, warum es keinen Kontakt gegeben habe, habe seine Mutter nichts Konkretes gesagt.

Kurz darauf sei sie verstorben.

Großvater und die Mutter von Lothar Bach waren Vetter und Cousine.

Das war das Einzige, was ich begriff.

Weiter las ich, dass er, Lothar, nach dem freudigen Ereignis des Mauerfalls sich nun bemüht habe, seinen

Onkel Berthold Wermann zu finden und so auf seinen letzten Wohnsitz gestoßen sei.

Und nun habe er auch sie, Nora, gefunden.

Sollte sie nicht verwandt mit Berthold Wermann sein, entschuldige er sich für die Störung.

Zwei Fotos lege er zur Identifizierung bei.

Sie waren im Kuvert, die Fotos. Auf dem einen unbekannten Schwarz-Weiß-Bild mit weißem Rand standen ein junger Mann und eine junge Frau nebeneinander in einem Garten, lachten in die Kamera.

Eindeutig war das Großvater, ich wusste, wie er damals ausgesehen hatte. Auf der Rückseite war zu lesen: Berthold und Inge, 1939.

Das zweite Bild kannte ich.

Mondsichelaugen, weiches Gesicht, Haare streng zurückgekämmt.

Lothar, 1972.

Wie lange ich brauchte, um diese Infos ordnen zu können, weiß ich nicht.

Lothar Bach lebte also.

Punkt Eins.

Punkt Zwei: Und wenn Lothar Bach der Vetter zweiten Grades meiner Mutter war und keine Ahnung von ihr gehabt hatte, konnte er klarerweise auch nicht mein Vater sein.

Punkt Drei: Sie haben mich immerzu angelogen.

Großvater und Mutter.

Von Anfang an.

Alles Lüge.

Alles Betrug.

Alles kotzverlogene abartige Lügenscheiße.

Nichts wie weg hier.

Ich riss die Wohnungstür auf, da standen sie: Mutter mit dem Schlüssel in der Hand und Heinrich.

„Rene“, flüsterte sie bleich.

Ich wollte an ihnen vorbei, doch Heinrich ließ mich nicht. „Nu mal rinne“, brummte er und schob mich in den Flur zurück.

Was bildete er sich ein?

Ich beobachtete den Blick zwischen Mutter und ihm. Wie bitte?

Der wusste also Bescheid? Heinrich? Hatte die ganze Zeit Bescheid gewusst?

Plötzlich hasste ich Mutter mit einer Wucht, die mich fast umgeworfen hätte. Bis in die kleinste Zelle hinein explodierte dieser Hass, von den Haarwurzeln bis in die Zehenspitzen, und aus den Augenwinkeln registrierte ich gleichzeitig eiskalt, wie sie zögerte, mir ihre Hand auf den Arm zu legen und stattdessen die Jacke an einen der Haken aufhängte, langsam, wie in Trance.

Heinrich hingegen rieb seine Handflächen aneinander, als hätte er Teig dazwischen, und sagte: „’N Körnchen?“

Er lotste mich ins Wohnzimmer, was ich eigenartig willenlos geschehen ließ.

Und schon machte es Klong. Klong. Klong., drei Gläser am Tisch, und Heinrichs langer Arm füllte sie mit hellgoldener Flüssigkeit.

Aufmunternd grinste er mir zu. Als hätten wir was zu feiern.

Wir stießen an, wobei ich es vermied, Mutter in die Augen zu sehen.

Ah, wie das brannte.

„So, und nu“, sagte Heinrich, „wolln wa uns det Janze mal bekieken, wa“.

Er ging ins Schlafzimmer, es raschelte, er kam zurück mit dem Kuvert und dem Brief.

„Verzeih“, flüsterte Mutter plötzlich, „bitte, verzeih mir“.

Da konnte ich nicht anders, ich sah zu ihr hin.

Ihre Augen waren fast schwarz, aber vielleicht lag das auch an der verschatteten Ecke, in der wir saßen. Sie sah jung aus. Irgendwie wollte ich gehen, und irgendwie auch nicht.

Es war der merkwürdigste Zustand, den ich jemals erlebt hatte.

Nicht genug, dass sich alles rundherum verändert hatte. Was die Zukunft brachte, wusste ich nicht, und nun war auch noch alles falsch an meiner Vergangenheit.

„Eener is keener“, sagte Heinrich, zwirbelte seinen Schnauzer und goss nach.

Mutter hielt ihre flache Hand über das Glas, aber ich ließ es zu, das Nachschenken.

Schon brannte es weniger im Hals.

„Weißt du noch: Mietscha?“

Mutter sah mich an, und ich konnte den Kloß nicht runterschlucken, der plötzlich meinen Hals zumachte.

Ihre Stimme war weich, ich verstand nicht, was die Frage sollte.

„Du hast sie Mietscha genannt, mit t und sch…“

Nein, ich wollte nicht an sie denken.

Der Höllengesang –

„Es war der Kosename… für… für mich…“

Pause.

„Micha, spanisch. Kleine Katze."
Spanisch?
Kleine Katze?
Sie holte tief Luft, und ich wusste: Jetzt kommt's.
„Dein Vater … er hieß Atanasio."
Alles klar.
„Atanasio. Raúl. Delfin."
Sie legte den Kopf ein wenig schief und begann zu lächeln:
„Atanasio bedeutet ‚Der Unsterbliche'. Das sagte er mir beim ersten Treffen. Nein", das Lächeln breitete sich über ihr ganzes Gesicht aus, „er sagte es nicht, konnte es nicht sagen".
Klong. Heinrich hatte sein Glas abgestellt.
Was passiert hier eigentlich?
Bin ich in einem Traum?
„Er spielte sie mir vor. Die Unsterblichkeit."
Gleich wach ich auf.
„Er konnte mit Händen und Füßen und den Augen sprechen. Er war zweiundzwanzig Jahre alt und kam aus einem Dorf in Kuba. Damals wurden Vertragsarbeiter bei uns in der Fabrik eingestellt."
Ja, das stimmt. Das kapierte ich.
Es gab sie, die Leute aus Angola, Mozambique, Algerien, Vietnam. Auch aus Kuba. Aber keiner, den ich kannte, hatte Kontakt mit ihnen gehabt. Nichts mit Völkerfreundschaft. Sie lebten in ihren Heimen außerhalb, huschten in die Fabriken, manchmal sah man welche einkaufen. Es gab auch welche, die studierten, Ärzte und so. Aber sie waren Fremde, und sie blieben Fremde, und keiner von denen war mein Vater.
„Sie waren anders als wir. Sie froren und kamen zu spät und lachten. Atanasio war der Witzigste. Wir hat-

ten sieben Monate und drei Tage zusammen. Es war sehr geheim ... Eigentlich waren Verbindungen zwischen Deutschen und Ausländern verboten ...“

Sie machte eine Pause, und ohne, dass ich es wollte, musste ich an ein Foto denken, aufgenommen vor meiner Geburt, das in irgendeiner Kiste lag. Ein Mädchen mit langen blonden Haaren, lachend, mitten in der Bewegung, ein wenig älter als ich.

Ein Feldweg, und ein Blick –

Wer hatte das Foto geknipst?

Mutter sah mir fest in die Augen. Sie wartete. Sie fuhr sich mit der Zunge über die Lippen, blies eine Strähne aus dem Gesicht. Ich hatte Zeit, ihre Fältchen zu betrachten, ihre kleinen Ohren. An ihrem Hals pochte unter der Haut ihre Ader.

Was kommt jetzt noch?

„Dein ... dein ... Vater wurde nicht überfahren. Er ... wurde umgebracht, zusammen mit seinem Freund –“

Ich sah sie sprechen. Sie hatte nun rosige Wangen. Ihr Blick war auf die gegenüberliegende Wand gerichtet, wo der Schrank war, Heinrichs Bar.

„Atanasio und Feliu. Sie wurden von Deutschen verfolgt und erschlagen. Und ich war im dritten Monat mit dir.“

Vielleicht war die Welt auch nur ein riesiges schwarzes Loch, in dem alles verschwand.

Verschwinden musste.

Und in gewissen Momenten erkennen wir das.

Ich konnte nicht anders, ich begann zu lachen.

Ich kippte nach vorne und lachte in meine Jeansknie hinein.

Lachte in das schwarze Loch, konnte nicht mehr aufhören.

*

Die übrige Nacht verbrachte ich außerhalb der Wohnung.

Mit Heinrich.

Mutter war wohl schlafen gegangen, keine Ahnung. Ich war mir nicht sicher, konnte sein, dass sie noch mit mir gesprochen hatte. Auf jeden Fall machte Heinrich uns beiden in der Küche Kaffee, und als wir getrunken hatten, sagte er:

„So, Junge, nu kommste mit."

Draußen zogen wir die Köpfe ein, es regnete. Und ohne zu fragen, trabte ich ihm hinterher. Mir war ein wenig übel, aber noch mehr war ich erleichtert, nicht in der Wohnung bleiben zu müssen. Kurz hatte ich überlegt, in die Senefelderstraße zu marschieren, aber drei, vier Stunden durch den Regen zu latschen, schreckte mich dann doch.

In der Backstube setzte mir Heinrich eine Mütze auf und zeigte auf Mehl, Salz, Hefe, Wasser.

Wie sie eben gemacht werden, die Schrippen.

Eigentlich gar nicht so schwer.

*

Die folgende Zeit habe ich weitgehend vergessen.

Ein Teil von mir schlief, trank, hing ab mit den anderen. Ich jobbte in einem neueröffneten Imbiss in der Dimitroffstraße, aber irgendwie war das nicht richtig, und ich schmiss hin.

Wir legten unser Geld zusammen, kurvten mit Tims Trabi im Westen herum, alles war kreischbunt, besonders abends, „ich krieg Augenkrebs", schrien wir, schlugen uns auf die Schultern, rangelten wie junge Hunde. Wir hockten auf Campingplätzen, rauchten mit fremden Leuten, dröhnten uns mit Musik zu, laberten Scheiße. Einmal trampten Anja und ich nach Hamburg, wo uns das Geld ausging und wir auf der Straße alte FDJ-Lieder sangen, zum Beispiel „*Du hast gut gekämpft, wenn mancher Teil dieser Welt auch noch jede Freude uns dämpft*“ oder „*Bau auf, bau auf*“ mit einer Mütze am Asphalt, und am Hafen spuckten wir gegen den Wind, als wären wir Kinder.

Mehr ist mir von diesen Wochen nicht hängengeblieben.

Anja sah die Zettel sofort, die bei der Rückkehr an der Tür in der Senefelderstraße klebten, sie waren alle für mich, „Komm schnell –“

Es war nicht Mutters Schrift.

Heinrich öffnete mir in Hellersdorf, er sah anders aus, irgendwie jünger.

Dann kapierte ich, dass er keinen Schnauzer mehr unter der Nase hatte.

Wo war sie?

Er schnaufte schwer, legte den Zeigefinger auf die Lippen, lotste mich in die kleine Küche.

„Was ist –?“

„Jeht wieda besser. ’N Unfall.“

Sie war mit dem Fahrrad gestürzt.

Auf den Kopf gefallen in der Dämmerung.

„Irjendeen Vieh“, sagte Heinrich, „die Nachbarin von oben hat wat jesehen, wat Kleenes, Dunkles, ’nen Marder oder ’ne Katze. Nora wollt ausweichen und…“

Ihr Kopf war auf die Bordsteinkante gefallen, er hatte das Blut später weggeschrubbt, „so ’n Ding“, er breitete die Arme aus.

Sprach von längerer Bewusstlosigkeit und zwei Wochen Krankenhaus und dass sie Glück gehabt hätte. Er fragte nicht, wo ich gewesen war. Seine Nervosität war beunruhigend.

Sie lag im Schlafzimmer, mit geschlossenen Augen, mehlweiße Haut.

Ihre Haare waren wieder länger, eine helle Unordnung auf dem Kissen. Als ich neben ihr stand, sah ich die Wunde, ausrasiert von der Schläfe bis hinter das Ohr.

„Rene“, sagte sie leise, ohne die Lider zu heben.

Waren sie ihr zu schwer? Hatte sie Schmerzen?

Ich brachte nichts heraus, sah den Stuhl vor dem Bett. Heinrich nickte, und ich setzte mich, er ging hinaus.

„Mama“, sagte ich.

Und dann nahm ich ihre Hand und streichelte sie, ihre schöne, feine Hand.

Heinrich war froh, dass ich nun jeden Tag kam, manchmal auch abends, bevor er in die Backstube ging.

Dann legte ich mich, sobald Mutter schlief, auf das Sofa im Wohnzimmer, und vormittags machte ich Frühstück für uns beide, mit seinen frischen Doppelbrötchen, während er sich später in meinem ehemaligen Zimmer ausruhte.

Mutter übte aufstehen und gehen und sich anziehen.

Aber alles war rasch zu anstrengend, sie erlahmte mitten in einer Bewegung, schlich wie eine Greisin zur Toilette. Am liebsten lag sie, mit geschlossenen Augen.

„Vielleicht werde ich nicht mehr richtig im Kopf.“

„Quatsch“, sagte ich.

Dieser erste Frühling nach dem Mauerfall fand ohne uns statt, könnte man sagen.

Auch wenn ich weg war, in der Senefelderstraße, und mit Anja, Tim und den anderen kochte, Früchte aus Weltgegenden zerteilte, die uns vor Kurzem noch wie vom Mond erschienen waren, die Luft voll war mit Reise-Plänen, Zivildienst-Anträgen und dergleichen und uns schwindelte von der neuen Sprache, den Verordnungen, die auf uns herabprasselten – alles versinkt im Rückblick.

Nur Mutters weißes Gesicht und ihre Haare am Kissen sind in meinem Gedächtnis, ihre Hand in meiner.

Wir begannen über ihn zu sprechen.

Über Atanasio Raúl Delfin.

Es gebe kein Foto von ihm, sagte sie, nichts, nur die Bilder in ihrem Kopf.

Ob ich ihm ähnlich sei, fragte ich.

In den Wochen vor ihrem Unfall hatte ich mich mit völlig neuen Augen im Spiegel gesehen, mich abgetastet wie einen Fremden. Hinter dem Gesicht, das ich im Laufe des bisherigen Lebens irgendwie akzeptiert hatte, lauerte nun ein anderes, unbekanntes.

Es war in meinem ganzen Körper, das Unbekannte.

Ich hatte mich nackt hingestellt und alles begutachtet, wirklich alles. Hatte mich gefragt, ob er auch diese Zehen gehabt hatte, so knollige Dinger. Diese harten, kleinen Brustwarzen. Hatte von Anja wissen wollen, ob es große Unterschiede gäbe, untenrum. Oh ja, hatte sie gelacht.

Plötzlich fand ich meinen Schwanz nicht mehr als mir allein zugehörig.

Ich drehte fast durch.

„Mensch, Rene“, sagte Anja, „es ist deiner, nicht der von irgendwem“.

Äußerlich, sagte Mutter, eigentlich nicht. Zwar hätte ich sein dunkles Haar, die Augenbrauen, das ja. Aber sonst sei ich etwas „Eigenes".

Wie seine Hautfarbe gewesen sei, wollte ich noch wissen.

Mutter lächelte. „Er war… wie nennt man das… olivfarben? Ach, ich weiß nicht… es war eine sehr schöne Farbe…"

Olivfarben?

Was meinte sie damit? Einmal hatte jemand in der Senefelderstraße eine Dose Oliven von irgendwoher mitgebracht, es waren, glaube ich, russische, und die waren schwarz.

Ich hatte eine probiert, nein danke.

Aber ich fragte Mutter nicht weiter, sie hatte in diesem Moment so einen seligen Gesichtsausdruck. Und dann seufzte sie: „Weißt du, ich kannte ihn viel zu wenig. Wir hatten so wenig Zeit…"

Wie ein Puzzle fügte sich in unseren Gesprächen ihr Leben vor meinem Leben zusammen, zumindest die größeren Teile. Immer wieder aber schwiegen wir, weil sie schnell müde wurde und wegdämmerte.

Und dann saß ich neben ihr und dachte nach.

Über meinen Vater, der nur einige Jahre älter geworden war als ich zu dem Zeitpunkt.

Er war ein Waisenkind gewesen. Und die DDR für ihn ein Märchenland.

Ein kaltes Märchenland, habe sie damals erwidert, sagte Mutter, und er habe gelacht und ihr gedeutet, nein, jetzt nicht mehr, sie sei doch eine Prinzessin mit warmen Händen.

Über den Tod sprachen wir lange nicht.

Aber irgendwann fasste ich Mut und fragte.

Sie verschwand fast zwischen ihren Kissen im Bett, der Kopf wurde extra gestützt. Mutter sah mich nicht an beim Sprechen.

Richtete ihr Gesicht nach oben und berichtete tonlos der Zimmerdecke, was geschehen war.

Eine Auseinandersetzung zwischen Deutschen und Kubanern in einer Discothek, Gepöbel auf beiden Seiten. Schließlich eine Schlägerei, die sich auf der Straße fortsetzte. Die Kubaner waren in der Unterzahl. Eine Jagd begann, in deren Verlauf zwei von ihnen erwischt und von einer Brücke gestürzt wurden, in die Saale, die im Hochsommer fast kein Wasser führte.

„Sie haben auf die beiden noch Flaschen und Dosen von der Brücke geworfen. Es waren über hundert Leute."

Ich wollte ihr die Hand auf den Arm legen, als Zeichen, dass es genug sei. Aber Mutter war noch nicht fertig.

Alles sei vertuscht worden.

Man wollte keinen weiteren Ärger mit Kuba, es hatte schon frühere Übergriffe gegeben.

„Ich erfuhr es am nächsten Tag. Sie hatten die Leichen weggeschafft, niemand weiß, wohin, Staatsgeheimnis. Danach bin ich weggezogen, zurück zu Großvater. Nur er wusste, von wem ich schwanger war."

Ich sah das Mädchen mit den langen blonden Haaren. Ob sie daran gedacht hatte, abzutreiben? Es wäre einfach gewesen, viele Frauen machten das.

Wäre ihr Leben nicht leichter geworden?

„Nein. Wie hätte ich das tun können?"

Sie sagte es nicht, aber ich wusste, dass Atanasio für sie weiterlebte, in mir.

Das war seltsam.

Es war seltsam, eine Aufgabe zu erfüllen, von der man nie gewusst hatte, dass es sie gab.

Und das Bild von Lothar Bach?

Mutter begann bei dieser Frage zu weinen.

Es war ein stilles Weinen, ohne Laut, ohne Grimasse.

Es rannen ihr einfach Tränen über die weißen Wangen, als sie schilderte, wie Großvater eines Tages meine Fragen nicht mehr ertragen hatte.

Zwischen den wenigen Briefen aus dem Westen, die er nach dem Mauerbau bekommen hatte, hatte er eines Tages die Fotografie seines Großneffen herausgeholt und mir gezeigt. Danach hatte er den silbernen Rahmen besorgt und das Bild aufgestellt.

Und nachdem ich damit besänftigt gewesen war, hatte Mutter ihren Frieden mit dieser zweiten Lüge gemacht.

„Die erste Lüge, die vom Unfall, war die schlimmste. Denn wie hätte ich dir erklären können, dass unsere … also … die Leute deinen Vater …? Wie soll man das einem Kind sagen? Es hätte dich zum Außenseiter gemacht. Du solltest ein gutes Leben haben."

Ich erinnerte mich, dass bei allen meinen Formularen in der Rubrik „Vater" immer ein „Unbekannt" verzeichnet war. Es war mir als Kind logisch erschienen, denn Mutter hatte ihn ja nicht geheiratet.

Und unbekannt, das war er für mich ja gewesen. Später hatte ich einfach nicht mehr darüber nachgedacht.

Ich reichte Mutter ein Taschentuch. Schlief auf dem Sofa in dieser Nacht.

*

Lothar kam mit seiner Frau Sonja, einer kleinen rundlichen Person, an einem kalten Frühsommertag nach Hellersdorf.

Mutter hatte sich weitgehend erholt, konnte wieder sitzen und gehen und lesen, war aber noch immer arbeitsunfähig geschrieben.

Der kommende Besuch war für sie eine Herausforderung gewesen – als sie beim Saubermachen in den Tagen davor wieder kraftlos geworden und mit leeren Blicken am Stuhl zusammengesunken war, hatte Heinrich „wir Jungs machen dat, wa“, gesagt, ihr die Gummihandschuhe von den Händen gezogen und mir auf die Schulter geklopft.

Wir warteten bei der U-Bahn-Station Kaulsdorf-Nord, das war der Treffpunkt. Wie es wohl gewesen wäre, vor dem Mauerfall diese Verwandtschaft zu haben? Plötzlich waren diese Gedanken da. Dass es auch in unserem Leben besondere Pakete hätte geben können, so wie bei Maik, der sich immer als etwas Besseres gefühlt hatte. Besonders wegen seines Indianerkostüms, um das wir immer gewürfelt hatten.

Sofort wusste ich, wie sich das hellbraune Lederimitat mit den Fransen und bunten Paspeln auf der Haut angefühlt hatte: ein wenig rau und klebrig und märchenhaft westlich.

Nach einer Dreiviertelstunde pfiff der Wind schon ungemütlich um unsere Ohren, Mutters und meine. Wir hatten keine Jacken dabei.

Es war klar, dass sie sich verfahren hatten.

Schließlich hielt dann doch ein grauer Mercedes W124 E200 vor uns, und sie stiegen aus, Lothar in zerknittertem, aber piekfeinem schwarzen Anzug, Sonja in einem gelben Kostüm, etwas abgekämpft und aufgeregt wie wir, was sich bei ihm in ständigem Streicheln seines Oberkopfes zeigte und bei den Frauen in sofort losgehendem Geschnatter.

Es war merkwürdig, jemandem die Hand zu schütteln, der – obwohl er nun eine Glatze hatte und dicker geworden war – so aussah wie das Bild, das ich mir so viele Jahre von meinem Vater gemacht hatte.

Davon wusste er nichts und würde es auch zukünftig nicht erfahren, das war ein wortloses Abkommen zwischen Mutter und mir.

Im Auto, das nach Parfüm roch, vielleicht aber auch nur nach dem Scheibenputzmittel, hatten Mutter und Sonja unaufhörlich weitergeplaudert. Über die lange Fahrt von Bayern bis ins unbekannte Ost-Berlin und das Wetter und wie schwer wir zu finden waren, undsoweiter – sie hatten keine Pause gemacht, so, als würden sie sich schon lange kennen.

Bis wir angekommen waren.

Eigentlich war es bei uns üblich die Schuhe auszuziehen, aber Mutter deutete mir, sie anzulassen.

Sonja betrachtete die Einrichtung, holte tief Luft und sagte: „Sehr schön, sehr schön habt ihr es hier, nicht, Lothar?“, worauf dieser meinte, dass Hellersdorf einige Grünflächen vertragen könnte, „Bäume und so“.

„Wat globste, wie viel Wald wir hier ham“, flachste Heinrich in seinen karierten Hauspuschen, „rundherum. Massenweise. ’N Körnchen?“

Er hatte sich wirklich Mühe gegeben. Vor uns am Couchtisch waren Schnittchen und Sekt, Kaffee und Berlinerlufttorte, seine Spezialität, aufgebaut.

Und nach dem ersten „Auf uns!“ erzählten sich Lothar und Mutter ihre Erinnerungen an Familienmitglieder und irgendwelche Anekdoten. Es rauschten etliche Namen an mir vorbei, die mir nichts sagten. Schließlich kam in einem Nebensatz heraus, dass Sonja und Lothar in einer Musikschule arbeiteten.

Er als Geigenlehrer, als Chorleiterin sie.

„Mit Musik“, seufzte Lothar, „hatte die Familie sonst ja leider nichts am Hut.“

Halt!, sagte Mutters Blick, aber schon war es raus aus mir:

„Großvater, also dein Onkel, war Geigenbauer.“

Entzücken in Sonjas, Staunen in Lothars Gesicht.

„Also ... davon ist mir nichts ... Er war doch Maurer, oder?“

„Es war sein Hobby“, berichtigte Mutter und sah mich durchdringend an. Sie hatte rote Flecken am Hals.

„Ja, klar“, sagte ich, „und außerdem war er Held des antifaschistischen Widerstands“.

Irgendwie war mir wichtig, ihnen zu verklickern, mit wem sie es zu tun hatten.

„Oh“, lachte Lothar und sah ungläubig von Mutter zu mir und zurück, „das ist ja... das wundert mich jetzt... also, das kann man von unserer Familie jetzt nicht direkt behaupten.“

„Det heeßt wat?“ Grinsend schaltete sich Heinrich ins Gespräch ein.

Lothar machte eine kleine Schnauze aus seinen Lippen, seine Mondsichelaugen verschwanden nun reptilhaft in den Lidern, gleichzeitig wandte er sich Sonja zu, die „Naja“, flötete, „wie soll man sagen...“

„Also, ich würde jetzt eher... da waren eher gestrige, also eher konservative Ansichten...“, stammelte Lothar herum.

„Faschisten, oder wat“, brummte Heinrich, und Mutter und ich zuckten zusammen.

„Was heißt denn hier Fa-Fa-!“, empörte sich Sonja, „Aaah!“ machte Lothar nach dem Schluck, betrachtete die goldschimmernde Flüssigkeit vor seiner Nase und sagte beim Zurückstellen des Glases: „Also dein Vater...“, worauf er bedauernd sein weiches Kinn massierte und seine Lippen hin- und herschob.

Eine Stille folgte, die was Surrendes hatte.

„Aber nein“, lächelte Mutter, „das ist nicht wahr“.

Sie hatte nicht mehr nur am Hals Flecken, sondern auch auf den Wangen.

Lothar schnaufte. Er streichelte seine Glatze und betrachtete beim Sprechen seine schwarzen, blankgeputzten Schuhe.

„Es tut mir wirklich leid, Nora. Aber... erst vor Kurzem... beim Ausräumen des Schreibtisches meiner Mutter... Da waren ganz hinten so Geheimfächer drinnen, eine gewisse... na... ich würde schon sagen: Überraschung für mich. Da gab es so Notizen...“

„Notizen?“

Mutters Stimme kam von weit her. Eines ihrer Lider zuckte.

Heinrich und ich sahen uns kurz an.

„Dat sind aba nu Themen“, sagte er, „wollnwa nich wat essen? Prösterchen!“

Aber die anderen achteten nicht auf ihn.

„Welche Notizen?“, beharrte Mutter.

Lothar legte seine Fingerspitzen aneinander, erklärte sanft: „Also, es gab so Notizen von meiner Mutter, wann und wo … die Männer der Familie im Krieg stationiert waren … und dann auch … Feldpostbriefe … darf ich?“

Er angelte sich ein Käsebrötchen, begann zu kauen, während Sonja sich zu Heinrich beugte: „Und was bist du noch mal von Beruf?“

„*Backe, backe, Kuchen …*“, begann Heinrich zu singen und stieß krachend mit ihr an.

„Sag es.“ Mutter fixierte Lothar, als wollte sie ihn hypnotisieren.

„… *der Bäcker hat gerufen*!“, stimmte Sonja mit einer bemerkenswert kraftvollen Röhre ein, „Ach, Kinder, herrlich, dass wir uns treffen, zum Wohl!“

Erneut prostete sie Heinrich zu: „Auf unser Vaterland!“

„Uff uns“, krächzte er und sah an ihr vorbei zu Mutter.

Sie hatte keine Flecken mehr, sondern überall eine zu intensive rötliche Farbe, bis in die Haarspitzen. Sie war in einer Verfassung, die wir beide insgeheim als bedenklich einstuften. Aber was sollten wir tun? Irgendwie lief hier alles aus dem Ruder, aber eine nebelhafte Gleichgültigkeit umgab mich. Vermutlich, weil ich den ganzen Tag noch nichts gegessen hatte und auch jetzt nichts runterbrachte. Außer Flüssiges.

„Es waren … also … alles SS-Feldpostbriefe, Nora. Auch von deinem Vater … Ich dachte, du hättest das gewusst …“, Lothar wischte sich mit einer Serviette den Mund.

Dann zerschellte etwas, ein Glas, das Mutter beim Aufspringen gestreift hatte, sie achtete nicht darauf, stöckelte ins Schlafzimmer.

Ich war froh, etwas zu tun zu haben und sammelte die Scherben auf.

Heinrich entschied sich fürs Sitzenbleiben.

„Also, eure Schnittchen, Eins A“, sagte Sonja und biss in ein Brötchen mit Ei.

Ich sah das Blut am Zeigefinger, als Mutter wieder aus dem Zimmer kam. Mit einem Papier wedelte ihre linke, etwas Silberglänzendes umfasste ihre rechte Hand.

„So“, sagte sie etwas kurzatmig, „so. Dies ist die Medaille für Kämpfer gegen den Faschismus. Und das ist die Bescheinigung über die Ehrenrente für Berthold Wermann. Er hat Menschen versteckt, darunter Kommunisten und Juden. Noch Fragen?“

„Na siehst du“, sagte Sonja.

Ich lutschte an meinem Zeigefinger, er brannte.

Lothar seufzte. Dann zog er aus Sonjas Tasche ein Kuvert und legte es auf einen der unbenutzten Teller.

Wir starrten darauf, bis Heinrich sagte: „Ja, un' nu?“

Lothar deutete Mutter, sie solle es doch öffnen, aber sie setzte sich bloß, in den Händen noch immer die beiden Beweise für Großvaters Verdienste.

Also öffnete mit abgespreiztem Finger ich das Kuvert und fischte drei weitere kleinere raue Kuverts heraus, mit Adler und Bezeichnung „Feldpost“ und dem SS-Zeichen davor. Irgendein alter Geruch stieg von den Papieren auf.

„Lass mich sehen“, sagte Mutter, legte ihre Beweismittel vorsichtig neben sich, zögernd reichte ich ihr das Ganze.

„*Liebe Inge*“, las sie halblaut und dann bewegte sie nur mehr ihre Lippen.

Wir starrten alle auf sie, es war still, bloß die Wanduhr tickte. Zum ersten Mal fiel mir auf, wie laut das Ticken war.

Mutter sah nicht auf, bis sie alle drei Briefe gelesen, fein säuberlich wieder zusammengefaltet und vorsichtig zurückgesteckt hatte.

„Gut", sagte sie dann, „trinken wir."

Sie schlug die Beine übereinander und hob ihr Glas. Heinrich und ich tauschten einen Blick.

Mutter sah entspannt aus, irgendwie gelöst.

Ich brauchte einige Augenblicke, um die Situation zu begreifen.

Etwas in diesen Briefen musste sie in ihrer Meinung über ihren Vater bestätigt haben, anders war ihr Verhalten nicht zu erklären.

„Trinken wir auf alle Menschen, die fähig sind, sich zu ändern!", rief sie übermütig.

Ihre Augen sprühten Funken nach allen Seiten, ihre Zähne blitzten:

„Ex und hopp, in den Kopp!"

„Aber Hallo", kreischte Sonja, Lothar wieherte erleichtert los, Heinrich schenkte nach.

Dieser Tag endete zum einen erwartungsgemäß und zum anderen ungewöhnlich.

Erwartungsgemäß wurden noch etliche Flaschen geköpft und alles aufgefressen.

Ungewöhnlich war, dass es irgendwann eine strenge Chorleiterin mit einer rockigen Stimme gab, die Vorschläge zuließ, was bedeutete, einer von uns begann mit einem Lied und alle setzten ein und sie dirigierte energisch.

Wir sangen *Oh Tannenbaum*, *Leise rieselt der Schnee*, *Kein schöner Land*, *Bella Ciao* und *Der kleine Trompeter*, was Sonja und Lothar nicht kannten, worauf sie nur mitsummten. Als Mutter, Heinrich und ich die dritte Strophe sangen, schossen mir voll peinlich Tränen heraus.

„Da nahmen wir Hacke und Spaten und gruben ihm ein Grab, und die ihn am liebsten hatten, die senkten ihn still hinab.“

Zur vierten Strophe kam es nicht mehr, weil ich den totalen Koller hatte und nur mehr rumheulte.

Worauf unser Wiedersehen ziemlich rasch endete, alle durcheinandergackerten und „Es war herrlich!“, „So schön war es!“ riefen.

Wir umarmten uns reihum und zigmal, ich wischte den Rotz weg und versuchte, Lothars wuchtiger Hand auszuweichen, die auf meine Schulterblätter krachte.

Wir winkten noch vom Balkon hinterher, bis im Dunkeln die Rücklichter des W124 E200 nicht mehr zu sehen waren, der die beiden nach West-Berlin zu Freunden bringen sollte.

Mutter kickte ihre Ausgehschuhe von den Beinen und taumelte zum Sofa, ließ sich fallen.

„So“, sagte sie zufrieden, „dat war’s. Die sehen wir nicht wieder.“

*

Es war heller Mittag, als ich aufwachte.

Ein Sonntag.

In meinem Mund fühlte sich alles wie eine Kloake an, die Lippen waren verkrustet, und einige Augenblicke schien es, als wäre halsaufwärts ein Wespennest, kein Kopf.

Nach den ersten Schritten zum Fenster, das ich aufriss, flogen die Wespen fort, die meisten zumindest, ich atmete durch.

Draußen, vor der Zimmertür, sah ich, dass es kein skurriler Traum gewesen war:

Heinrich hatte zwar das Schlimmste beseitigt, aber die Spuren der Nacht waren unverkennbar – einzelne Gläser und Teller standen noch herum, Krümel lagen am Boden, im Teppich unter dem Tisch glitzerten vergessene Glassplitter.

Das Schlafzimmer war geschlossen.

Ich trank eine Kanne voll Wasser, aber erst nach der Dusche kam ich richtig zu mir, hörte Klappergeräusche in der Küche.

„Du hast da was“, sagte Mutter in ihrem himmelblauen Bademantel, „guten Morgen“.

Im Spiegel sah ich weiße Spuren am Kinn, Zahnpasta.

„Wie geht's“, fragte ich.

„Sehr gut“, antwortete sie, „das erste Besäufnis nach dem Unfall hält er aus, der Kopf“.

„Und sonst?“

Sie wusste, worauf ich hinauswollte.

Während ich mich anzog, schlich sie zurück ins Schlafzimmer, in dem Heinrich leise schnarchte.

Sie kam zu mir zurück, drückte mit dem Po die Tür hinter sich zu, in den Händen die kleine Holzkiste.

Setzte sich neben mich aufs Bett.

Ich starrte die Kiste an. Es war diejenige, die ich damals, vor vielen Jahren, als kleiner Junge an den Vopos vorbeigeschmuggelt hatte. Aus Großvaters Schuppen.

„Öffne sie“, sagte Mutter.

Sie war leer. Genau so hatte ich sie in Erinnerung.

Leer.

Mutter sah mich aufmerksam an und fuhr mit der Nagelspitze ihres Zeigefingers an den Rand des oberen Deckels. Er ließ sich herausnehmen, zwei Dinge fielen herunter.

Ein Band. Ein Bild.

Ich schluckte und sah mir zuerst das vergilbte schwarze Band an. In weißer Schrift war „Frundsberg" hineingewoben. Ich wusste nicht, was es bedeutete, sah Mutter fragend an.

„Maschinenstickerei", sagte sie, als wäre sie noch in der Textilfabrik.

Ich legte es beiseite und nahm das Bild.

Es wurde von durchsichtiger, schon brüchiger Klebefolie zusammengehalten.

Es zeigte, von oben in Schwarz-Weiß aufgenommen, einen Kreis von Männern.

Jeder spielte ein Instrument.

Ziehharmonika, Klarinette, Flöte, Trompete, Geige, Oboe, Posaune.

Andere sahen ihnen zu.

Die, die spielten, trugen gestreifte Kleidung.

Die anderen Uniformen.

Meine Mutter drehte wortlos das Foto um.

„Lemberg" stand da, ohne Jahreszahl.

„Frundsberg und Lemberg", faselte ich, „Erklärung, bitte."

Irgendwas drückte wieder im Hinterkopf, ich musste unbedingt was trinken.

Mutter hob die Schultern und ließ sie wieder fallen.

„Das da ist ein Band, wie SS-Einheiten es getragen haben, das weiß ich mittlerweile. Es muss Großvater gehört haben, sonst hätte er es nicht aufbewahrt. Es war bisher nicht herauszufinden, ob er in Lemberg stationiert war, Rene, und wie das Foto in seinen Besitz kam."

Sie schwieg.

„Erst bei unserem Umzug hierher entdeckte ich den doppelten Boden, weil … weil mir die Kiste aus der Hand gefallen war.“

Sie zog die Schlaufe ihres Bademantels enger.

„Großvaters Erzählung vom Krieg begann 1944, als er verwundet worden war, in Stettin. Er flüchtete aus dem Lazarett und tauchte unter. Wie er überlebte und anderen noch helfen konnte – er sprach nicht darüber, nie. In den Nachkriegsjahren kamen einige Leute zu uns, um sich zu bedanken. Das hat mir deine Großmutter erzählt. Auf meine Fragen antwortete er aber immer ausweichend. Er konnte einfach nicht. Er konnte nicht über die Vergangenheit sprechen.“

Mutter sah mich an, mit Augen, die wohl aufgrund der letzten Nacht etwas rotgeädert und von schmutzigbrauner Farbe waren. Aber die Sonneneinstrahlung bewirkte, dass Goldfunken darin schwammen.

Sie fasste meine Hand, ich ließ es zu.

Draußen tschilpte irgendein Vogel.

„Weißt du, das Einzige, was ich von ihm hörte, war: Sie müssen alle ein Grab bekommen. Das sagte er manchmal. Alle müssen ein Grab bekommen.“

Havanna

Ist es das grelle Licht, das auf ihn fällt, einen Moment nur, bevor er wieder in den Schatten taucht?

Eine nächtliche Bar in Havanna, Menschen tanzen zu dröhnenden Beats, lassen ihre Hüften kreisen, und weit vorne, zwischen fliegenden Haaren, ruckenden Köpfen, erblickt sie im Stroboskopblitz einen Mann.

Ein Kubaner, denkt sie, der am Tresen unter dem flirrenden Ventilator lehnt und mit dem Kellner plaudert.

Warum ausgerechnet er es ist, der ihre Füße in den blutigen Sandalen innehalten lässt, an der Schwelle schon, als nehme sie quer durch den Raum Witterung auf wie ein Wesen einer anderen Art; als schwinge in der schwülen Luft etwas, das Gedanken nicht fassen können –, immer, wenn sie sich später an diesen Moment erinnerte, würde diese erste Begegnung, trotz aller Erklärungen, ein Rätsel bleiben.

Sie weiß nicht, wie sie aussieht. Sand und Salz kleben ebenso an ihrer Haut wie ihr dünnes, langes Kleid, und im zuckenden Discolicht färben sich Arme, Gesicht, ihre feuchten Haare blau und grün, sodass sie wirkt wie aus dem Wasser gezogen.

Was ja stimmt.

Im Dunkel ist sie an jenem Abend aus dem Meer gekommen, aufgetaucht aus einem schwarzen Spiegel, und in der seidigen Zone der Wasserzungen, die nach ihren Knöcheln leckten, fast am Ufer schon, explodierte ein Schmerz in ihr, der sie im Schock lautlos zunächst weitertaumeln ließ –, und erst als ihr zweiter Fuß zerschnitten wurde, gellte ihr Schrei über den fast leeren Strand.

Sie hatte sich an Scherben verletzt, Flaschenscherben, von irgendwelchen Idioten hingestreut, vergessen, unsichtbar im Finstern, Müll.

Der Mann da vorne im Raum, der davon keine Ahnung hat, ist nicht mehr jung, jedenfalls nicht in ihrer Altersklasse, sie registriert muskulöse Arme unter seinem hellen T-Shirt, kräftige Hände, die seine Ausführungen unterstreichen, ein markantes Profil, das nun in der Menge verschwindet.

Vielleicht, wird sie später denken, vielleicht ist es seine Lässigkeit, die das seltsam Lauernde in seinem Körper nicht verbergen kann, eine bestimmte Art, sich zu bewegen, wofür sie in diesen ersten Momenten noch keine Worte hat. Dann aber wird sie denken, hör auf, was soll's, es war Schicksal, ganz einfach.

Und obwohl sie sich nüchtern glaubt in dieser Situation, mit freiem Kopf, ist die Wahrheit eine andere, und auch diese trägt ihren Teil zum weiteren Verlauf dieser Nacht bei, keine Frage.

Sie kommt high in die Bar, bekifft wie alle anderen, eine zusammengewürfelte Gruppe aus mehreren Nationen. Gemeinsam mit einer Backpacker-Freundin hatten sie am nächtlichen Strand in der Nähe von *Santa Maria del Mar* Geburtstag gefeiert, weswegen niemand ihre Wunden ernst genug nimmt, einschließlich sie selbst.

Nach ihrem Schrei und dem Zusammenlaufen aller, dem Gezisch in verschiedenen Sprachen, zerrte sie die von zu Hause mitgebrachten Pflaster aus ihrem Beutel, einer der Jungs leuchtete mit dem Handy, ein Mädchen kippte vorsichtig kostbares Trinkwasser aus einer Flasche über die zuckenden Sohlen, tupfte das Gemisch aus Blut und Sand mit einem nicht mehr sauberen T-Shirt ab, und als der Rum hinterherkam, biss sie erneut die Zähne zusammen und versuchte, so leise wie möglich zu wimmern.

Zur Beruhigung kreiste ein Joint. Während zwei aus der Gruppe in einigem Abstand Wache hielten, rauchten sie abwechselnd, verborgen in einer Sanddüne, im Dunkel, damit keine Motorradpolizei, *caballitos,* sie aufspüren und einsperren konnte, denn Kuba versteht bei Drogen keinen Spaß, nicht den geringsten. Viele Jahre, das wussten alle, drohen bei Besitz und Gebrauch, aber an diesem Abend hatte die Angst keinen Raum, und für Lilly war dies ein Wunder-Joint, der Schmerzen wegzaubern konnte, fast zumindest, sie saugte den Rauch ein, sah die Sterne glitzern, spürte den milden Wind und das Glucksen des Meeres.

Später trugen sie zwei Jungs vom Strand, unter Gelächter und Gepruste.

Sie quetschten sich Haut an Haut in Taxis, Lillys Beine wurden hochgelagert, ragten schließlich links und rechts über den Vordersitz, und weil Coro, ein Kubaner, mit ihnen unterwegs war, wurden sie direkt und mit dem vereinbarten Preis entlang des *malecón,* der berühmten Uferstraße, und weiter nach *habana del este* gefahren. Dort, kündigte Coro an, würde sie nicht eines der üblichen Lokale mit dem einheimischen *son cubano* erwarten, sondern eine Überraschung.

Nachdem sie in einer Gasse ausgestiegen waren, wurde Lilly von ihren „starken Männern“, wie sie die beiden Jungs nannte, die sie abwechselnd Huckepack trugen, schließlich vor der Tür jener Bar abgestellt, sanft.

Westliche Musik drang heraus, ABBA, *Gimme! Gimme! Gimme!* –

„Es geht", sagte sie, schwitzend und außer Atem wie ihre Träger, „danke, es geht", und tatsächlich war der Schmerz nun eine pochende Angelegenheit an den äußersten Rändern ihrer Wahrnehmung, dort, wo das Blut ihren silbrigen Sandalen eine neue Farbe gab.

Im hackenden Licht beobachtet sie, wie der Mann im hellen T-Shirt, unaufhörlich mit dem Kellner gestikulierend, zu einem schiefen Holzregal voller Bücher tritt, das sich neben der Theke befindet.

Alles in ihr geschieht nun ohne Denken. Im Schutz anderer Körper schiebt sie sich näher heran, fühlt sich schweben. Obwohl sie in Wahrheit nur in kleinen Tippelschritten vorwärtskommt.

Über die Schulter des Mannes hinweg gleitet ihr Blick über die Buchrücken. Manche sind schon arg mitgenommen, ja zerfleddert von unzähligen Touristenhänden, einige wenige scheinen wie neu zu sein. Reiseführer über Kuba und Lateinamerika, spanische und englische Literatur erstrahlen, aber auch deutsche Ausgaben wie *Krieg und Frieden*, *Le Sacre du Printemps*, *Doktor Schiwago*, *Hundert Jahre Einsamkeit.*

Bevor Lilly sich noch einen flotten Spruch überlegen kann, zieht der Mann ein Buch in hellem Leinenband heraus, eines dieser typischen DDR-Bücher, zeigt es dem Kellner, der den Kopf schüttelt und lacht, und etwas Wellenhaftes durchbrandet Lilly halsabwärts, Schwingungen in die Gegend zwischen ihre Beine.

Amanda. Ein Hexenroman, Irmtraud Morgner, … ein deutsches Buch …

Er legt es auf seine Brust, hält es fest, steht für einen Moment regungslos.

Lilly atmet durch, segelt um ein eng umschlungenes Paar, kommt neben dem Mann zum Stehen und hört sich verwundert selbst zu, ausgelassen und laut gegen Musik und Luftgeräusch:

„Natürlich drehen sich nicht alle Verstorbenen im Grabe um."

Herumfahrendes Gesicht, von Lichtsalven durchzuckt.

Blickversenkung, dunkle Augen in blassgrüne, während sie den ersten Satz von *Amanda* wiederholt, leiser nun, jetzt ist der Satz endgültig in ihn eingedrungen, es macht Klick zwischen ihnen – wir sind Deutsche, Klick – wir kennen beide dieses Buch, Klick –

Aufleuchten des Grübchens in seiner linken Wange, und aus den Augenwinkeln registriert sie das Grinsen des Barkeepers, der sich mit dem Tuch und dem Glas in der Hand an die andere Seite des Tresens verzieht.

*

Rene trug Lilly auf dem Rücken in sein Bett, von der Bar, die im Morgengrauen schloss und in der niemand außer ihnen und dem Kellner übrig geblieben war, den dann doch nicht kurzen Weg bis zum Haus, in dem er wohnte, sie schlief dabei ein, ihre Arme um den Hals würgten ihn, ihre Beine baumelten seitlich an ihm wie die einer Puppe.

Beim Treppensteigen fiel ihm endgültig auf, dass er keine Zwanzig mehr war, auch keine Dreißig, er blieb stehen und atmete tief ein und aus. Die Türe aufzuschließen, war eine Aktion, die ihm den Schweiß am gesamten Körper ausbrechen ließ, fast wäre ihm Lilly entglitten. Er fluchte. Schließlich schaffte er es und konnte sie ins Bett legen, ein Tuch über sie breiten und ihr die Sandalen von den Füßen lösen, die blutverkrusteten Pflaster, den Schmutz abwischen.

Lilly stöhnte auf, Rene wartete, mit angehaltenem Atem, bevor er weitermachte und seinen Vorrat an Verbandszeug verbrauchte.

Dann löschte er das Licht und legte sich neben sie, schlief sofort ein.

Wie Schläge kamen ihre Schmerzen zurück, nach wenigen Stunden, sie glaubte sich in einem wirren, bösen Traum.

„Ruhig“, flüsterte Rene, „ganz ruhig…“, gab ihr Wasser und eine Tablette, kühlte ihre Stirn mit einem nassen Tuch, also ginge es, dachte sie im Einschlafen, gut aus, alles war so wirklich, was für ein seltsamer Traum.

Als sie nachmittags erwachte, war sie allein.

Ihre Haut roch nach Salz, fühlte sich krustig an, aber schon lenkte sie dies ab: Das war nicht das Zimmer der ersten beiden Nächte!

Keine zwei Betten, alles fremd! Wo war die Holländerin?

Sie hatten sich am Flughafen nach der Ankunft zusammengetan, gemeinsam ein Zimmer gesucht und einander kichernd die Nägel lackiert, himmelblau und orange. Lilly hielt sich ihre Finger mit den blauen Nägeln vor die Augen.

Wo bin ich? Was ist denn passiert? Wieso konnte sie sich nicht erinnern? Ihr Herz jagte, Angstgeprassel tobte in Brust und Kopf.

Dann bemerkte sie ihre verbundenen Füße und den Zettel auf der anderen Betthälfte.

Hallo, Lilly! Ich musste zur Arbeit, bin aber gegen 17 Uhr zurück. Wasser und Kekse stehen neben dem Bett. Bis dann! Rene.

Das Bücherregal in der Bar tauchte auf, Renes Gesicht, seine Stimme. Gleich darauf ergriff sie Panik wegen ihres Beutels mit dem Handy, wo war er geblieben, war sie beraubt worden?

Aber da sah sie ihn schon, dort vorne – am Stuhl. Sie tastete nach ihrem Bauch, zum leichten Baumwollgürtel mit Geld, Karte und Pass. Alles da. Und ihr Rucksack?

Oh nein. Der war doch noch dort, in der privaten Unterkunft, dem *casa particular*, wo sie mit dem Mädchen – wie hieß sie noch gleich, das Geburtstagsmädchen –, Lilly sank zurück ins Kissen, sie brauchte eine Toilette, sie konnte nicht aufstehen, sie schlief wieder ein.

Sie erwachte von merkwürdigen Lauten, sah ein braunes Hutzelweibchen in einem schreiend pinkfarbenen Kittel in der Tür, türkise Stoffblumen wackelten auf ihrem Kopf. „Keine Sorge“, sagte Rene, „das ist Yetunde“, und die alte Frau grinste mit Stummeln im schiefen Mund.

„Ich muss mal“, flüsterte Lilly, „dringend“, und Rene übersetzte, weil Yetunde ihr Schulspanisch nicht verstand, er nahm sie Huckepack und trug sie aus dem Zimmer. Am Ende des Flurs stieß er eine Holztür auf und ließ sie nieder. Es roch nach Urin, und Lilly wusste nicht, ob der Geruch von ihr selbst ausging oder von der Toilette. Rene zog die Tür zu.

Sie vermied es, mit den Sohlen den Boden zu berühren, wusste aber nicht, wie sie die Bikinihose, die sie noch immer unter dem Kleid trug, von den Hüften bekommen sollte. Sie hatte irgendwie keine Kraft, es hatte mit dem Kreislauf zu tun, ihr wurde übel. Sie stöhnte auf.

Es klopfte. Dann setzte ein Singsang ein, und Lilly presste ein „Sí, Señora" hervor. Worauf sich eine verschrumpelte Hand zeigte, der die gesamte Gestalt folgte, welche sich, unentwegt singend, vorbeugte, rasch unter Lillys Kleid fasste und mit beherztem Griff den Bikinislip herunterzog. Schon schoss der Strahl in die Schüssel, eine Erlösung, Tränen stürzten über Lillys Wangen.

Abtrocknen konnte sie sich mühsam selbst, es gab zumindest Zeitungspapier. Yetunde wartete summend vor der Tür, bis Lilly fertig war, dann holte sie Rene zum Zurücktragen.

Als sie erneut im Bett lag, hockte sich die alte Frau ans Ende und begann, die Verbände abzuwickeln. Lilly suchte Renes Blick, alles gut, hab Vertrauen, sagte dieser, sie legte sich zurück, schloss die Augen und versuchte sich zu entspannen.

Okay, keine Ärztin, sondern eine kubanische Hexe oder Heilerin, *nur Mut, so schnell stirbt sich's nicht*. Ein Spruch ihres Großvaters.

Sie hatte viele Jahre lang nicht mehr an diesen Spruch gedacht, der nun aus den Tiefen ihrer Kindheit heraufbrummte.

Yetunde zog ein Feuerzeug aus ihrer Tasche, entzündete es und hielt eine Pinzette darüber. Danach hob sie eine Lupe hoch und küsste sie.

„Gib mir sofort deine Hand“, sagte Lilly, ohne die Augen zu öffnen, „was ich da höre, finde ich gar nicht witzig“.

„Zu Befehl“, sagte Rene, die Matratze knarzte, „Vorsicht“, setzte sie nach, und es war hilfreich, dabei blind zu sein, „ich glaube, ich stinke mittlerweile“.

„Stimmt“, grinste er, „puuuh, du hast recht“, „Auuu!“, entsetzt bäumte sie sich auf, krallte ihre Finger in seine Hand, „Zzzzzzzzz“, machte Yetunde und sang nun bei jedem Stich in Lillys Haut besonders laut.

„Du hast noch Splitter drinnen“, flüsterte Rene, „sie muss es machen“.

Warum bist du mir so vertraut, dachte Lilly, wieso kennen wir uns so gut.

Warum schäme ich mich so wenig vor dir. Aber vielleicht träume ich auch bloß die ganze Zeit, vielleicht sitze ich ja noch im Flugzeug, eingewickelt in eine Decke, mit Ohrstöpseln und Augenmaske und schlafe in einer unbequemen Stellung über dem Atlantik.

Aber das, was in ihrem Körper soeben passierte, konnte nur real sein. Diese Attacken träumt man nicht. Kurze empörte Laute stießen zwischen ihren rissigen Lippen hervor.

Yetundes türkise Blumen zitterten. Vielleicht half ihr tranceartiger, auf- und abschwellender Gesang letztendlich, dass die Schmerzen, die von den Sohlen bis unter die Schädeldecke blitzten, ertragen werden konnten.

Vielleicht aber war es noch mehr das Verdienst der Hand, die ihre, Lillys, umfangen hielt.

Am Ende der Behandlung trug Yetunde eine braungrüne Paste auf, die sie aus einem Gefäß mit einem

Holzstab hervorholte, sie summte und wiegte den Kopf hin und her, einzelne Wörter wiederholend, die Lilly nicht verstand.

„Sie beschwört *Ashé*, die Lebensenergie", flüsterte Rene, „sie sagt der Salbe, dass sie deine Wunden freundlich schließen soll. Und deine Ahnen helfen dir, das spürt sie genau."

Meine Ahnen, dachte Lilly, huhu, *nur Mut, so schnell stirbt sich's nicht*.

Später, als sie wieder schlief, ging Rene zu einem Platz vor einem der internationalen Hotels. Er war gut gefüllt. Ausländische und einheimische Leute starrten auf ihre Handys und tippten eifrig. Mit einer *tarjeta* konnte Rene sich an diesem Wifi-Hotspot einloggen. Wie er richtig vermutete, hatte Miep, die Holländerin, an Lilly geschrieben. Sie hatte die Bar in jener Nacht verlassen, da sie früh weiterreisen wollte, und ihm die Adresse ihrer beider Unterkunft aufgeschrieben.

„I put my trust in you", hatte sie mit stechendem Blick gesagt und jedes Wort betont, „keep her safe. Otherwise you are of the devil…"

Rene schrieb ihr, dass es Lilly besser gehe und er nun ihre Sachen hole. Er hielt ein *cocotaxi* an, in dem hinter dem Fahrer ein Mann einen Zementsack zwischen den Beinen hielt, sagte die Adresse und setzte sich neben den Maurer.

„*Todo el mundo*", rief ihm die massige Vermieterin in der Tür entgegen, alle warten auf dich, „*está esperando, cariño*", als er endlich in der Gasse angekommen war. Sie fuchtelte mit ihren dicken Armen und kam sogleich zur Sache. Wie enttäuscht sie von den Touristinnen sei!

Ihr schmächtiger Mann stand neben ihr und nickte bedächtig. Es sei ehrenrührig, „*difamatorio!*", wie Lillys Rucksack bearbeitet worden sei. Mit einem Klebeband nämlich, kreuz und quer – sollte das etwa heißen, damit niemand auf dumme Ideen komme? Etwas stehlen sogar?

Sie führte ihn ununterbrochen redend durch den Flur in einen Raum mit zwei Betten und Ventilator an der Decke, in dem an einem Bett der Rucksack lehnte. Er sah aus, wie sie es beschrieben hatte. Auf dem Band war in schwarzen, mit Filzstift geschriebenen Buchstaben zu lesen:

Hope you feel better, see you! Love Miep.

Rene zog Lillys Pass aus seiner Tasche. Das Bild rührte ihn, sie sah so jung aus in diesem Steckbriefformat. Und sie hieß nicht Lilly oder Liliane oder Elisabeth.

Bei *Fidel, dios lo bendiga*, wir sind ehrliche Leute, merk dir das, *compañero* – die Frau schimpfte weiter, worauf ihr Mann mit einer Hand eine Geste des Wegwerfens machte und in den hinteren Teil der Wohnung schlurfte.

Sie hieß Lilith. Was für ein Name. Rene gab der Frau einige Scheine, auf denen keine Porträts, sondern Gebäude zu sehen waren. Ihr Gesicht hellte sich merklich auf. Es war die Touristen-Währung, sie wandte sich um zu ihrem Mann, mit hocherhobener Hand, die Scheine wedelten, Rene seufzte, wünschte einen schönen Tag und schulterte den Rucksack.

*

Nie würde sie das Zimmer in Havanna vergessen.

Das alte Bett, die von Sprüngen durchzogene gelbliche Decke, die Wand, vor der sich einige Bücher und

Papierkram stapelten, der Holzschrank auf der anderen Seite, der sich nicht schließen ließ. Der zerschlissene, ehemals rote Sessel, in dem Rene versank, wenn er las. Vom offenen Fenster drang Lärm und Gestank herein, meistens war es geschlossen, der Vorhang zugezogen, die Außenwelt also gedämpft und vor allem das Surren des ramponierten Ventilators zu hören.

Rene half Lilly nach drei Tagen, die Dusche am Ende des Flurs zu erreichen, wo sie sich vornübergebeugt, damit die Verbände an den Füßen nicht nass wurden, wusch. Er brachte ihr Essen, trug sie zur Toilette. Jeden Tag kam Yetunde und sah nach den Wunden, jedes Mal trug sie andersfarbige Blüten am Kopf, mal lila, mal grüne, mal gelbe, und mit jedem Besuch sah Lilly mehr von Yetundes drei Zähnen.

„Warum tust du dir das alles an?"

Rene, der froh war, eine Melone, Bananen, Salat und Eier am Markt ergattert zu haben, sah auf von den Einkäufen.

„Das wird sich noch herausstellen", antwortete er grinsend.

Stundenweise musste er aus dem Haus, er war ja *repasador*, Nachhilfelehrer. Das marode Bildungssystem, die üble Bezahlung bewirke, erzählte er, dass Lehrkräfte in den Tourismus abwanderten oder in den Schwarzmarkt illegaler Nachhilfe. Nur so könnten viele durchkommen. Obwohl er keine Ausbildung dafür hatte, unterrichtete er Deutsch und Englisch, er lächelte, es sei leicht und genug für ihn allein.

Schon viele Jahre lebte er auf Kuba. Das Klima, sagte er.

Lilly legte den Kopf schief und meinte, es gäbe etliche Gegenden weltweit, die dieses Kriterium erfüllten.

Rene lachte, ja, gut, das stimme. Um ehrlich zu sein, sei eine Frau im Spiel gewesen, in der ersten Zeit. Und als das Spiel aus war, sei er schon in die Insel verliebt gewesen. Er habe sich an der Universität eingeschrieben, einen Sprachkurs gemacht, damit er bleiben konnte. Und nun sei er Lehrer, ja, das hätte er auch nicht für möglich gehalten.

Dem Bett gegenüber befand sich eine Kommode, auf der Kerzen standen, davor eine Schale aus Porzellan, „eine Opferschale“, *sopera*.

„Und was opferst du?“, fragte Lilly.

Rene lachte: „Ich gieße Rum in die Schale und trinke ihn.“

Sie schüttelte ungläubig den Kopf.

„Und was daran ist das Opfer?“

Es sei eine gute Methode, mit den Toten in Kontakt zu treten, antwortete er so, dass Lilly keine Frage mehr dazu stellte.

Mit gekreuzten Beinen, die Füße in Tücher gewickelt, saß sie nach einer Woche vornübergebeugt auf dem Bett. Der Vorhang vor dem Fenster bauschte sich immer, wenn der Lüfter von seinem stotternden Laufrad mühsam von links nach rechts gedreht wurde.

Sie betrachtete den nackten, schlaksigen Mann mit den kräftigen Armen vor sich, die dunklen Augen in dem gebräunten Gesicht, die glatte Brust, sein Geschlecht, das nun weich war und verletzlich wirkte.

Rene strich ihr eine dunkelblonde Strähne aus der Stirn, lenkte seinen Zeigefinger zart über ihre Wange, das Kinn, zeichnete den Schwung ihrer Ohrmuschel nach. Lilly schloss die Augen.

Etwas Grundsätzliches geschah. Seit der Nacht in jener Bar geschahen lauter grundsätzliche Dinge.

Und eine zunehmend drängendere Stimme in ihrem Hinterkopf wisperte: Wohin? Wohin soll das führen?

Sie war hierhergekommen, weil sie Kuba schon einmal Jahre zuvor besucht hatte, hatte sich dieses Mal, nachdem sie damals kreuz und quer auf der Insel herumgereist war, nur erholen wollen, drei Wochen Strand und Meer und lesen in tropischer Luft, um dann wieder in ihr Leben zurückzukehren. Zurück nach Berlin, das ihr nach Jahren des Umherziehens in der Welt als geeignetster Ort zum Wurzelschlagen erschienen war. Groß und verrückt und offen genug – und auf jeden Fall in halbwegs gebührendem Abstand zur Familie in Hamburg.

Rene hatte sich in Kuba niedergelassen, nachdem seine Mutter in Deutschland an den Folgen eines Rad-Unfalls Jahre später gestorben war.

Das erfuhr Lilly in der zweiten Woche.

Erst nach ihrem Tod habe er wirklich verstanden, wer sie gewesen war. Und zwar, indem er alle Bücher, die er in ihrer Wohnung finden konnte, gelesen hatte, „naja, fast alle".

Irmtraud Morgners Werk war nahezu vollständig in ihrer kleinen Bibliothek vorhanden gewesen, überall Anmerkungen und Unterstreichungen, jedes Buch ein „Füllhorn voller Überraschungen", das weitere Lektüren nach sich zog. Wochenlang sei er versunken gewesen, „es war eine…", lächelte Rene, „… eine neue Wirklichkeit". Und auch, wenn er glaube, dass man einen Menschen nie gänzlich kennenlernen könne – auch sich selbst nicht – sei er seiner Mutter durch die

Literatur so nahegekommen, wie er es nie für möglich gehalten hätte.

Lilly spürte etwas, das sie nicht spüren wollte.

Etwas Ziehendes, Glühendes. So, wie Rene über seine Mutter sprach, hätte sie nie über ihre eigene erzählen können. Sie dachte an sie wie ein eigentümlich verwischtes Bild, einen Menschen, den sie nicht greifen konnte. Gut, es war etwas Anderes, wenn die Mutter nicht mehr lebte. Vielleicht wurde man dann nachsichtiger. Aber es war, das fühlte sie, nicht die ganze Wahrheit.

„Ich habe nicht entsprochen." Was für ein einfacher Satz.

Klar und unerbittlich und wahr. Hier, in Havanna, beeinträchtigt und abhängig von einem eigentlich unbekannten Mann, weit, weit weg von Hamburg, was im Grunde das Reihenhaus in Poppenbüttel bedeutete, war es plötzlich möglich, diesen Satz zu denken. Und auszusprechen.

Lilly stützte sich auf und betrachtete Renes Gesicht.

Vielleicht ist es das, dachte sie. Vielleicht ist es Liebe, wenn man durch jemand anderen unerwartet wahre Sätze denkt.

Wenn es jemanden gibt, der weiß, woher der Name Lilith kommt, weil er nicht nur *Amanda* gelesen hat. Ihre Mutter war durch Goethes *Faust* auf den Namen gestoßen. In der Luther-Bibel gab es keine Lilith, durfte es wohl keine Frau geben, die wie Adam aus Erde geschaffen worden war, gleichberechtigt, das hatte nicht gepasst, und noch weniger, dass Lilith sich Adam nicht unterordnen wollte.

Was bedeutete, „sie wollte nicht unter ihm liegen, sondern oben".

Worauf Gott, nachdem Lilith Adam verlassen hatte, eine neue Frau, diesmal aus dessen Rippe – undsoweiter.

„Ich war", sagte Lilly, „ein Projekt für sie".

Ihr Kopf lag auf Renes Arm, sein anderer umfasste ihre Hüfte.

„Ein Projekt?", murmelte er.

„Ich sollte toller als jeder Junge sein. Eine Überfliegerin. Was ich aber nicht war. Mittelmäßig im Sport, in der Schule, überall. Keine Zielstrebigkeit. Null Bock. Eine Mega-Enttäuschung."

Nur nicht an die Qualen des Schulsystems denken. An das Abitur, natürlich eines mit unakzeptablen Noten, aber immerhin das schaffte sie. Das Abitur war die Möglichkeit, endlich auszubrechen, auszuziehen, auf Reisen zu gehen.

„Seltsamerweise begann ich dann das zu tun, was sie mir vergeblich versucht hatten, nahezubringen, nämlich zu lesen. Ich griff in das Regal mit den Büchern meiner Mutter, wahllos, stopfte einige davon in den Rucksack. Zuerst las ich nur aus Langeweile, beim Warten auf Flughäfen, in Bussen, an Tankstellen. Manche Bücher ließ ich irgendwo liegen, sie waren Ballast, weil sie mich nicht interessierten, ich sie nicht verstand, mit der Sprache nichts anfangen konnte. Andere wiederum zogen mich sofort hinein. Mein Repertoire wurde erweitert, weil Leute, die ich unterwegs kennenlernte, mir Bücher überließen oder borgten. Manche kaufte ich, manche lagen vergessen auf einer Parkbank oder hinter einem Toilettenhäuschen. Oder wir tauschten.

Allmählich wurde mir klar, was meine Mutter immer gemeint hatte, unwirsch, wenn sie las: „Stör mich nicht, das ist richtig gute Literatur."

Rene fragte: „Und? Was ist richtig gute Literatur?“

„Findest du nicht, dass viel, sehr viel abhängt vom ersten Satz? Er muss etwas anfachen oder irritieren oder einfach bemerkenswert sein. Manchmal gibt man das Buch trotzdem nach einigen Kapiteln auf, weil das Danach den ersten Satz nicht einlösen kann. Und bei etlichen Büchern kommt man natürlich nicht gleich in die Geschichte hinein, klar. Obwohl es tolle Bücher sind. Da hatte ich schon so Aha-Erlebnisse … Aber trotzdem: Ach, ich bin ganz vernarrt in erste Sätze!“

„Okay“, lächelte Rene und flüsterte in ihr Ohr:

„*Wenn ihr das wirklich hören wollt …*“ –

„*Der Fänger im Roggen*“, sagte Lilly, „viel zu leicht“.

„*Gern möchte ich dich, günstiger Leser! Unter jene dunkle Platanen führen, wo ich die seltsame Geschichte des Bruders Medardus zum ersten Male las.*“

Der Name Medardus rettete sie. Denn den ersten Satz hatte sie tatsächlich nicht mehr parat, aber so sagte sie nur lässig:

„*Die Elixiere des Teufels*, E.T.A. Hoffmann.“

„Jetzt aber krieg ich dich“, murmelte Rene und dachte nach.

„*Das Vergangene ist nicht tot; es ist nicht einmal vergangen.*“

„Christa Wolf“, sagte Lilly, „*Kindheitsmuster*“.

„Ha! William Faulkner! Christa Wolf hat seinen Satz verwendet und die Quelle nicht angegeben“, triumphierte Rene, und Lilly kicherte, weil er sich wie ein kleiner Junge freute, „gewonnen! Diese Runde geht an mich! Yippie!“

Er war der erste Mensch, mit dem dieses Spiel wirklich möglich war.

Immer, wenn Lilly auf ihren Reisen bisher Leute getroffen hatte, hatte sie irgendwann nach deren erstem Lieblingssatz gefragt.

Die meisten hatten gesagt, sie wüssten keinen. Aber dann fingen sie doch an zu überlegen. Viele wichen auf Songs aus. Die hatte Lilly auch gelten lassen. Aber lieber waren ihr die Bücher. Manche lasen nichts und hatten irgendeinen Schrott erfunden, was amüsant war, worauf das Spiel der unsinnigen ersten Sätze so lange gespielt wurde, bis nur mehr Dada herauskam und alle Flaschen oder Dosen geleert waren.

„Was ist dein erster Lieblingssatz?“, fragte Rene.

„Wie soll man sich da entscheiden?“, antwortete Lilly versonnen, „es gibt so viele …“

Einige Zeit war *„Unfassbar das erste Tier, das zu träumen wagte“*, aus *Terra Nostra* von Carlos Fuentes ihr Favorit gewesen.

Dann: *„Es war ein verrückter, schwüler Sommer, der Sommer, als die Rosenbergs auf den elektrischen Stuhl kamen, und ich wußte nicht, was ich in New York sollte.“*

Der Beginn von *Die Glasglocke*, Sylvia Plath.

Vielleicht aber war dieser Satz der radikalste, den sie je gelesen hatte:

„Der Tod, nicht Sex war das Geheimnis, worüber die Erwachsenen tuschelten, wovon man gern mehr gehört hätte.“

Ruth Klügers *weiter leben,* ihr Bericht als Auschwitz-Überlebende wurde von diesem Satz eröffnet und genau wie dieser, so nüchtern, so schonungslos, war das gesamte, ungeheure Buch.

„Wenn einer in sein dreißigstes Jahr geht, wird man nicht aufhören, ihn jung zu nennen.“ Diesen Satz

mochte sie nicht, weil er irgendwie altbacken klang, aber gleichzeitig zog er sie hinein in *Das dreißigste Jahr*, weil er neugierig auf den machte, der dreißig werden würde – schon war sie in alle anderen Erzählungen von Ingeborg Bachmann hineingeraten.

Und: „*Als Hero fünfzig Jahre alt war, ging sie wohin und schnitt sich einen Mann aus den Rippen.*“

„Puuuh“, flüsterte Rene, „keine Ahnung, ich gebe auf“, und Lilly kicherte.

*

Die Frage nach den Vätern stellten sie einander, als Lillys Füße wieder in die dürftig gesäuberten Sandalen passten und sie mit Rene vor die Türe gehen konnte.

In einem der Straßencafés tranken sie *guarapo*, eisgekühlten Zuckerrohrsaft, sie sah sich mit großen Augen um, alles aufsaugend, einatmend, genießend: den Lärm, die Abgase, die Farben, die Hitze, den Staub.

Ihre Eltern unterrichteten beide, erzählte sie. Deutsch und Spanisch die Mutter, Geografie und Englisch der Vater. Ein netter, aber kraftloser Mensch. Rene zog die Brauen hoch.

Ja, es sei schlimm, das über den Vater zu sagen, Lilly lehnte sich zurück, schluckte, aber er sei der Mutter auf eine Weise ergeben, die sie an eine Sado-Maso-Geschichte denken lasse. Natürlich nicht körperlich.

Rene zog erneut die Brauen hoch.

Lilly boxte ihn in den Oberschenkel: „Lass deine schmutzigen Gedanken!“

Ihr Vater hatte ihre Mutter bei einer Friedens-Demo Anfang der achtziger Jahre kennengelernt, er war wie sie friedens- und ökobewegt gewesen und brauchte mittlerweile zwei Parkplätze mit dem SUV vor dem Bio-Supermarkt.

„Mehr“, sagte Lilly, „gibt es nicht zu sagen. Und deiner?“

Rene rührte mit dem Strohhalm in seinem Getränk, die Eiswürfel klackten aneinander. Sein Vater sei vor seiner Geburt gestorben, sagte er, er könne ihr nichts von ihm erzählen, er sei unbekannt.

Lilly fasste über den Tisch und drückte Renes Finger.

Aber er habe einen Stiefvater.

In einem Berliner Heim.

Ein Lastwagen polterte vorüber, „... wer ich bin,“ rief Rene, „Wie, du weißt nicht mehr, wer du bist?“, rief Lilly zurück, beugte sich noch weiter vor, ihr Knie berührte seines, er schüttelte den Kopf:

„Nein, Zitat! *Er* weiß nicht mehr, wer ich bin!“, und dann sahen sie einander über ihre Gläser hinweg an und mussten plötzlich lachen, schallend, mit klaffenden Mündern, geweiteten Nasenlöchern und wippenden Oberkörpern, sie prusteten, verschluckten sich, wischten ihre nassen Wangen im Bewusstsein, was es bedeutet, Knie an Knie zu sitzen, einander bis ins Innerste zu sehen, vor Verlangen zu glühen und zu bersten vor Energie, einer Energie, mit der alles leicht und überwindbar scheint, alles Grässliche, selbst die Katastrophe des Vergessens.

Was ich nicht gesehen habe

Ich habe nichts gesehen.
Das ist mein erster Satz.
Und mein letzter.

Ich habe nichts gesehen.
Ja. Ja. Eine Sekunde früher: Ja.
Wäre ich nur einen Schritt früher durch die Tür:
Dann… vielleicht. Eventuell.
Ja, vielleicht dann –
Aber so war es ja unmöglich. Ausgeschlossen.

Du weißt… tausend Dinge… morgens schon ploppen einem die Mails ins Gesicht, dann die Telefonate, Absprachen, und mittags in der Kantine quatschte mich dieser Hohler an, wir regten uns gemeinsam über die sogenannte Pasta auf, um ihn abzuwimmeln, sagte ich, jetzt reiche es, es werde weitergeleitet, alles werde wei-ter-ge-lei-tet, es beruhigt die Leute, wenn man das sagt, gibt ihnen das Gefühl, dass Dampf im Laden ist, und bytheway auch mir, auch mir gibt es ein gutes Gefühl, im Aussprechen leitet sich etwas aus mir heraus, dorthin, wo auch andere verantwortlich sind, und bevor ich den Teller aufs Tablett zurückstellte, sagte Hohler:

„Noch was."

Ich schaute auf mein Smartphone, denn wenn jemand zu mir „Noch was" sagt, in diesem Ton, dann schau ich sofort auf die Uhr, denn sie kommen nie zu einem Ende, die Leute, kaum treffen sie jemanden wie mich in der Kantine, seh ich schon das Aufleuchten im Gesicht, als hätten sie eine innere LED-Lampe angeknipst, ah, heißt das, jemand aus der oberen Etage, wie gerufen, und schon schleichen sie heran, schleimen „Darfich" und sitzen im selben Moment am Tisch oder stehen mit mir in der Schlange.

Und dann fängt es an, das Lamentieren, zu viele Evaluierungen, zu viel Bürokratie, zu wenig Zeit fürs Wesentliche, und dann die Spitzen gegen diesen oder jene, das Übliche, ich höre mir das an, während ich auf die Tafel starre, wo die Gerichte mit Kreide aufgeschrieben sind, Ravioli mit Basilikumsauce oder Veggi-Burger, sage stirnrunzelnd und zerstreut „Achwirklich", oder stochere im Essen herum und denke, das hast du nun davon, das hast du nun von deinem Nettsein.

Und deiner Faulheit – denn, wenn ich aus der Anstalt rausgehen würde, einen Block weiter zum Chinesen oder Türken, wäre die Chance, unbehelligt essen zu können, größer. Aber auch eben nur eine Chance.

Also bleibt die Kantine, besonders, wenn wenig Zeit ist, so wie es an jenem Tag der Fall war. Ja, Du kennst sie, unsere Anstaltskantine, mehr brauch ich nicht zu sagen.

Hohler mit seinem IchbindergeilsteHechthier-Gesicht kam mir unverschämt nah, im Rücken spürte ich schon den Abstellwagen und bevor ich „Meine Sprechstunde ist, wie allgemein bekannt..." knurren konnte, flüsterte er:

„Sie wissen das bestimmt schon, nicht? Diese Sache..." Sein Körper vibrierte fast vor Sensationsgier – „Ja?", ich tat gelangweilt, verschränkte die Arme.

Seine Blicke wanderten im Halbkreis, aber niemand schien sich um uns zu kümmern. Rundherum waren die Tische besetzt, wie immer um diese Zeit, Stimmengewirr, Stühlerücken, Besteckgeklapper. Die Kaffeemaschine hinter der Theke fauchte und knallte, als würde sie uns gleich um die Ohren fliegen.

Hohler grinste, beugte sich näher zu mir, während die Maschine kurz Luft holte:

„Ich meine die Sache… nun… die mit der Kommission…“

Vor uns, am nächsten Tisch, saßen einige aus der Verwaltung, das sah ich jetzt erst. Buchholz, einer der Sachbearbeiter, nickte mir soeben zu. Mein spezieller Freund, wie Du weißt.

„Welcher?“, fragte ich und grüßte Buchholz, indem ich ihm meine Handfläche zeigte.

Hohler sah mir scharf in die Augen.

„… Die … “, zischte er, „… die Liste …“

Hohler suchte in meiner Miene nach einer Bestätigung. Ich tat noch gelangweilter, was ihn reizte, und wie erwartet konnte er sich nicht beherrschen: „Diese Entscheidung…“, flüsterte er und seine Augen verschwanden hinter seinen Lidern, die sich zweimal rhythmisch öffneten und senkten. Dabei sah er so dämlich aus, dass ich fast in Lachen ausgebrochen wäre.

Ich sah erneut auf das Display. Aber bevor er oder ich noch irgendwas sagen hätten können, schob sich Buchholz mit seinem Tablett, auf dem ein Teller mit Fleischresten lag, an uns vorbei und sagte mit dünnem Lächeln:

„Haben Sie schon in Ihre Mails geschaut? Z 324 ist heute nicht frei, die Sitzung findet in T 19 statt.“

Bravo. Immer korrekt, der Mann. Hält den Laden eisern zusammen.

„Vielen Dank, Herr Buchholz.“

Hatte ich tatsächlich übersehen. Versteh mich nicht falsch, diese Leute sind wichtig. Manchmal geradezu unbezahlbar.

Ich pfefferte ihm ein Lächeln entgegen, zeigte Hohler mimisch und gestisch, dass ich gehen müsse, und drehte mich um. In diesem Moment interessierte mich nicht, was er mir wegen der Berufungskommission sagen wollte. Ich konnte mich nicht über alles aufregen. Die Kommission hatte getagt und abgestimmt und damit basta. Es gibt immer Gerede: Warum der nicht oder die. Während ich durch die Kantine eilte, spürte ich seine Blicke in meinem Rücken.

Vielleicht aber waren es auch die von Buchholz.

Im Lift nach oben ging ich im Geist den Nachmittag durch, dann fiel mir ein, dass sich Frau Hampel, die Sekretärin, krankgemeldet hatte. Also lag es an mir, die Information wegen der Sitzung in T 19 weiterzugeben. Mails werden, wie ich dir schon erzählt habe, in der obersten Etage manchmal nicht gelesen. Bevor der Unterricht losging, musste ich mich sputen, spurtete durch den langen Flur, an den anderen Verwaltungszimmern vorbei.

Ganz hinten, wenn man um die Ecke biegt, befindet sich das Allerheiligste, etwas versteckt, und immer wundert man sich, wie groß diese beiden Räume sind.

Ich durchquerte das unbesetzte Vorzimmer, klopfte und öffnete die Tür.

Wenn die Sekretärin fehlt, ist das ausdrücklich erwünscht:

Klopfen und Türöffnen in einem Schwung.

Beine, das war das erste, was ich sah, champagnerfarbene, kräftige Beine in Pumps, beige oder weiß, jedenfalls irgendwas Helles mit kleinem Absatz.

Klar, Adas Beine. Auch sie kommt immer mit einem Schwung in mein Zimmer, klopfzack, schon steht unsere Präsidentin im Raum und teilt mir Ermüdendes mit.

Oder einen Witz.

Oder einen Wunsch, der, wie Du weißt, eine Ansage ist.

Im nächsten Augenblick die gesamte Situation:

Am einen Ende des schwarzen Ledersofas Patrick, am anderen Ada, gerade im Begriff aufzustehen, halb zu mir gedreht.

Wie soll ich sagen – etwas war im Raum, etwas, das mir erst bewusst wurde, als ich wieder draußen war, alles wirkte normal, die Präsidentin und ein Lehrender, ein kleiner Mittagstermin, irgendeine Absprache wegen der Umstrukturierungsmaßnahmen, all diese Bestimmungen, Fußnoten, Paragrafendetails, die uns den Studienplan eigentlich erleichtern sollten, aber im Grunde nur neue Fragen, ja Probleme und sogar Verschlechterungen erzeugen, zuweilen erhebliche Verschlechterungen –

„Äh, Entschuldigung", sagte ich, blickte in die schimmernden Ada-Augen, die etwas geweitet waren, „die Sitzung heute…", nun sah ich zu Patrick, aus dessen Gesicht mich etwas ansprang, das ich nicht deuten konnte, wieder zu ihr hin, die nun aufrecht war in ihrem schicken hellen Kostüm.

Ihr hörbares Ausatmen zeugte von einer minimalen Anstrengung, ein Wischgeräusch auf der anderen Seite, Stoff über Leder, Patrick erhob sich langsam und schlich, ohne mich anzusehen, zur Tür, ein schmächtiger Mensch mit erstaunlichem Haar – was war los? War er krank? Hatte er einen Rüffel bekommen?

Ich beendete meinen Satz, „gutgut", sagte Ada, schloss die dezent geschminkten Lider und drückte Zeige- und Mittelfinger der linken Hand auf die Stelle zwischen ihren Augenbrauen, wo sonst zwei feine Linien zu sehen waren.

Plötzliches Kopfweh?

Sie sah auf, lächelte, nahm die Finger von der Stirn, „Pling" machte es in ihrer zimtfarbenen Handtasche am Schreibtisch.

In einer kleinen eleganten Bewegung nach hinten holte sie das Smartphone heraus und sagte mit Blick auf das Display: „T 19."

Ich drehte mich um, ging aus dem Raum und hörte noch, wie sie ihr meckerndes, mitreißendes Lachen losließ:

„Ja? Ist ja fan-tas-tisch …"

Von Patrick draußen keine Spur. Nur der riesige Flur, die alten Stasi-Leuchter, die Resopalverkleidungen an den Wänden.

Alles leer.

Zwei Stunden später klopfte es an meiner Tür.

Ich war gerade von der Besprechung mit der Pressefrau, die ich wie in Trance absolviert hatte, zurück, starrte in den Laptop, um zu sehen, was ich für die nächste Stunde notiert hatte, bevor wir uns zur Sitzung versammeln würden.

„Ja, bitte!"

Die Tür knackte beim Schließen, ein Patrick davor, den ich nicht kannte.

Das klingt, als wären wir eng befreundet, neinnein, das sind wir keinesfalls, aber ich kenne ihn von früher, von der Schule in Hamburg, er war einige Klassen über mir gewesen, war mir wegen seiner Haarpracht, damals dunkelbraun, in Erinnerung geblieben, wir witzelten, als wir uns hier wiedertrafen, über jene, die uns damals das Leben schwer gemacht hatten, Lehrkräfte, Hausmeister, das übliche Personal des Schreckens. Durch ihn kam längst Vergessenes zurück, Gerüche, Gesichter, dies und das. Und: Einige Monate vorher, nachdem ich morgens zu Hause halb ohnmächtig vor einer Wasserlache in der Küche gestanden hatte, gab er mir beim zufälligen Aufeinandertreffen einige Stunden später am Institut die Nummer eines befreundeten und, wie sich herausstellte, zuverlässigen Klempners. Seitdem trieb mich das Gefühl, ich müsste Patrick meine Dankbarkeit erweisen und wechselte, sah ich ihn, zumindest jedes Mal einige Sätze mit ihm, auch wenn die Zeit dafür eigentlich nicht vorhanden war.

Ein Instrument spiele er, erzählte er mir bei diesen kurzen Begegnungen, zum Ausgleich, das entspanne ihn. Und er erkundigte sich, wie die Nächte mit der Kleinen seien. Ich musste schlucken, weil er der einzige in meinem Arbeitsumfeld war, den dies interessierte.

Einmal meinte er nebenbei, dass es ihm privat nicht so gut gehe, aber nachzufragen wäre mir nie in den Sinn gekommen – und nun stand er da, mit hängenden Schultern, ein schmaler Mensch, graues Gesicht, graue, volle Lockenhaare, Augen wie blindes Glas.

Sein blauer Pullover, die Jeans, alles schien ihm zu weit zu sein.

Er sagte vier Wörter.

Noch immer hallen sie in mir nach, nicht, weil sie übermäßig laut oder zu leise aus ihm herauskamen, sondern weil er sie mit fester Stimme aussprach, ein Kontrast zu seinem sonst auseinandergefallenen Gesicht, und diese vier Wörter, zwischen denen er jeweils eine kleine Pause setzte, waren alles gleichzeitig:

Nüchtern, bedürftig und zweifelsfrei.

„Was – soll – ich – tun.“

Seine eigene tonlose Frage brachte seine Gesichtsteile wieder in eine Ordnung zurück, seine Augen wurden klar und konnten den Blick fokussieren, er sah mich an, *richtig* an, und mit einem Mal brodelte etwas in ihm wie – wie soll ich sagen, wie, ja, Kampfbereitschaft, Feuer und da – endlich – fiel das Erkennen wie ein Fallbeil durch mich hindurch.

Ich muss das so hochtrabend ausdrücken, weil nur dieses Bild die Wucht wiedergibt, die ich in diesem Moment spürte.

Etwas, das mich von oben bis unten zerteilte.

Etwas Zischendes, Schneidendes.

Seine Frage, oder besser gesagt die Aussage mit den vier Wörtern, schwebte zwischen uns wie eine unsichtbare Drohne.

Es war, als könnte sie mir bis ins Innerste schauen, dorthin, wo das Nichtwissenwollen sitzt.

Ich beugte mich nach vorne, ohne Atem.

Wir starrten uns an.

Schließlich deutete ich auf den Stuhl, aber er blieb stehen.

„War es das", presste ich hervor, „war es wirklich das, was ich … was ich … nicht gesehen habe?"

Stille.

Während er mich unablässig anstarrte, tasteten seine Harfenfinger weiter unten nach der Stuhllehne, sie zitterten, seine grauen Augen füllten sich mit Wasser, die Mundwinkel wurden in einer krampfartigen Anstrengung zum Kinn hinuntergezogen, und als er schließlich doch saß, schüttelte es seinen gesamten Körper.

Ich sprang auf, nestelte in meiner Handtasche nach Taschentüchern, reichte ihm eines, das Schluchzen wurde von Schnäuzen unterbrochen, ich holte ein Glas aus dem Schrank und goss Wasser aus der Flasche.

Auf keinen Fall wollte ich ihm zu nahe treten, schon seinen Arm zu berühren, erschien mir unpassend, obwohl es ihn vielleicht sogar beruhigt hätte, hätte ich ihm über den Kopf gestrichen oder die Hand auf die Schulter gelegt, ach, ich weiß nicht.

So blieb ich neben ihm stehen und wartete, dass das Weinen irgendwann leiser wurde, schließlich aufhörte, und er sich die Augen wischte und flüsterte: „Entschuldigungentschuldigung, tutmirleid", und ich: „Aberneinabernein, mirtutessoleid."

Ich setzte mich ihm wieder gegenüber und fragte, ob er darüber sprechen wolle.

Patrick zuckte die Schultern und schüttelte nach kurzem Überlegen den Kopf. Um Zeit zu gewinnen, schlug ich vor, er solle sich krankmelden und nach Hause gehen.

Er sah mich an, mit diesen rotverweinten Augen, diesem Blick, und ich wich ihm aus, fixierte den Bildschirm meines Laptops, als wäre darin eine Handlungsanleitung für solch eine Situation ablesbar.

Patrick blieb sitzen.

Um die Stille zwischen uns zu beenden, hüstelte ich schließlich:

„Du solltest … ich meine dafür ist ja … für Fälle wie diese … Pepe zuständig …"

Pepe Sanchez, unser Gleichstellungsbeauftragter, das weite Herz des Instituts.

Er starrte mich unverändert an.

„Probleme … Probleme, ich meine, dieser Art … bitte ruf Pepe an, ja?"

Lächelte ich sogar?

Patrick nickte wie jemand unter Drogen, jedenfalls kam mir dieses quälend langsame Auf- und Abbewegen des Kopfes so vor.

Völlig weggetreten.

Mit Blick auf die Uhr wurde mir heiß, die Sitzung –

„Du, ich muss los", sagte ich, klappte den Laptop zu und schob ihn in die Tasche.

Fast war ich versucht, ihm beim Aufstehen zu helfen, er stützte sich mit beiden Händen am Schreibtisch ab, seine Knie zitterten.

„Sollen wir in den nächsten Tagen zusammen zu Pepe …", sagte ich lahm und war erschrocken über das Aufglimmen in seinem Gesicht.

Als wir vor der Tür standen, hörte ich mich „Leg dich erst mal hin, ruh dich aus", vorschlagen, als hätte er Schnupfen oder Migräne, aber zum Teufel, wie verhält man sich in so einer Situation?

Ich brachte ihn zum Lift, drückte, er trat hinein, blieb reglos stehen, ein zusammengeklappter Regenschirm.

So fasste ich über die Schwelle, flüsterte: „Ruf an, wenn du dich besser fühlst", und betätigte den Knopf mit dem E, aber dann fiel mir ein, dass er in diesem Zustand nicht Auto oder Rad fahren sollte.

Schon war mein Fuß in der Tür, „Hör mal, nimm lieber …", da kam ein Schwarm um die Ecke, Gesumme und Gekichere, Nach-Seminar-Plaudereien, ein Ruck ging durch Patrick, plötzlich sah er größer und kräftiger aus, obwohl das Neonlicht seine Mundfalten betonte und ihm eine noch ungesundere Farbe ins Gesicht warf. Seine Blicke aber waren wild entschlossen auf mich gerichtet, als sich der Lift mit Menschen füllte.

Ich nahm meinen Fuß weg, die Tür schob sich zu, er verschwand im Bienenkorb junger Leute.

Er würde schon gut nach Hause kommen.

Als ich mich umdrehte, merkte ich, dass meine Bluse am Rücken klebte.

Der Müffeldunst um mich herum kam also aus mir selbst.

Meine Hände pappten an der Laptoptasche fest.

So konnte ich nicht in die Sitzung, Zeit hin oder her. Nur niemanden treffen …

Mit Tunnelblick eilte ich an der Wand entlang zu unseren renovierungsbedürftigen Waschräumen.

Erleichterung: Niemand da, auch keine Schuhspitzen im Spalt zwischen den drei Toilettentüren und dem Boden.

Mein Gesicht im defekten Spiegel hätte ich mir gern erspart, Teile der Wimperntusche hatten sich wie ein Kranz toter Fruchtfliegen auf den Lidern niedergelassen. Die neu gekaufte war nicht aufzufinden gewesen morgens, das hatte ich nun davon.

Ich befeuchtete ein Stück Taschentuch und entfernte alles Schwarze.

Schminken im Schnellverfahren. Augen, Mund, zackzack.

Wieder begann ich zu schwitzen. Besprühte mich mit meiner Mini-Notflasche.

Es half nichts, ich musste noch einmal in mein Büro zurück, die Bluse wechseln.

Eilschritte zurück, niemand im monströsen Flur, nur ganz weit hinten eine nicht erkennbare Figur, klein wie eine Büroklammer. Schon verschwand ich in meinem Zimmer.

Alle waren versammelt, als ich die Tür öffnete.

An der Spitze des langen Tisches sprach Ada.

Ihr Blick streifte mich ohne erkennbare Regung, ich schlüpfte auf ein freies Plätzchen, fand mich neben Peters wieder. Das war mir unangenehm.

Er rückte zur Seite, ohne aufzusehen und mich zu grüßen. Las einfach weiter im Protokoll der letzten Sitzung.

Ich klappte meinen Laptop auf, dachte an Hohlers Worte.

Ja, ich wusste Bescheid. Peters hatte die Stelle nicht bekommen. Obwohl er der logische Nachfolger gewesen wäre. Alle hatten mit ihm gerechnet, dem Besten in seinem Fach. Aber Nummer Eins auf der Liste war letztendlich die Kandidatin der Präsidentin geworden.

Etwas wie Wut stieg in mir auf. Auf Peters und auf Ada.

Was konnte ich dafür? Ich hatte doch nichts zu tun mit ihren Entscheidungen! Nur weil ich für sie arbeitete, sahen mich einige am Institut mittlerweile als ihre Handlangerin an.

Einige Male war ich gefragt worden, bei welcher Soirée ich Ada kennengelernt hätte. Bei keiner, war meine Antwort gewesen, ich hätte mich einfach auf die Stellenausschreibung hin beworben. Worauf erstauntes Hochziehen von Augenbrauen erfolgt war oder ein „Achso, also, hätte ich nicht gedacht."

Irgendwann erkundigte ich mich, was denn das überhaupt bedeutete, eine Soirée. Klar, „Abendgesellschaft", aber was noch?

Es wurde so manches gemunkelt, was ich nicht einordnen konnte, aber eins hatte ich mittlerweile verstanden: Eingeladen werden wollten alle.

In den Sommermonaten, der vorlesungsfreien Zeit, so erfuhr ich, veranstaltet Ada mit ihrem Mann jährlich eine von diesen, nun, Zusammenkünften.

Offenbar etwas Hochexklusives, alles nur fein und schick, Prominenz aus vielen Bereichen der Stadt. Ihr Mann ist Privatier, wie man so schön sagt, lebt von seinem Vermögen, einer Bank, die seine Familie seit zweihundert Jahren führt. Oder dreihundert.

Also, diese Soirée: Getue wie in einem Film aus den Zwanzigern des letzten Jahrhunderts, mit jungen Männern und Frauen in weißen Anzügen und Handschuhen, die selbstverständlich nur Edelstes servieren. Wer eine Einladung erhält, benimmt sich wie bei einem Lottogewinn, vollkommen lächerlich. Buchholz zum Beispiel konnte sein Glück gar nicht fassen. Ich war erst einige Monate hier gewesen, da hatte mich die Flüster-Sensation erreicht: Herr Buchholz! Dieses Mal ist Herr Buchholz eingeladen!

Damals sagte mir das gar nichts, es war mir völlig egal, auch, wer sonst noch auserkoren worden war.

Wo war ich stehen geblieben?

Ach ja, die Sitzung. Beim Tagesordnungspunkt „Verschiedenes“ brachte ich die Beschwerden wegen der Kantine ein.

Rundherum Nicken.

„Danke, Lilly, das ist wichtig, wir werden uns darum kümmern“, sagte Ada und schickte mir einen freundlichen Blick quer durch den Raum.

Der Protokollführer tippte eifrig.

Ich sah draußen über die Äste der Buche ein Eichhörnchen flitzen. Einen Augenblick noch zitterte ein Zweig in dem Fensterausschnitt. Peters neben mir rückte seine Brille zurecht.

Alles war wie immer, eigentlich.

In der U-Bahn fing es dann an.

Etwas drehte sich. Ich klammerte mich an der Halterung fest, es war Stoßzeit, überall Leute, keine Möglichkeit, zu einem Sitzplatz zu kommen. Ich schloss die Augen, was keine gute Idee war. Das Rattern in den Tunneln, die stummen Gesichter – gleich fall ich um, dachte ich.

Es schien endlos zu dauern.

Irgendwie schaffte ich es dann aus dieser Unterwelt nach oben, Luft, Luft, es regnete, ich atmete auf.

Dennoch fühlte ich mich merkwürdig schwach und beschloss schon auf der Rolltreppe, aufs Einkaufen zu verzichten. Dann gab es morgen mal keine Milch in den Kaffee, das bisschen, das noch in der Flasche im Kühlschrank war, würde Fanny bekommen.

Wenn es einem nicht gut geht, werden die Wege verdammt lang, nicht wahr, schweißgebadet kam ich schließlich bei uns im dritten Stock an, mit feuchten Haaren und Schuhen.

Vor der Tür hörte ich ihr Krähen. Du weißt –

Einmal hast Du von der wehrlosesten Liebe in unserem Leben gesprochen, das trifft es genau – und gleichzeitig wollte ich an diesem Abend einfach wegsacken, keine Verpflichtungen mehr, nichts als Ruhe-Ruhe-Ruhe.

Ich schloss die Tür auf, da kniete Rocío –, wie? Nein, das ist die andere, die aus Serbien, Rocío kommt aus Mexiko – also, sie kniete auf den Dielen, Fanny im Arm, die, als sie mich sah, mit ihren Ärmchen zu rudern begann und begeisterte Gluckser ausstieß.

Bevor ich zu ihr stürzen konnte, folgte ich Rocíos Blick, der seltsam war, verschreckt in Höhe meiner Knie an mir vorbeiwischte, was sollte das, meine Aufnahmefähigkeit für Überraschungen lag an diesem Tag, wie Du Dir vorstellen kannst, im Minusbereich, Fanny war fröhlich, das war das Wichtigste, und dann sah ich sie, einen Meter von Rocío und der strampelnden Fanny entfernt:

Eine kleine, tote Maus.

Sie lag auf den Dielen am Rücken, mit einem dünnen rosa Schwanz, die winzigen vier Pfoten angezogen, zwei Zähnchen im zurückgebogenen Kopf.

Dieses Bild werde ich nie vergessen.

Ich weiß, es ist lächerlich, aber seither muss ich immer an diese Zähnchen denken, diese unbedarften Mäusezähnchen.

In der Situation selbst dachte ich nichts, rutschte an der Wand zu Boden und schlug die Hände vors Gesicht, damit Fanny meine Grimasse nicht sah.

Als wäre sie weit weg, hörte ich Rocíos erschrockene Worte:

„Pero, Señoraseñora, ¿qué tiene usted?“, die Kleine begann zu brüllen, und ich konnte mein Heulen nicht stoppen und merkte, wie alles am Hals, den Schultern krampfte, ich heulte mit heißem Gesicht in meine Hände hinein, es war nass, siedend nass, ich konnte mich nicht zusammenreißen, wie ich es sonst kann, „allesgutallesgutmeinSchatz, Mamaistda, dieWeltistinOrdnung“, dieser ganze Beschwichtigungssingsang, den man zigmal am Tag von sich gibt – schließlich fühlte ich vorsichtige Finger an meinem Arm und Fannys warmen Babyatem an der Stirn.

Später, als die Maus in Zeitungspapier gewickelt unten im Hof in der Mülltonne gelandet war, erzählte Rocío, dass sowohl sie als auch Fanny geglaubt hatten, die Maus sei ein Kuscheltier.

Begeistert war die Kleine darauf zugekrabbelt und Rocío hatte sie im letzten Moment wegreißen können.

Es piepte. Das Display ihres Smartphones tauchte ihr Gesicht in bläuliches Licht.

Sie müsse gehen, lächelte Rocío und warf ihre schwarzen Haare über die Schultern zurück.

Bitte bleib.

Erschrocken registrierte ich, was ich soeben gedacht hatte. Dass ich mir wünschte, sie würde am Küchentisch sitzen bleiben, ein Glas Wein mit mir trinken, jetzt, wo Fanny schwer in meinen Armen schlief, aber ich sah ihr nur zu, wie sie mit ihrem schmalen Körper in den dunklen Mantel schlüpfte, das Geld von der Kommode im Flur nahm und hörte, wie sie die Tür im Flur leise schloss, diese mexikanische Malerin mit den sensationellsten Augenbrauen seit Frida Kahlo, und mich zurückließ mit meinem Versuch, diesen Tag zu ordnen.

Was soll ich tun.

Diese Frage war zu meiner geworden.

Die vier Wörter sprangen unter meiner Schädeldecke wie Popcorn in der Pfanne hin und her.

Ich blieb noch eine Weile sitzen, lauschte in Richtung Dielen, unter denen die Mäuse heute kein Fest feierten. Normalerweise raschelt und knuspelt es besonders abends unter meinen Füßen, morgens finde ich schwarze Kügelchen auf der Waschmaschine oder in der Spielecke von Fanny.

„Mäuse gibt’s nicht im dritten Stock“, war die Antwort des Vermieters gewesen.

„Det is'n altes Haus", hatte der Kammerjäger gelacht, der schon mehrmals Fallen ausgelegt hatte, „da hilft nur Umzieh'n, in 'n Neubau."

Gute Idee. Hervorragend. Hat nur einen kleinen Haken, diese Idee.

Das Geschirr im Abwaschbecken starrte mich schmutzig an, die Tulpen in der Vase am Tisch schienen mit ihren gebogenen Stängeln und weit aufgerissenen bleichroten Blüten zu schreien.

Sie zeigten mir, was die Nacht bringen würde.

Nach Mitternacht ging es los, nein, da hat sich noch immer nichts geändert.

Ich taumelte auf, zwei Schritte zu Fannys Bett mit dem Bärchenhimmel.

Aber die knuddeligen Tiere, die lächelnd über ihren Schlaf wachen sollen, versagen kläglich, nach wie vor.

Fanny strampelte, hörte aber zu schreien auf, als sie mich sah und mein „Schschsch" hörte.

Und wie immer nahm ich sie mit ins Bett.

Gegen alle Ratschläge.

*

Als ich morgens das Handy am Küchentisch vibrieren hörte, damit Fanny im Nebenzimmer nicht aufgeweckt wurde, wollte ich nicht hinsehen.

Ich wollte einfach nur fünf Minuten sitzen und in Ruhe Kaffee trinken. Aber das Vibrieren hörte nicht auf und dann sah ich, dass es Vesna war, die zweite Babysitterin.

Noch bevor wir sprachen, wusste ich Bescheid und sah den Tag vor mir:

eine Katastrophe.

Was ihr klar war, weswegen sie auch sofort losheulte.

„Ruh dich aus, nimm eine Tablette“, hörte ich mein tröstendes Geträller, das ich mir für mich selbst gewünscht hätte.

Vesna hatte wieder einmal Migräne. Ihr bosnisches Dorf war bombardiert worden, als sie nur wenig älter als Fanny gewesen war.

An diesem Morgen allerdings beschlich mich das Gefühl, dass die Migräne meistens dann ausbrach, wenn ich Vesna am dringendsten brauchte.

So ging es nicht weiter. Ich musste mir unbedingt etwas Neues überlegen.

Patrick meldete sich nicht, nicht an diesem Katastrophentag und auch nicht in den nächsten Tagen, die ruhiger verliefen, weil Rocío Termine verlegen und einspringen konnte, und Ada mit einigen Leuten nach Madrid flog, was nicht nur ich als Verschnaufpause empfand.

Es war, als hätte ich mir alles nur eingebildet.

Mit jedem Tag mehr wurde die Sache mit Ada und Patrick unwirklicher, sank in etwas Nebelhaftes, nach einer Woche war sie zu einem Irrlicht an meinem Gedankenhorizont geschrumpft, bis ich schließlich überhaupt nicht mehr daran dachte.

Ich kam dazu, Dinge aufzuarbeiten, die sich schon gehäuft hatten, und ging mittags weder in die Kantine noch zum Griechen oder Türken. Ich kaufte mir jedes Mal einen bösen Burger und verspeiste ihn genüsslich auf einer Parkbank an der Spree oder, wenn es regnete, im Stehen unter einem Vordach irgendeines Geschäftes. Ich hatte eine halbe Stunde für mich, nur für mich.

Die Nächte blieben unruhig, Fanny zahnte.

Ich trug sie im Halbdunkel herum, mit einer massierenden Zeigefingerspitze an ihrem wunden Zahnfleisch, singend und summend und mich fragend, ob es Studien gebe über Alleinerziehende mit Zwillingen. Es war eine Methode, um diese Stunden zu überstehen: die Vorstellung, ich hätte zwei Fannys.

Tagsüber starrte ich in den Laptop und war verwundert, dass es plötzlich fünfzehn oder zwanzig Minuten später war.

Man kann im Sitzen und mit offenen Augen schlafen, tief, ich bin der lebende Beweis.

Einmal sah ich Pepe im Institut von ferne im Flur, er gestikulierte, wie es seine Art war, raumgreifend inmitten einer Traube Studierender.

Die Frage, ob Patrick ihn angerufen habe, mein Angebot, ihn bei einem möglichen Termin zu begleiten, durchzuckten mich wie winzige Stromstöße.

Zum Glück klingelte das Handy, „Hallo, Herr Buchholz!“, ich atmete durch. Seine näselnde Stimme: Er habe mir Unterlagen geschickt, ob ich sie gesehen –

Schon eilte ich den Flur entlang, ja, begann fast zu traben, weg von Pepe und unangenehmen Gedanken.

*

Noch immer hatte ich nichts von Patrick gehört, als Ada mit ihrer Delegation zurückgekehrt war.

Ich hatte keine Handynummer von ihm, nur eine Mail-Adresse. Meine zweimalige Anfrage kam jedoch zurück.

Gab es irgendjemanden, den ich fragen konnte?

Der Reihe nach scrollte ich die Namen durch und entdeckte, dass ich tatsächlich keine Ahnung von ihm hatte. Patrick war einer der vielen Lehrbeauftragten der Uni, die von dem mageren Honorar nicht leben konnten und mehrere Jobs gleichzeitig machen mussten.

Sie kamen in Scharen, taten ihren Dienst und huschten wieder hinaus, ein graues Lehrvölkchen, das sich nach dem Unterricht zerstreute und brav den gesamten Laden aufrechterhielt. So viel hatte ich bisher verstanden.

Buchholz wollte ich keinesfalls bitten, mir zu helfen.

Ich tippte und wischte und stieß auf alle möglichen Patricks, von denen einige seinen Nachnamen hatten.

Überall Fehlanzeige. *Mein* Patrick war in keiner Liste zu finden und auf keiner Plattform in den sozialen Medien.

Offensichtlich ein Totalverweigerer.

*

Ich müsse sie in einer dringenden Angelegenheit sprechen, am besten heute, sagte ich frühmorgens am Telefon zu Ada.

Es war ein besonders scheußlicher Tag. Grau, nass, dumpf.

An der Fassade vom Haus gegenüber waren dunkle Stellen zu sehen. Als würden die Fenster heulen.

Vielleicht war es die Absage von Rocío einige Minuten zuvor gewesen, vielleicht war es die fast durchschlafene Nacht, die mich wütend und kräftig genug gemacht hatten.

Ich hatte genug von diesem dumpfen Unbehagen, der wachsenden Angst um Patrick, die sich nicht mehr zurückdrängen ließ.

Und damit Ada nicht „In welcher?“ fragen konnte, wurde ich kurzatmig und sagte ohne Skrupel, es sei wirklich überaus wichtig – und dass die Babysitterin gerade an der Tür läute.

„Gut, dann schiebe ich dich nachmittags ein, um 14 Uhr 15. Maximal zehn Minuten. Bis dann.“

Ihre leichte Verwunderung über mein Insistieren schwang mir noch im Ohr, als ich gleich darauf Fannys Wange streichelte. Das war das Schlimmste:

Ich musste sie aufwecken. Sie konnte nicht ausschlafen, wie sonst, wenn Vesna oder Rocío da waren, sondern musste nun von mir im Turbotempo gewickelt, angezogen und gefüttert werden, um rechtzeitig in der Krippe zu landen, in der sie von einer gelangweilten Erzieherin in Empfang genommen würde. Warum hilft es nicht, mir die über eine Million Alleinerziehenden in diesem Land vorzustellen, die ebenso wie ich jeden Morgen ihre Kinder für den Tag bereit machen, dass ich also nicht die Einzige bin, die im Stechschritt unterwegs ist, kurzatmig und das Kind deswegen anstrengend, im Grunde unausstehlich.

Wie erwartet, verzog Fanny das Gesicht und begann zu quengeln.

Ich trug meine empörte Tochter zum Wickeltisch, schaltete die Wärmelampe an, gab ihr ein Quietschbällchen, summte ein Morgenlied, fingerte Wundcreme und die vorletzte Windel aus der Lade.

Wie soll ich den Tag überstehen, dachte ich, aber Fanny begann sich, oh Wunder, mit ihm anzufreunden.

Plötzlich strampelte sie, krähte vor Vergnügen. Sah mich mit ihren feuchten Kulleraugen an. Betrachtete mich mit diesem Blick, mit dem uns kleine Kinder auf den Grund der Seele schauen.

Immer, wenn Fanny mich auf diese Art mustert, fühle ich mich ertappt.

Keine Ahnung, wobei.

Und gleich danach kommt dieser Ziehschmerz, ausgehend vom Hals, am Herz vorbei, runter in den Magen. Ich bin wehrlos und stark zugleich, ausgeliefert ans Universum und bereit zum Kampf.

Gegen alles. Für alles.

Gibt es etwas Bezwingenderes?

Ich beugte mich nach vorne, saugte ihren wundersamen Duft auf. Küsste ihre weichen Füßchen, nuckelte an ihren Zehen.

Nein, da ist nichts Vergleichbares.

Beim Lachen hat sie ein Grübchen in der linken Wange. Es ist nicht von mir, wie Du weißt.

Als ich um acht Uhr den Kinderwagen aus dem Haus schob, war alles Uneindeutige von mir gewichen.

Allerdings war es nicht Stärke, sondern Schwäche, die mich beherrschte.

Ich fühlte mich so schwach, dass ich bis zum Eingang der Krippe die Fantasie nicht loswurde, in die U 2 und U 1 nach Kreuzberg zu steigen, in der Admiralstraße anzuläuten und in die Sprechanlage zu brüllen:

„He, Rene! Hier ist deine Tochter! Jetzt bist du mal dran, du Arsch!“

Um neun war ich im Büro.

Gut, dass Frau Hampel offenbar noch immer krank war, sie hätte mein spätes Kommen mit pikierter Miene kommentiert, sich aber niemals etwas zu sagen getraut.

„Frau Brand ist, wie Sie wissen, alleinerziehend. Sie kann sich ihre Arbeitszeit einteilen, meine Liebe.“

Mehr war nicht nötig gewesen, damals, am ersten Arbeitstag.

Er scheint mir Jahre zurückzuliegen. In Wahrheit arbeite ich ja erst seit neun Monaten hier.

Ada hatte ihre Sekretärin damals mit einem Lächeln bedacht, das einzigartig ist. Wie soll man das beschreiben?

Man wird von diesem Lächeln erledigt.

Es sind nicht nur die geraden, glänzenden Zähne, entblößt von akkurat geschminkten Lippen. Es sind nicht nur die türkisfarbenen Augen in ihrem Kranz feinster Fältchen, nicht nur das leichte Glucksen im Hals, das ihren Auftritt begleitet. Ich glaube, es gibt niemanden, der sich nicht wünscht, so zu sein.

Raumgreifende Energie.

Hereinkommen und Leuchten.

Frau Hampel hatte hinter ihrem Schreibtisch gestanden.

Einerseits war es erhebend, von der Chefin protegiert zu werden. Andrerseits konnte das gewisse Risiken bergen. Eines davon befand sich vor mir.

Frau Hampel hatte offensichtlich ein Problem mit ihren Augen, die rotumrändert waren, während aus ihrem Mund – „Aber selbstverständlich, willkommen, Frau Brand." – Honig zu tropfen schien, ein Eindruck, den ihre verfärbten Zähne beim Versuch freundlich zu sein verstärkten.

Fasziniert starrte ich in dieses Gesicht, das eine Kampfansage war.

Die Vorzugsbehandlung würde mir nicht verziehen werden, das zeigten diese Sekunden, in denen Frau Hampel stehen blieb, festgeklebt in ihrer Honigpfütze, und gelbzähnig zuschauen musste, wie Ada mir den Vortritt ließ, mich durch die Tür leitete, um mir die weiteren Räume des Instituts zu zeigen.

Ja, sie hatte mich auserkoren, noch heute muss ich mich kneifen.

Persönliche Referentin. Noch nie war ich eine persönliche Referentin gewesen, Kellnerin, Sekretärin, das ja, Sprechstundenhilfe, kurzfristige Mitbesitzerin eines Dritte-Welt-Ladens, aber was ich bisher am besten gekonnt hatte, war: Globetrotterin.

Rucksack, Schlafsack, und los.

Ada hatte beim Vorstellungsgespräch meine Unterlagen durchgeblättert, die üblichen Fragen gestellt und schließlich wissen wollen:

„Wie heißt das Kind?"

„Äh, Fanny."

„Von Franziska? Schöner, alter Name."

„... Neinnein, einfach", hatte ich gestammelt, „nur so: Fanny".

Das habe ich Dir, glaube ich, noch gar nicht erzählt. Sie war amüsiert, dass ich meine Tochter so genannt habe, irgendwie seltsam amüsiert, als wäre etwas komisch mit diesem Namen, weswegen ich mich bemüßigt gefühlt hatte, „Fanny Mendelssohn Bartholdy, Fanny Ardant, Fanny Reventlow, Fanny Lewald ...", runterzurattern, „Gutgutgut", hatte Ada gelacht, „ist ja gut!"

Ich weiß nicht, warum die Wahl auf mich fiel. Warum Ada mich schon nach wenigen Wochen zu sich bat, um mir das Du anzubieten, und lächelnd sagte: „Lilly, keine Frage ist dumm, nichts ist belanglos, was dir auffällt, ich schätze deinen frischen Blick auf die Dinge, verstehst du – also, sag mir sofort, wenn dich etwas irritiert. Ich werde immer ein Ohr für dich haben."

Hinterher erfuhr ich ja erst, wie viele sich beworben hatten.

„Nun?" Ada saß vor mir am Schreibtisch, lächelte zerstreut.

Vermutlich wegen des nieselgrauen eisigen Tages trug sie ein grünes, frühlingshaft wirkendes Kostüm. Ohrringe gleichfarbig. Lidschatten ebenso. Perfekter Teint. Nicht eine Pore auf ihrer Nasenspitze. Nur diese zwei zarten Spuren zwischen den Augenbrauen.

Sie unterschrieb irgendwelche Papiere mit einem erlesenen Füllfederhalter.

Es war unmissverständlich, dass sie keine Zeit hatte. Während sie schrieb, sagte sie mit Blick nach unten:

„Ist die Sache mit der Kantine …"

„Es geht um Patrick."

Wie ein Pflock saß ich da.

Ada hielt kurz inne, ohne mich anzusehen, dann kam ihr Gesicht hoch, ihr Karibikblick unter schwungvoll unbewegten Augenbrauen.

Täuschte ich mich oder dunkelte sich ihr Kostüm plötzlich ein?

„Jaaa? Ach, du meinst diese kleine Sache – was hat er dir erzählt?"

„Er hat mir nichts erzählt."

Leguangrün.

Sie sah mich ausdruckslos an und legte den Füllfederhalter auf das Papier.

„Er … er … war sehr verstört …", stammelte ich und merkte, wie meine Fähigkeit zu denken versickerte wie ein Rinnsal in der Wüste.

Worauf hatte ich mich nur eingelassen? Aber sie hatte mich doch ermuntert …

Ada steckte den Verschluss auf den Füllfederhalter und schraubte ihn langsam zu. Dann lehnte sie sich zurück und legte ihre Arme seitlich auf die Lehnen.

„Unser Patrick“, lächelte sie mich an, „was hat ihn denn so verstört?“

Ich nahm all meinen Mut zusammen:

„Es war keine … keine … also, ich fand … keine normale Situation damals.“

Sie nickte lächelnd.

„Ja, da hast du recht. Allerdings.“

Sie sah seitwärts aus dem Fenster, als wäre da draußen etwas Interessantes zu entdecken.

Ihr Haar wirkte kupferfarben in dem fahlen Licht, das dieser trübe Tag und die Deckenbeleuchtung zuließ. Ein knospengrüner Ohrring schimmerte mit einem Glitzerstein, sicher was Echtes, in der Mitte eines ovalen Blättchens.

Unvermutet drehte sie mir ihr offenes Gesicht zu. Die Ohrringe sprühten Funken links und rechts.

„Weißt du, ich war sehr überrascht über … über … na, nennen wir es: diese Unüberlegtheit.“

Ada legte den Kopf ein wenig zur Seite, lächelte noch breiter, Zähne wie Leuchtperlen.

„Wenn man sich falsch verhalten hat, sollte man das nicht auch noch an die große Glocke hängen, nicht wahr?“

Sie beugte sich nach vorne, stützte die Ellenbogen auf und legte ihr Kinn auf die gefalteten Hände. Ihr Kostüm war wieder hellgrün.

„Ich habe ihm gleich zu verstehen gegeben, dass wir diesen Ausrutscher vergessen werden – beide.“

Ich sah sie scheinbar ruhig an in der Erwartung weiterer Ausführungen. Aber meine Hände waren schweißnass und in meinem Gedärm rumorte es. Eine Toilette –

Ada lächelte kurz, lehnte sich wieder zurück, sah zerstreut auf ihr Display und gab mir das Gefühl, dass das Gespräch beendet war.

„Äh, ich weiß nicht, was vorgefallen ist, kenne nur die Reaktion von Patrick“, bemühte ich mich um Souveränität, „aber im … im Sinne … des Gemeinwohls wäre es vielleicht, ich meine, fändest du es nicht gut, mit ihm in Verbindung zu treten? Ich denke“, gleich hatte ich es geschafft, „das würde eventuelle … Missverständnisse … beseitigen helfen“.

Im Sinne des Gemeinwohls.

Das stand in meinem Arbeitsvertrag auf Seite zwei, den ich damals unterschrieben hatte. Ich war verpflichtet, meine Tätigkeit *im Sinne des Gemeinwohls der Universität* auszuführen. Diese altmodische Formulierung hatte sich in meinem Hinterkopf festgesetzt.

„Gut“, lächelte Ada zu meiner Erleichterung und schraubte den Füllfederhalter wieder auf, „wir werden diese kleine Geschichte aus der Welt schaffen, wie auch immer. Du siehst müde aus. Alles in Ordnung zu Hause?“

„Äh … ja. Danke. Ja. Es gibt nur manchmal … nun … die Betreuung …“

„Verstehe“, sagte Ada, „das alte Problem von uns Frauen“.

Wie ich wusste, hatte sie kein Kind.

Aber egal.

Meine Lider versuchten die Tränen wegzublinzeln, die mir vor schmerzhafter Dankbarkeit hochschossen.

Gleichzeitig fühlte sich mein Körper so müde an, als könnte er, wenn ich mich nicht sehr anstrengte, vom Stuhl und auf den Boden sinken.

„Ich mache mir Sorgen", brachte ich noch heraus, „kann Patrick nicht errei – "

„Er hat Urlaub genommen", Ada sah auf ihr Handy, „seiner Mutter geht es offenbar nicht gut, er kümmert sich, wie ich hörte, um ein Pflegeheim".

Demnach war er in Hamburg. Weit weg. Hieß das, dass Ada und Patrick in einem näheren Verhältnis standen, als ich wusste?

„Danke, Lilly."

Ich war entlassen.

Also sammelte ich mich, schob meinen Körper hoch, schluckte, lächelte, schloss die Tür hinter mir. Stiefelte durch Frau Hampels Reich zurück in den Flur, schnurstracks in den nächsten Waschraum.

Auf der Toilette hockend fragte ich mich, ob ich gerade ein bisschen verrückt wurde.

Wie konnte ich gedacht haben, es handele sich um einen Übergriff, den Ada begangen hatte. So etwas Absurdes!

Ich Idiotin hatte alles missverstanden. Wäre es das gewesen, was ich geglaubt hatte – Ada hätte anders reagiert.

Das war vollkommen klar.

Mir war übel.

Was hatte Patrick mir da vorgespielt? Wie konnte ich nur so auf ihn hereinfallen? Eigentlich kannte ich ihn ja gar nicht.

War er nicht schon damals in der Schule ein komischer Kauz gewesen?

Ein Nerd? Einer von denen …

Plötzlich glaubte ich mich zu erinnern, so etwas irgendwann aufgeschnappt zu haben. Wie konnte ich das Ganze nur so fehleinschätzen?

Ich schämte mich vor mir selbst.

Draußen öffnete sich die Tür mit einem Schwung. Turnschuhquietschen, rumms, die Toilettentür neben mir wurde energisch versperrt. Ich saß da und rührte mich nicht.

Neben mir wurde geräuschvoll Wasser gelassen, danach in einer Tasche gekramt und „Fuck“ gesagt.

Dann räusperte sich die Person hinter der lächerlich dünnen Wand:

„Äh, haste mal ’n Tampon, bitte?“

Nun räusperte auch ich mich. Klar, sie hatte die Schuhspitzen gesehen. Anders erkennt man in dieser Bruchbude nicht, ob die Toilette besetzt ist oder nicht. Das Verschließen der Tür ist von außen nicht sichtbar.

Ich öffnete die Seitentasche meiner Handtasche.

„Echt nett ey, merci“, sagte die Person, als ich ihr wortlos unter der Trennwand das Tampon durchsteckte.

Ich blieb auch noch sitzen, nachdem sie alles erledigt und draußen die Hände gewaschen hatte.

Irgendwie konnte ich nicht aufstehen.

Ich fühlte mich wie ein Müllsack voll ausgemusterter Aktenordner.

Nichts war ich, nur eine übernächtigte, überarbeitete, womöglich depressiv werdende Alleinerziehende.

Mit einem Ruck war ich wieder bei mir.

Eilte zurück ins Büro, froh, niemandem zu begegnen.

Arbeitete die nächsten Stunden meine Liste ab, telefonierte, redigierte Adas Stellungnahmen, sprach mit allen möglichen Leuten im Haus, dies und das.

Hastete nachmittags in die U-Bahn, sie war voll mit röhrenden Fußballfans, stickigem Bierdunst, ich war so eingezwängt, dass ich das Smartphone nicht aus der Tasche ziehen konnte, um eine Nachricht an Patrick zu schreiben.

Dann ging es im Laufschritt über die Straßen an den blühenden Kirschbäumen hinter den parkenden Autos vorbei, die in der eiskalten Luft wie schneeflockenbedeckt wirkten.

Als ich den Vorraum der Kita durchquerte, registrierte ich den Gestank und die leeren Haken mit den aus bunten Buchstaben geformten Namen Luisa, Moritz, Sebastian, Finn, Sophie, Lena usw.

Nur unter Fanny hingen Anorak und Schneehose.

Nervös blickte ich auf die Uhr, meine Güte, elf Minuten zu spät…

Gabi, die Erzieherin, saß auf einem pinkfarbenen Schaumstoffhocker und sammelte vorgebeugt grelle Plastikteile vom Boden auf. Sie widmete mir ein säuerliches Lächeln, als ich in die Krabbelstube trat, auf deren sonnenblumenbestückten Teppich Fanny fasziniert einen blauen Baustein drehte.

Eine heiße Welle schwappte in mir hoch, meine Beine waren aus Watte, schon wollte ich zu Boden sinken, als Fanny aufsah, sich umdrehte und wieselschnell auf Gabi zukrabbelte, weg von mir.

Angekommen zog sie sich an deren Beinen hoch und wollte umarmt werden.

Alles klar.

Gabis und meine Blicke trafen sich. Ja, jetzt lächelte auch ich so, als hätte ich Zitronensaft getrunken.

„Neinneinnein“, sagte Fanny mit dem Rücken zu mir, in Gabis Bauch hinein.

„Fanny“, sagte Gabi, ohne den Blick von mir zu wenden, „komm, Mama ist da.“

„Neinneinnein“, beharrte Fanny, sie schwankte auf ihren krummen Beinchen, fast wäre ich auf den Teppich getreten, was mit Straßenschuhen streng verboten war, mit drei Schritten war ich bei den beiden, „Hallo, Fannylein“, frohlockte ich, „wir gehen jetzt nach Hause, wir beide“, schon wollte ich sie hochheben, da begann sie zu brüllen, wie am berühmten Spieß, sie strampelte und wand sich aalmäßig in meinen Armen, klammerte sich an Gabis Jeans, die mit irgendwelchen Flecken bekleckert waren.

Ich hörte meine etwas schrille Stimme, „Fanny, jetzt komm, lass das Theater!“, mit aller Kraft stieß sie gegen mich, ein schreiendes Bündel Mutterbestrafung.

Hatte Gabi ein Einsehen mit mir? Nein, sie wollte sicher nur das Gleiche wie ich: Endlich nach Hause kommen.

Sie hob Fanny hoch, streichelte ihr begütigend den Rücken und sang leise *„Hänschen klein …“* am tränenüberströmten roten Gesichtchen meiner Tochter vorbei. Ich tappte den beiden hinterher wie nicht zugehörig.

Draußen nahm Gabi Hose und Anorak vom Haken, Fanny schrie, Gabi setzte Fanny auf den Wickeltisch, sagte „Bitte“, Fanny schrie, als ich sie anziehen wollte und hörte sofort damit auf, als Gabi weitermachte. Dabei brabbelte sie Laute, die ich noch nicht kannte.

Ich stand daneben.

Mit gekräuselten Lippen übergab Gabi mir mein Kind, „Danke“, presste ich hervor, „bis morgen“.

Fanny, eine Mini-Astronautin ohne Helm, streckte die Arme nach hinten aus, während ich feindliches Raumschiff den nach überquellenden Windeleimern riechenden Raum durchquerte, um sie draußen, in unserem Paralleluniversum, in den Wagen zu bugsieren. Was erneut mühsam war, weil sie sich durchbog, damit ich ihre wattierten und mit Stiefeln bestückten Beine nicht durch die Halterung stopfen konnte.

Mittlerweile war ich schweißgebadet in meinem Wintermantel, mein Herz raste, wie schon öfter in letzter Zeit.

Am Kaiserdamm stand ich dann mit dem Kinderwagen am Mittelstreifen, hinter und vor uns knatterten die LKWs und Autos auf der sechsspurigen Straße, die Luft war wie immer so, dass ich so wenig wie möglich atmete.

Ich zog Fanny den Schal über Mund und Nase, sie wehrte sich.

Ja, ich weiß, blablabla. Du machst dir zu viele Sorgen, Lilly.

Entspann dich, Lilly. Du musst einfach mal richtig durchschlafen, dann sieht die Welt schon wieder anders aus. Mach es dir gemütlich, gönn dir was.

Lilly?

Blablabla.

In der Wohnung angekommen, riss ich zuerst den Mantel von mir, bevor ich Fanny aus den Klamotten schälte, die nun wieder friedlich war und mir mit ernsthafter Anmut, in Glucks- und Brabbellauten, von den Erlebnissen des Tages erzählte.

„Oh“, erwiderte ich, „Ja, hast du das?“ und „Wirklich, Süße?“, steckte meine Nase in ihre flaumigen Haare und schnupperte an ihrem zarten Nacken. Sie ließ sich ohne Protest ins Ställchen heben, was bedeutete, ich hatte eventuell zehn Minuten, vielleicht auch länger Zeit für die Wäsche oder das Geschirr.

Oder sollte ich eine Dusche wagen?

Eine Dusche!

Ich ließ die Badezimmertür offen, befreite mich von dem verschwitzten Zeug. Fanny patschte auf den Spielcomputer ein, den ihr meine Eltern geschenkt hatten. Es klingelte, rasselte, blinkte, je nachdem, welche Taste sie traf, sie quietschte vor Vergnügen.

Als meine Mutter beim letzten Besuch gemeinsam mit Fanny das Geschenkpapier zerrissen hatte und das bunte Plastikding hervorgekommen war, hatte mein Vater geglaubt, mich belehren zu müssen: „Heute muss man ja von klein auf …“ und dann hörte ich nicht weiter zu, weil ich gegenteiliger Meinung bin.

Meine Eltern, denen meine frühere Isolation vollkommen egal gewesen war, als ich sie um ein Handy angebettelt hatte, weil in meiner Klasse damals immer mehr Kinder eines bekommen hatten, vor allem meine beste Freundin Betsy, meine Eltern also, die mir damals gepredigt hatten, dass man nicht alles nachmachen müsse, nur weil die Masse es habe, diesen feinen Großeltern ging es nun nicht schnell genug mit dem Fitmachen meines Babys für die Zukunft.

Ich drehte den Duschhahn zu.

Stille.

„Fanny?“

Stille.

Ich riss das Handtuch vom Haken, eilte tropfend ins Nebenzimmer.

Fanny kaute etwas, ich stürzte zu ihr, fasste in ihren Mund, entrüstetes Quieken. Es war ein altes Keksstück, das sie offenbar zwischen ihren Spielsachen gefunden hatte. Das schwammige Teil in der Faust versuchte ich erleichtert, sie mit einem rosa Hasen in der anderen Hand abzulenken, was ungefähr fünf bis zehn Sekunden lang gelang.

Und in diesen fünf bis zehn fröstelnden Sekunden war plötzlich Adas Rock vor meinen Augen.

Er bewegte sich.

Eine winzige Bewegung in Hüfthöhe.

Cremefarbener Stoff zwischen Daumen und Zeigefinger ihrer rechten Hand.

Bildete ich mir das ein? War es so gewesen? Und wenn ja, was sagte es aus? Doch nichts als:

Eine Frau erhebt sich vom Sofa und zupft ihren Rock zurecht.

*

Abends hörte ich das Klingeln zuerst nicht, da ich soeben die Fläschchen von Fanny wusch. Aber dann flog ich ins Wohnzimmer, wo mich die unbekannte Telefonnummer kurz irritierte –

Oh Gott.

„Hallo?“, flüsterte ich mit Blick auf die spaltweit offene Schlafzimmertür.

„Ja, hallo Lilly, Patrick hier – störe ich?“

„Neinnein“, flüsterte ich erschrocken, tappte auf Zehenspitzen zur Tür und drückte sie lautlos zu.

„Wir können auch morgen …“

„Nein, Patrick“, sagte ich, nun in der Küche gelandet, in normaler Lautstärke, „jetzt“.

In einer Aufwallung von Mut wollte ich es hinter mich bringen. Aber schon hörte ich meine kühle, für mich selbst unerwartete Frage:

„Wie geht es dir?“

„Nun…“, er hüstelte, „…nicht so… schlecht. Es geht mir schlecht.“

Ein merkwürdiger Laut folgte, eine Art Wimmern.

Ich sackte auf den Stuhl nieder. Mein Herz klopfte. Verhielt sich so ein Lügner?

„Ist es… ist es das, was ich nicht gesehen habe?“

„Ja.“

Er sagte einfach „Ja“, und mir fiel nichts anderes ein als zu fragen:

„Möchtest du… ich meine… hast du… mit Pepe…?“

„Ja.“

Ich war übertrieben froh.

„Und? Was hat er gemeint?“

„Äh… er schlägt eine… eine Aussprache vor.“

„Zu dritt?“

„Ja.“

Bitte frag nicht, ob ich mitkommen soll.

„Du weißt“, fragte Patrick leise, „dass ich schwul bin?“

„Nein“, antwortete ich, „nein… keine Ahnung“.

„Sie“, sagte er, „weiß es“.

Von drüben hörte ich ein Greinen. Nicht jetzt, Fanny, bitte schlaf weiter.

„Warum weiß sie es?“

Patrick lachte unfroh auf:

„Sie hat mich mit meinem letzten Freund vor zwei Jahren eingeladen auf eine ihrer Soirées. Er war ein hohes Tier in der Baubehörde, du verstehst…“

Alles klar.

Als Lehrbeauftragter wirst du nicht eingeladen. Selbstverständlich nicht.

„Ah", sagte ich. Und dann: „Patrick. Noch einmal, damit ich es wirklich … Unsere Präsidentin hat … ich meine …"

„Ich kam ins Zimmer. Schon knallte sie mich an die Tür. Hat mir ihre Zunge zwischen die Zähne gedrängt. Mir zwischen die Beine gefasst."

Stille.

„Ich … ich dachte, ich bin im falschen Film. War total geschockt. Habe mich gewehrt und aus ihrer Umklammerung befreit. Es schien ihr nichts auszumachen. Sie hat gelacht und gemeint, dass wir uns auch gerne unterhalten können. Ich hätte ja ein Anliegen."

Er atmete schwer.

„Und dann fügte sie noch hinzu: Einen Wunsch."

Stille.

„Ich war so … außerhalb von mir, dass es mir nicht einmal eingefallen wäre, zu … zu … flüchten. Dachte, ich … ich müsse das jetzt durchstehen. Man kann nicht mehr klar denken, verstehst du. Ich habe mich auf die äußerste Seite des Sofas gesetzt. Habe erwartet, dass sie den Sessel gegenüber nehmen würde …"

Patrick stockte, suchte nach Worten.

„Sie setzte … oh Gott, sie setzte sich auch aufs Sofa …"

Mein Mund war plötzlich wie ausgedörrt.

„Wir haben einige Minuten ganz … also … einigermaßen normal … ich war irgendwie so … wir haben gesprochen."

Ich holte mir so leise wie möglich ein Glas aus dem Schrank, krächzte:

„Was … was wolltest du?"

„Mehr Stunden. Ich hatte ihr eine Mail geschrieben mit der Bitte um einen Termin. Nach fünf Jahren wollte ich um mehr Stunden Unterricht ersuchen."

Ich hielt das Glas unter den Wasserhahn, trank.
„Ich brauche das Geld.“
Der schale Geschmack im Mund blieb.
„Und dann?“
„Dann … dann war sie plötzlich blitzschnell bei mir … fasste meine Hand …“
Er schluchzte auf.
Ich wartete, bis er sich beruhigt hatte.
„Patrick, du brauchst mir nicht alle Einzelhei – “
„Doch!“, schrie er so unerwartet, dass ich das Smartphone erschrocken von mir weghielt, „Doch! Ich muss es, verdammtnochmal, jemandem erzählen, ich muss, ich platze sonst!!“
Er keuchte vor Anstrengung.
Drüben hörte ich Fanny, diesmal lauter. Es war, ich wusste es, genau auf der Kippe, ob sie wieder in den Schlaf zurückfinden würde.
„Gut“, sagte ich.
„Sie hat meine Hand unter ihren Rock …“, flüsterte Patrick, „und sie sagte, so etwas … so etwas … Schönes … sollte ich mir nicht … nicht … entgehen lassen, und sie hatte nichts an, verstehst du, sie hatte nichts –“
Er begann haltlos zu weinen.
Fanny quäkte und gurgelte, gleich war sie wach. Ich legte das Smartphone auf den Tisch und eilte zu ihr. Sie hatte die Augen noch geschlossen, ruderte aber mit ihren Fäustchen in der Luft. Ich nahm den Schnuller, der in der Ritze zwischen Matratze und Bett steckte, und suchte ihren Mund. Heftig begann sie zu saugen, wurde ruhig und die Ärmchen sanken auf die Decke.
Mit weichen Knien hastete ich wieder zurück, riss das Gerät ans Ohr –
Patrick weinte noch immer.

„Es tut mir so leid“, flüsterte ich.

Er brauchte noch einige Augenblicke, dann konnte er wieder sprechen.

„Entschuldige“, sagte er, „entschuldige“.

„Nein, um Himmels willen, nein …“

„Ich weiß nicht … was noch passiert wäre, wenn nicht du …“

Plötzlich sah ich Adas Schuhe vor mir. Und in den hellen Schuhen steckten Füße. Und diese Füße waren umgeben von schimmerndem Nylon. Champagner oder Teint, irgendwas Transparentes, Leichtes.

„Ada trug …“, sagte ich halblaut, „eine Strumpfhose“.

Ein irres Lachen war die Antwort.

„Strumpfhose? Sie hatte …“, Patrick würgte vor Ekel, „sie hatte Strümpfe an, so Dinger, die … ach Gott … die selbst halten, du weißt schon …“

„Beruhige dich bitte, entschuldige, ich … ich trage sowas nicht …“

Oh nein, was war das für ein Gespräch!

Schlafen. Ich möchte schlafen. Ruhe.

„Hast du das … alles … so auch Pepe erzählt?“

„Mehr oder weniger … nicht so … ausführlich …“

„Und wie reagierte er?“

Patrick atmete schwer.

„Er … er konnte es, denke ich, nicht wirklich glauben, ich weiß nicht …“

Die letzten Worte waren fast unhörbar.

Ja, genau. Das war es. Genau das war der Punkt.

Niemand würde es glauben.

Pepes Reaktion war verständlich. Ich sackte auf dem Stuhl nieder.

Niemand würde Ada mit dieser Art Verhalten in Zusammenhang bringen können, nicht im Traum. Sie war… sie war eine Lady! Eine seriöse Erscheinung, eine Koryphäe, wissenschaftliche Instanz, durch und durch.

Ihre akademische Laufbahn war bestückt mit Auszeichnungen, national, international, eine Bilderbuchkarriere. Nach Jahren im Ausland hatte sie das Institut hier in Berlin erfolgreich aufgebaut, eine private Ausbildung mit staatlicher Anerkennung.

Sie war die ideale Führungspersönlichkeit. Trennte Wichtiges von Unwichtigem, war eine gute Rednerin, konnte organisieren, delegieren und im Team arbeiten. Gleichzeitig war immer klar, wer die Ansagen machte. Zielbewusst führte sie Sitzungen, scherzte und straffte, fuhr Dauerrednern in die Parade, indem sie deren beginnende Koreferate in zwei Sätzen zusammenfasste und somit ad acta legte oder als Sprungbrett für neue Überlegungen nützte. Die „narzisstische Unsitte", wie sie diese Art der Gesprächsbeiträge nannte, trat in der ersten Sitzung bei Neugewählten in den diversen Gremien auf, danach nicht mehr.

Manchmal genügten ihre hochgezogenen Brauen, um Gegenreden verstummen zu lassen. Ihre freundlich ausgesprochenen Sätze – „Wir wollen doch nicht schon wieder so bedenkenträgerisch sein, nicht wahr?" – bewirkten den Willen der Gruppe, auch ungewöhnliche Maßnahmen mitzutragen.

In allem erzeugte sie Dynamik, Tempo und den Anschein, Kritik und Verzweiflungen ernst zu nehmen, meistens charmant, mit Augenzwinkern, auch selbstironisch. Dies alles waren Gründe, wofür sie die meisten schätzten, ja bewunderten, liebten sogar.

Natürlich übertrieb Ada auch manchmal, verließ den feinen Grat, der Führungsstärke von autoritärem Verhalten schied. Sie konnte ungerecht sein, uneinsichtig. Auch hatte sie Günstlinge, die sie bevorzugte.

Mich zum Beispiel.

Genau das aber war es auch, was ihren Nimbus zu vergrößern schien.

Alle wollten sie hinein in diesen Strahlenkranz.

Fast alle.

Ich dachte an Hohler.

Eindeutig war er Adas Gegner. Ein grässlicher Kerl.

Dass er mir gegenüber so offen auftrat, hatte mich von Anfang an irritiert. Wieso schien er sich so sicher, dass ich Ada nicht informierte über seine Illoyalitäten?

Weil er nicht allein war.

Nur das konnte die Antwort sein.

Ich war zu kurz am Institut, um die verschiedenen Lager in Gänze verorten zu können. Die Äußerungen, die mir zu Ohren gekommen waren, wiesen auf ein gewisses Potenzial an Unmut hin. Gerüchte über nicht nachvollziehbare Prämien an diese oder jene Leute beispielsweise oder dass Ada überproportional von ihrem Recht Gebrauch machte, Kommissionsentscheidungen zu widerrufen.

In meiner bisherigen Zeit waren zwei Listen auf ihr Betreiben hin geändert worden.

Kritische Stimmen hatten also durchaus recht.

Aber diese – diese – sexuellen Übergriffe?

Die Sache mit Patrick sprengte doch alles Vorstellbare.

„Wann wird das Gespräch stattfinden?“, fragte ich.

„Pepe wird mich anrufen.“

Noch etwas fiel mir ein.

„Bist du in Hamburg? Wegen deiner Mutter? Ada sagte –“

„Nein", erwiderte Patrick leise, „das war eine Lüge. Notlüge."

Stille. Ich sah auf die Uhr.

„Hältst du mich auf dem Laufenden?"

„Ja."

Bitte frag mich nicht, ob ich mitgehen kann.

„Könntest du …"

„Du kannst mich immer anrufen, wenn … wenn du reden magst."

Stille.

„Ja … Danke. Danke, Li –"

Schon hatte ich gedrückt. Überall Gänsehaut. Frösteln. Erst jetzt fühlte ich meine eisigen Füße, die nackten Beine, die Müdigkeit und Erregung.

Erst jetzt hörte ich unter den Dielen das Mäuseflitzen.

Fanny würde in zwei, drei Stunden aufwachen.

Ich musste schlafen, sofort.

Doch kaum lag ich, kamen die Bilder.

Bilder von Adas champagnerfarbenen Beinen.

Sie schimmerten aufreizend, und noch ehe ich mich dagegen entscheiden konnte, zoomte sich mein Blick wie eine Kamera an ihre sehnigen Knie heran, unter ihren hellen Rock, die Oberschenkel nach oben zum breiten Edelspitzensaum, wo das Fleisch leicht hervorquoll, weich, an den Innenseiten schon etwas mürbe, und nicht nur konnte die Traum-Kamera sehen, auch Geräusche übertrug sie, die zarte Reibung von Viskosebaumwollstoff mit Polyamidspitze und Haut, Gerüche kamen dazu, ledriger Moschus gemischt mit teurer Bodylotion, und nun die hauchdünne Verbindung von süßlichem Urin und Hefe, Nein!, schrie es in mir, neinneinnein, bitte nicht!, und irgendeine gütige Instanz zwischen Wachen und Schlafen hatte ein Einsehen, verschonte mich mit Weiterem, bewirkte, dass die Kamera nicht höher kam, Blackout total, und ich endlich schlafen konnte, traumlos, einige Stunden Filmriss, gelöschte Wirklichkeit.

*

Das Geklingel des Weckers schreckte nur mich auf.

Fannys Händchen lag auf meiner Schulter, unter ihren Lidern bewegten sich ihre Augäpfel. Vorsichtig löste ich mich von ihr, drückte auf das Gerät.

Überwach, leichtfüßig, fast schwebend, betrat ich das Bad. Und als ich mir das Gesicht wusch und zur Zahnbürste griff, erfasste mich eine ruhige, glasklare Gewissheit.

Ich sah sie im Spiegel. In meinen Augen. Es half nichts, dass ich mich über das Waschbecken beugte, mein Gebiss zu bearbeiten begann.

Ich hatte in meinen Augen gesehen, wer mich belogen hatte.

Wer das Monster in dieser Geschichte war.

Erst als ich Blut spuckte, hörte ich mit der Putzerei auf.

Ein mächtiges, porenreines, lächelndes Monster.

Ich spülte mit Wasser, wusch mir das Gesicht, trocknete mich ab.

Vermied den Spiegel.

Was sollte ich tun?

Erschöpft registrierte ich Rocíos Blick auf mich, als sie Fanny, mit der ich tranceartig das Morgenprogramm absolviert hatte, in die Arme nahm und mit ihr die Treppen hinunterging zum angeketteten Buggy.

Rasch drückte ich die Tür zu, da ich Schlüsselgeräusche in der gegenüberliegenden Wohnung hörte. Nur kein Gespräch mit den Nachbarn!

Mit geschlossenen Augen lehnte ich an der Innenseite der Tür, wartete die Schritte draußen ab, die sich im Treppenhaus verloren, und war einige Sekunden lang berauscht von der plötzlichen Stille, der Aussicht, nur für mich zu sein.

Sollte ich eine Krankmeldung machen? Einfach ins Bett zurückgehen, die Decke über den Kopf ziehen, schlafen?

Schlafen!

Aber bevor mich diese Versuchung endgültig verschlang, beherrschte ich mich. Duschte halbwarm, trank Kaffee, schluckte das homöopathische Zeugs, das mir meine Mutter beim letzten Besuch dagelassen hatte, und wartete nicht ab, dass es mir „sofort deutlich besser" ginge, wie sie es prophezeit hatte.

Am Institut erwarteten mich gute Nachrichten.

Die Vertretung von Frau Hampel, Vilma, teilte mir mit, dass Ada kurzfristig Termine wegen der anstehenden Sanierungsmaßnahmen wahrnehmen musste und an diesem Tag nicht kommen würde.

Fast beschwingt öffnete ich meine Bürowabe, grotesk dankbar den öffentlichen und privaten Stellen gegenüber, die mir eine Atempause ermöglichten.

Ich bereitete in Ruhe die Treffen mit den Beamten der zuständigen Behörden vor, die sich für einen Hausbesuch in der nächsten Woche angesagt hatten, formulierte die Handouts, sandte sie an die Adresse der Präsidentin.

Danach kümmerte ich mich um Blumensträußchen für die Mini-Vasen auf den Stehtischen in der Aula, das Catering, die Technik, Beamer, Laptops, undsoweiter.

Hohler grinste, als er mich im Flur sah, keine Ahnung, warum.

Abgesehen von der ständigen Müdigkeit verlief das Meiste reibungslos.

Einige Male musste ich zu Vilma hinüber.

Sie wollte alles richtig machen und war mir unsympathisch. Um höflich zu sein und Anteilnahme zu bekunden, die nicht sie betraf, fragte ich nach Erledigung meiner Anliegen, was Frau Hampel denn habe.

Irgendein Virus, keine Ahnung, meinte Vilma, sie liege im Krankenhaus.

Und schon wandte sie ihren weißblond gefärbten Pagenkopf mit dem dunklen Ansatz am Scheitel zum Computer zurück.

Pepe begegnete ich an diesem Tag nicht, was mir recht war. Er hätte sowieso nur Belanglosigkeiten mit mir ausgetauscht.

Er unterrichtete die Basismodule in Spanisch und war in seinem Amt als Gleichstellungsbeauftragter zur Geheimhaltung verpflichtet, sodass man wenig bis gar nichts wusste über seine Tätigkeit.

Manchmal wurde von Mobbing am Institut gemunkelt oder „unangemessenem Verhalten“, meistens unter Studierenden. Vor Jahren hatte es wohl einen Professor gegeben, der „weggelobt“ worden war, an eine andere Uni. Gerüchteweise hatte ich vernommen, dass er sich Studentinnen genähert hatte, wie, wurde nie erwähnt. Gleichstellungsbeauftragte saßen in jeder Kommission, in allen Gremien.

Eine begehrte Spezies. Manchmal musste Pepe auch an anderen Instituten aushelfen.

Ich konnte mir das Szenario zwischen ihm, Ada und Patrick nicht vorstellen.

Wie führt man ein Gespräch, wenn die Vorgesetzte eines sexuellen Übergriffs beschuldigt wird?

Am Ende der Woche hatte ich noch nichts von Patrick gehört.

Ihr Großvater liege im Sterben, sie fahre nach Bosnien, schrieb Vesna samstags, alles Gute, pass auf dich auf, schrieb ich zurück.

Nein, bedauerte Rocío, sie könne leider nicht die ganze Woche übernehmen.

Einige Augenblicke lang starrte ich auf die Buchstaben.

Sie bewegten sich.

Sie tanzten.

Als ich aufsah, wankten die Wände.

„Ma-ma."

Ich fuhr herum.

Fanny stand in ihrem Ställchen, die kleinen Fäuste umklammerten das Holz. Sie trug einen orangefarbenen Sweater, eine hellblaue Hose, rosaweißgepunktete Söckchen. Ihre blonden Haare kringelten sich hinter den Ohren. Mit ihrem Grübchen strahlte sie mich an, überwältigt von sich selbst, und wiederholte:

„Ma-ma."

Ich stürzte zu ihr, hob dieses warme, kompakte, nach voller Windel riechende Kindchen hoch. Küsste schniefend ihre kleinen Ohren, ihren Haarflaum, wiegte uns beide hin und her.

„Mama." Das erste Mal, schrieb ich später in mein Notizbuch.

*

„Auf in den Kampf", lächelte Ada und zwinkerte mir zu.

Es war Dienstag, übel war die Nacht gewesen. Am Vortag war der Anruf von Gabi gekommen, dass die Kita die nächsten Tage schließen müsse. Einige Kinder seien krank, auch schon zwei Erzieherinnen. Es sei kein Noro-Virus, wie zuerst angenommen, man müsse die Untersuchungen abwarten. Ich solle das Kind gut beobachten, leierte Gabi vermutlich zum x-ten Male herunter, es könne auch mit Erkältungssymptomen beginnen, mehr könne sie derzeit nicht sagen, es tue ihr leid.

Die vor mir liegende Woche war mir nach dieser Eröffnung wie ein Gang in den finsteren Wald erschienen. Ohne Brotkrumen, die uns heraushelfen könnten. Nur Fanny und ich und Bäume und Zwerge, die lachten, weil ich nie den richtigen Namen für sie fand.

Nun aber war der böse Zauber verschwunden, durch Adas Hilfe, ich nickte, klappte den Laptop zu und segelte aus ihrem Büro.

Das Vorzimmer war leer. Vilma war abkommandiert worden. Sie ging die nächsten zwei oder drei Stunden spazieren.

Mit Fanny.

Diese Woche fanden Sitzungen und Treffen statt, bei denen ich, wie Ada am Telefon morgens gemeint hatte, „unabkömmlich war". Und als ich sie mit belegter

Stimme informiert hatte, dass neben beiden Babysitterinnen auch meine Nothilfe, die Nachbarin, abgesagt hatte, war Ada einen Moment lang still gewesen und hatte dann entschieden:

„Wir finden eine Lösung. Komm mit deiner Tochter hierher."

Was blieb mir anderes übrig?

Wider Erwarten entpuppte sich Vilma als kinderfreundlich. Als wir in das Vorzimmer eintraten, nickte sie mir zu und strahlte in den Buggy hinein. Fanny faszinierten besonders die weißblonden Haare, die sie mit Quietsch- und Wohllauten besprach und zu betasten versuchte.

Was wiederum Vilma entzückte.

Erleichtert ließ ich die beiden in den Fahrstuhl steigen.

Wie angenehm, dass Frau Hampel noch nicht gesund war.

Nachmittags fuhren wir nach Hause, ein junger Mann half mir die Treppen aus der U-Bahn-Station hinauf und stellte sich geschickt genug an, Fannys Schlaf nicht zu beenden. Nicht nur das verhalf mir zu einer weiteren Beschwingtheit.

„Gut gemacht, Brändchen", hatte Ada nach dem Treffen mit einem Herrn der Bauverwaltung gemeint, weil ich ihr währenddessen Unterlagen mit Zahlen, also Argumenten hinübergeschoben hatte, die sie in diesem Stadium der Verhandlung benötigte.

„Genau der richtige Zeitpunkt", hatte sie im Lift später gelächelt und in diesem Lächeln die Botschaft „Wir werden immer mehr zu einem gut funktionierenden Team" transportiert. Dass Fanny nach ihrem Ausflug mit Vilma mit roten Bäckchen zurückkam, sich von ihr füttern ließ und mit ihrem offenen Mündchen und strahlenden Augen wie im Werbespot für Babynahrung wirkte, steigerte das Gefühl, soeben einen richtig guten Tag zu erleben.

„Wir sehen uns in zwei Wochen", sagte Ada bei der Verabschiedung, zeigte Fanny und mir noch einmal ihr leuchtendes Gebiss und eilte mit schnellen Schritten ins Büro zurück.

Ich hatte nicht gefragt, warum sie während des Semesters zwei Wochen weg sein würde. Eine Geschäftsreise hätte sie mir mitgeteilt.

Mitteilen müssen?

Zurück mit Fanny im Flur unseres Hauses öffnete ich den Postkasten.

Zwischen den üblichen Gratiszeitungen fiel ein Kuvert heraus, mit einer Handschrift, die ich lange nicht mehr gesehen hatte.

Ich drehte den Brief um.

Rene.

Seine nach rechts driftende Schrift.

Ich hörte mein Lachen.

Hörte diesem irren Lachen hinterher. Starrte auf den Namen.

Rene.

Mit zitternden Fingern zerriss ich das Papier.

Erstaunlicherweise fiel ich nicht in Ohnmacht.

Ich blieb eine Weile stehen, mit der Karte in der Hand und starrte auf die Buchstaben, das Bild. Unfähig, die Karte umzudrehen.

Dann hörte ich im Hof Flaschen auf Glas krachen, Fanny bewegte sich, und bevor ich jemandem begegnen konnte, schloss ich den Wagen an, schnallte sie ab, hob sie heraus und stieg bepackt mit ihr und den Einkäufen hoch.

Wie nach einer Bergwanderung erreichte ich kurzatmig die Wohnung.

Liebe Lilly, so viel Zeit ist vergangen und endlich wage ich Dir zu schreiben. Wie geht es euch? Ich hoffe sehr, dass alles gut ist, ihr beide gesund und fröhlich seid. Du kannst nicht ahnen, wie viele Gedanken zu Dir und der Kleinen gehen, jeden Tag.

Mir geht es wieder besser. Es tut mir alles so leid. Ich würde mich sehr freuen, Dich und Fanny zu sehen, um ehrlich zu sein, es ist mein größter Wunsch.

Liebe Grüße, Rene.

Hallo?

Ich musste auflachen.

Wäre ich allein gewesen, vermutlich hätte ich einen Schreikrampf bekommen.

Mir geht es wieder besser.

Las ich richtig?

Es ist mein größter Wunsch.

Jetzt, plötzlich ist es dem Herrn genehm, ja? Nach eineinhalb Jahren, in denen ihn weder der Rest meiner Schwangerschaft noch die Geburt noch die Existenz von Fanny einen feuchten Dreck geschert hatten, jetzt plötzlich fand er, wir könnten uns treffen.

Einfach so.

Hinter der Schlafzimmertür begann Fanny zu brabbeln. Etliche Stunden später musste sie wohl gefüttert, gebadet, gewickelt und in den Schlafanzug gesteckt worden sein.

Jedenfalls befand sie sich plötzlich friedlich in ihrem Bett unterm Bärchenvorhang, das schwache Nachtlicht, eine hellblaue Wolke, tauchte das Zimmer in zauberischen Dämmer.

Ich schlich über die Schwelle, zog die Tür unhörbar hinter mir zu.

Was war das in meinem Kopf, meinem Bauch?

Leere.

Gut, er zahlte. Das immerhin. Alles andere blieb unverzeihlich. Und nichts, nichts auf diesem Erdball war grenzenloser als meine Unversöhnlichkeit.

Nachts, als Fanny im Bett neben mir lag, in ihrem Engelsschlaf, kamen die Dämonen. Sie hockten sich auf meine Brust, drückten mir die Kehle zu. Rissen an meinen Haaren. Boxten mir in den Bauch.

„Du warst es, die gegangen ist“, flüsterten sie, „du hast ihm keine Chance gegeben. Du wolltest ihn nie mehr wiedersehen.“

Im Wolkenlicht wirkten Fannys Wimpern auf ihren Wangen noch länger, zarteste Federn, ich sah den winzigen Mund, ihr Näschen, hörte das kaum wahrnehmbare Atmen.

Stimmte es? Hatte ich ihm keine Chance gegeben? Aber wenn es ihm tatsächlich wichtig gewesen wäre, hätte er doch etwas unternehmen können – auch gegen meinen Widerstand.

Was war wirklich geschehen? Was war sicher?

Einen Schwur hatte ich getan, das stimmte, ja, damals, als Fannys Bewegungen in meinem Bauch sacht wie Schmetterlingsflügel gewesen waren.

Nie werde ich dich verlassen.

Und vor allem werde ich dich beschützen.

Auch vor deinem Vater.

Die Dämonen ließen nicht ab, verfolgten mich bis in die Küche, wo ich Wasser trank, ließen sich auch auf dem Sofa nicht abschütteln, auf dem ich mich in eine Decke wickelte und die Karte noch einmal las, sie wackelte.

*

War Deutschland vielleicht ein Fehler gewesen?

Den Rene mir insgeheim nie verzeihen konnte?

Ach, Jane, Jane.

Ich habe Dir nicht viel über unsere erste Zeit in Berlin erzählt.

Anfangs waren wir glückselig, voller Aufbruch.

In der Admiralstraße in Kreuzberg fanden wir eine noch bezahlbare Wohnung im Vorderhaus – und eine im Hinterhaus, die zum Atelier wurde. Rene hatte nämlich beschlossen, Künstler zu werden.

Schon in Havanna hatte er mir Schnitzarbeiten gezeigt, kleine merkwürdige Figuren aus Holz. In Deutschland wurden sie immer größer, Formen in verschiedenen Holzarten, vorwiegend aus Erle und Buche.

Nie werde ich den überwältigenden Duft des Holzes beim Betreten seines Ateliers vergessen.

Seine Arbeiten nannte er „Die Zuschauer“ oder „Der Grabende“ oder „Der Sturz“.

Manche Stücke bearbeitete er mit der elektrischen Säge, was immer wieder zu Konflikten mit den Nachbarn führte.

Zum Geldverdienen übersetzte er für einen Verlag spanische Texte, ich jobbte mal dies, mal das, Rene gewöhnte sich wieder ans Klima, nur nicht daran, wie er sagte, dass er nun auch im Osten zwischen dreißig Käsesorten in einem Supermarkt wählen konnte. Das hatte er schon vor seinem Kuba-Aufenthalt abartig gefunden, und danach erst recht, „das wird uns allen noch mal um die Ohren fliegen, das kannst du mir glauben."

Wie sehr er Kuba vermisste, weiß ich nicht, aber ich sah, wie seine Augen aufleuchteten, wenn wir eine kubanische Bar betraten oder Leute trafen, die dort gewesen waren.

Manchmal trank er zu viel, dann erzählte er mir traurige DDR-Geschichten, von denen ich nicht immer wusste, ob sie wahr oder erfunden waren.

Denn wenn ich ihn anderntags darauf ansprach, sah er mich an, als verstünde er nicht und meinte, er sei doch Übertreibungskünstler.

Ob ich das nicht wisse.

Wenn ich in diesen ersten Monaten in Berlin von der Arbeit ins Atelier kam, saß Rene oft mit glasigem Blick vor seinen Holzstümpfen, um ihn herum aufgereiht mehrere Flaschen Bier.

„Keine Sorge", lächelte er mein Stirnrunzeln weg, zog mich an sich.

Wie Du weißt, wurde ich plötzlich schwanger, trotz Verhütung.

Ich starrte auf den hellroten Streifen des Stäbchens, aber nichts von dem, was ich immer befürchtet hatte, trat ein.

Keine Panik.

Wohlgefühl war es, das sich in mir ausbreitete, kleine, warmschwappende Wellen.

Rene erstarrte im ersten Moment.

Aber im zweiten umarmte er mich, ich grub mein Gesicht in seine Schulter und drückte ihn ebenso fest wie er mich.

Eine stürmische, innige, fantastische Zeit folgte. Meine Hormone stürzten mich von Anfang an in eine ungeahnte Euphorie.

Ich war so lebendig, vollgepumpt mit Energie, geflutet von Glücksgefühlen wie nie zuvor in meinem Leben. Und riss Rene mit, in diese herrlichen Monate, in denen wir uns erfreuten an uns und unserem Kind.

Und dann, ich war im sechsten Monat, kam die Nachricht vom Tod seines Stiefvaters. Heinrich.

Das habe ich Dir damals nicht in allen Details erzählt, wir kannten uns ja auch noch nicht so gut. Es war mir schrecklich peinlich.

Rene betrank sich hemmungslos.

Er hatte mir nie gesagt, dass er den Stiefvater seit unserer Rückkehr aus Kuba einmal in der Woche besucht hatte. Ich wusste nicht, dass ihm dieser so viel bedeutet hatte.

Vielleicht war es ihm selbst auch nicht klar gewesen. Ich fragte mich plötzlich, ob ich Rene überhaupt kannte.

Während ich mit Beleghebammen telefonierte und Babydecken und Kinderwägen in den Läden verglich, driftete er ab, weg von mir, weg von unserem gemeinsamen Leben.

In diesen Tagen war es auch, dass ich ihn mit der Stasi-Akte seines Großvaters in der Hand vorfand.

„Die schreiben", sprach er mit schon schwerer Zunge, „die schreiben", und dann las er mir vor, dass es sein Großvater laut Stasi *„durchaus schlau, um nicht* *zu sagen, mit perfider Verschlagenheit verstanden habe, seine völlig sinnfreie Tätigkeit vor der sozialistischen Gemeinschaft zu verheimlichen*".

An jenem Abend erfuhr ich alles, was er von seinem Großvater wusste.

Es war eine komplizierte Geschichte, die mich zum Weinen brachte.

Ich wollte die Hand ausstrecken, um seine zu berühren, aber er sprang auf, mit einem Ausdruck im Gesicht, der mir Angst machte.

Ich sah die geschwollenen Adern an seinem Hals. Mit krebsroten Händen fasste er die Akte und schleuderte sie an die Wand.

„Rene, komm …", versuchte ich ihn zu beruhigen, aber dann schrie ich nur mehr, weil er die Axt an sich riss und auf herumliegende Holzstücke einzuhacken begann wie ein Irrer.

Ich flüchtete aus dem Atelier über den Hinterhof in die Wohnung hinüber.

Ließ den Schlüssel von innen stecken.

Atmete hinunter zum Kind, streichelte meinen Bauch. Es war der Moment, in dem ich wusste: Das Baby und ich.

Nur das Baby und ich.

Schlimme Tage folgten. Rene bat um Verzeihung, weinte, betrank sich wieder. Bettelte, dass ich ihn in die Wohnung lassen solle. Abends schloss ich mich im Schlafzimmer ein. Er hämmerte gegen die Tür, beschimpfte mich oder heulte.

Schließlich kam er tagelang nicht mehr nach Hause, ich vermutete ihn bei Freunden, die aber nicht erreichbar waren oder so taten.

Hätte ich Dich damals nicht gehabt –

Rene schickte nur dürre Nachrichten, dass alles in Ordnung sei.

Meine Eltern sahen mich besorgt an, als ich das letzte Mal vor der Geburt in Hamburg war.

Fanny strampelte in meinem Bauch. Sie war das Einzige, das „in Ordnung“ war.

Die Dämonen verließen mich nicht in jener Nacht, als Rene mir das erste Lebenszeichen nach eineinhalb Jahren sandte.

Sie erinnerten mich auch an jenen Spätherbst, in dem ich ihn endgültig verließ, nachdem ich eine neue Wohnung gesucht und in einem Charlottenburger Hinterhof endlich gefunden hatte.

52 Quadratmeter Nordosten, Küche, Mini-Bad, zwei Zimmer.

„Das hier“, stellte meine Mutter beim ersten Besuch fest, während mein Vater grau und entnervt in der Tür stand, „ist nicht dein Ernst, oder?“

Ihr Angebot, zu ihnen nach Hamburg zurückzuziehen, lehnte ich dankend ab. Sie hatten mich in meinen Wanderjahren genug unterstützt.

Außerdem, wir wussten es alle drei, wäre unser Zusammenleben eine Katastrophe.

Ich würde es schon schaffen, allein mit dem Kind.

In jener Nacht aber, mit Renes Karte in der Hand, war diese Zuversicht verschwunden.

Alles, was ich mir in den Monaten rund um Fannys Geburt nicht eingestanden hatte, war plötzlich wie eine dicke Decke, die mich zu ersticken drohte.

Obwohl sie friedlich schlief, hob ich sie aus ihrem Bettchen. Die Geräusche unter den Dielen hatten plötzlich Bilder von Mäusen provoziert, die mit langen Schwänzen und spitzen Krallen an den Holzstreben hochkletterten und sich auf mein Baby stürzten.

Immer wieder wegdämmernd verbrachte ich die Stunden bis zum Morgengrauen.

Die frühe Sonne warf rosafarbenes Licht auf die graue Fassade des gegenüberliegenden Hauses.

Und bevor ich es mir anders überlegen konnte, schickte ich Rene die Nachricht, wir könnten uns treffen.

Vorausgesetzt, er habe vor, seiner Tochter ein Vater zu werden.

*

Wir trafen uns an einem neutralen Ort.

Der nichts mit uns zu tun hatte. Ein Restaurant in der Rudi-Dutschke-Straße. Ich war zu früh gekommen, sah über einige Köpfe hinweg – „Hallo“, hörte ich links unten, und Rene erhob sich direkt neben mir.

Fühlte ich etwas?

Auf den ersten Blick schien er sich nicht verändert zu haben, auf den zweiten fielen mir die neu hinzugekommenen Falten an den Mundwinkeln auf. Nicht mehr nur silbrige Fäden, sondern helle Abschnitte von den Schläfen bis hinter die Ohren. Das Zucken des rechten Augenlids.

Er hatte Hose, Pullover und Jacke an, die ich nicht kannte und die ihm gut passten. Er war mager geworden.

Eine Flasche Wasser und zwei Gläser standen auf dem Tisch, ich registrierte es, als wäre ich nach wie vor geübt, alles Trinkbare in Renes Umfeld scannen und einordnen zu müssen.

Wir nickten einander nur zu, schließlich nahmen wir beide gleichzeitig Platz.

Rene war nie sonderlich pünktlich gewesen, meistens hatte ich auf ihn gewartet, ja, eigentlich hatte ich fest damit gerechnet, vor ihm da zu sein.

Verwunderung also.

„Du bist allein“, sagte er leise.

Jetzt erst erblickte ich die Tüte neben dem Tisch, erkannte eine rosa Schleife, offenbar eines von mehreren Geschenken.

„Ja“, bestätigte ich und ergänzte mit etwas belegter Stimme:

„Du wirst vielleicht verstehen können, dass ich zuerst… eine Art… Art Basis mit dir finden möchte.“

„Ja. Natürlich. Selbstverständlich.“

Das Grübchen.

Rene erprobte ein Lächeln.

Auf der Fahrt zurück in der U-Bahn versuchte ich die vergangenen Stunden in eine Chronologie zu bringen. Es gelang nicht.

In mir herrschte Aufruhr, Angst, Bitterkeit, Trauer, ein wüster Cocktail, es schien, als hätte ich vieles durcheinandergetrunken, wo es doch nur einige Gläser Wasser gewesen waren.

Zuvor, als wir über den Gendarmenmarkt in Richtung Charlottenstraße gegangen waren, hatte Rene plötzlich gelächelt:

„In alten Zeiten, als das Wünschen noch geholfen hat, gab es überhaupt keine halbierten Frauen.“

Ach, wie wurden mir die Knie weich, ach, Jane.

„Amanda“, sagte ich, „die Morgner“, anerkennend hob er den Daumen.

„Und, siehst du die Perücken da oben?“, lachte Rene und zeigte hinauf in den wolkigen Himmel, wo nach dem Brand im Theater vor über zweihundert Jahren vom Kostümfundus aus die brennenden Perücken hochgeschleudert worden waren und wie Fackeln in der Luft gestanden hatten.

E.T.A. Hoffmann hatte es von seinem Wohnzimmer aus beobachtet und so beschrieben.

Und dann sahen wir einander in die Augen.

Und dann sahen wir weg und gingen weiter, stumm, bis zur Friedrichstraße.

Was davor passierte?

Er sei trocken, hatte Rene mir eröffnet, nachdem oder bevor ich ihm im Café Bilder von Fanny gezeigt und er still vor sich hingesehen und ich danebengesessen und gewartet hatte.

Danach hatten wir uns in Kurzform, das heißt, von längeren Pausen unterbrochen, die letzten beiden Jahre erzählt.

Was heißt erzählt – eigentlich war es ein unaufhörliches Ringen um Worte gewesen.

Wie erklärt man dem Vater des eigenen Kindes das Drama einer Geburt?

Du warst es, die damals meine Hand gehalten, meinen verschwitzten Kopf gestützt, die ganze stundenlange Quälerei mit mir ertragen hat.

Du hast Fannys ersten Schrei gehört, unsere ersten Stunden gemeinsam mit uns verbracht.

Rene vergrub sein Gesicht in den Händen.

Ich wandte meinen Blick von ihm, lenkte mich ab, indem ich die vorüberziehenden Touristengruppen beobachtete.

Womit hatte ich das verdient?

Himmel.

Etwas in mir war ungerührt, wie abgestorben. Aber ein Teil litt mit ihm. Das empörte mich. Ich wollte sie nicht spüren, die Trauer.

Seine Trauer und die gemeinsame Trauer darüber, was wir alles versäumt hatten miteinander. Ich wusste, dass ich keine Chance gehabt hatte, es anders zu machen, aber nun, wie er so vor mir saß in seinem Elend, kam auch meines hoch. Und die Bilder.

Fannys Fingerchen nach der Geburt. Das erste Umfassen meines Daumens. Das Gewicht ihres Köpfchens, das sich an meine Brust schmiegt. Der Duft ihrer Haut.

Alle ersten Male.

Ach, Schluss damit.

Vorbei.

Vorbei!

Wir waren der letzte Tisch in der Reihe und hatten uns intuitiv so platziert, dass unsere Gefühlsausbrüche von den anderen Gästen nicht verfolgt werden konnten.

Der Kellner verhielt sich diskret, fragte mimisch aus sicherem Abstand, ob wir noch etwas wünschten, wobei er nur mir in die Augen sah.

Ich deutete auf die Wasserflasche und hob den Daumen.

Rene nahm ein Taschentuch von mir an, starrte auf die Tischplatte und eröffnete mir nach einer Weile, er habe nach meinem „Weggang“ ein halbes Jahr in einer Klinik verbracht.

Seit der Entlassung gehe er einmal pro Woche zu einem Therapeuten.

Er habe mir etwas Wichtiges nie gesagt.

Ich sah, wie schwer es ihm fiel, zu sprechen. Wie er stockte, wegsah, seine Finger knetete. Er habe in Kuba Spuren seines Vaters gesucht, aber nichts gefunden, weil es einen Brand gegeben hatte, bei dem Dokumente zerstört worden waren. Und dann kam eine Geschichte, für die ich jetzt noch keine Worte habe. Die ich Dir das nächste Mal erst berichten kann.

Er mache seinen Frieden mit seinem Leben, sagte Rene schließlich.

Er lese viel, habe wieder begonnen zu arbeiten, erhalte immer mehr Aufträge und sei eingeladen zu Ausstellungen.

Etwas jungenhaft Frohes überzog sein Gesicht, als er von einem Mäzen sprach, der ihn anlässlich einer Vernissage Monate zuvor angesprochen hatte. Dessen Begeisterung für die Skulpturen ihm endgültig zurückgeholfen habe, zurück ins Leben.

Zum ersten Mal seit vielen Jahren habe er keine Geldsorgen mehr.

„Ich bin frei, Lilly. Frei von allem. Dem Alkohol, der Vergangenheit. Und deswegen hatte ich den Mut, mich bei dir zu melden. Verstehst du?"

Ich zog die Jacke enger um die Schultern, es war spät geworden, kühl.

Wie er mich ansah.

Himmel, wie er mich ansah.

Am Abend des nächsten Tages klingelte das Telefon. Fanny schlief schon. Ich hatte sie von einer Mutter abgeholt, die mir Hilfe angeboten hatte und deren Junge wegen der nun geschlossenen Krippe froh über den Besuch eines anderen Kindes gewesen war.

„Hallo, Lilly."

Mein Herz sackte in den Bauch.

„Patrick?"

„Ja."

„Erzähl."

„Sie … sie hat alles umgedreht …"

„Was heißt: umgedreht?"

„Sie suggerierte, dass ich … ich … verstehst du: Ich! … ein Auge auf sie geworfen hätte und eigentlich ich … sie überrumpelt hätte mit meinen … meinen Avancen. Sie sagte: Avancen."

Warum war ich nicht überrascht?

„Es war so …"

Seine Stimme brach –

… unwürdig, Lilly".

„Und Pepe?"

„Pepe … Er war sichtlich nervös, bemüht, das Ganze schnell aus der Welt zu schaffen."

„Wie?"

„Ada machte es ihm leicht. Sie scherzte, sagte, solche Ausrutscher … und sie meinte, *ich* hätte einen Ausrutscher begangen … kämen vor, wir seien ja alle Menschen …"

„Und du? Was hast du gesagt?"

Stille.

„Patrick?"

„Ich habe gesagt, dass ich ihr Verhalten für extrem … unangemessen halte."

„Und dann?"

„Dann hat Pepe eine Entschuldigung als Lösung vorgeschlagen. Von uns beiden. Gut, sagte Ada, gut."

Ich hielt kurz den Atem an.

„Was hast du gemacht?"

„Ich sagte, ich bräuchte Bedenkzeit." Er lachte höhnisch auf.

„Und?“

Patrick sprach nun schnell und leise:

„Pepe sagte, aber warum denn, Ada sagte, lassen wir es gut sein, es täte ihr leid und dann hörte ich mich sagen: Mir auch. Mir täte es auch leid.“

Wir schwiegen.

„Ende der Veranstaltung“, flüsterte Patrick und imitierte Pepe mit spanischem Akzent: „Wie erfreulich, dass wir zu diesem Einvernehmen gekommen sind, schönen Abend, auf Wiedersehen.“

„Das war's?“

„Fast… ich wollte eigentlich vermeiden, dass Ada und ich… dass wir zusammen hinausgehen. Aber sie wartete demonstrativ auf mich. Und als wir im Flur waren, sagte sie, dass ich im nächsten Semester drei Stunden mehr bekomme. Und dann ließ sie mich stehen und ging.“

Stille.

„Ich brauche“, flüsterte Patrick, „jeden Cent. Habe eine Mieterhöhung bekommen, du verstehst…“

„Ja, natürlich“, versuchte ich ihn zu beruhigen, „versteh ich doch“.

„Ich“, er schluckte, räusperte sich, „habe mich für einen Selbstverteidigungskurs angemeldet“.

„Toll, Patrick, das finde ich eine tolle Idee.“

Stille.

„Ja, also dann…“, hüstelte er.

„Du kannst mich immer anrufen“, sagte ich.

„Danke. Ich danke dir.“

„Mach's gut. Auf Wiedersehen.“

Alles war ruhig. Kein Laut von Fanny.

Keine Mäuse.

Auf Zehenspitzen schlich ich in die Küche und entkorkte eine Flasche Rotwein. Einen Rioja. Den für spezielle Situationen.

Er erinnerte mich an Salzluft, warmen Wind, staubige Straßen. An nächtliche Sandstrände wie kühle Butterberge an den nackten Sohlen.

Er erinnerte mich an den Lärm, den Leguane, diese urzeitlichen Drachen, verursachen, wenn sie hinter Holzhütten über einen Berg Dosen und Müll rutschen. An Löcher in Moskitonetzen. An Schmuck aus Muscheln und Federn, leere Geldtaschen, Joints. An eine Opferschale mit Rum gefüllt, an gelbe Wände mit Sprüngen, ein Bett …

Und bevor ich beim zweiten Glas endgültig in den Ozean des Selbstmitleids abtauchen konnte, schreckte Fanny aus einem ihrer Baby-Alpträume auf.

Natürlich.

Ja, das war die Währung, in der ich zahlen musste.

Dass ich ihr keine harmonische Schwangerschaft beschert hatte.

Dass ich ihr den Vater genommen hatte.

Du lachst?

Ja, vielleicht spukt tatsächlich noch so ein Restkatholizismus in mir herum, so ein Ablasshandel, Relikt meiner katholischen Großeltern väterlicherseits, who knows.

Vorsichtig ließ ich den Rest Wein zurück in die Flasche fließen.

Verschloss sie.

Auf zur Nachtschicht.

*

„Frau Brand, guten Morgen", sagte die Stimme anderntags, die mich an irgendjemanden erinnerte.

Ich hielt das Smartphone in der einen Hand, während ich mit der anderen versuchte Fanny zu füttern, was bedeutete, ihren Mund zu treffen und nicht ihre Wangen. Angesichts ihrer heftigen Drehbewegungen eine langwierige Aktion.

„Ja?", sagte ich etwas zu laut wegen Fannys Protestquieken, was die Stimme veranlasste, auch zu schreien.

„Ich soll Ihnen schöne Grüße von der Präsidentin ausrichten. In zehn Minuten wird es bei Ihnen klingeln" –

Vilma also.

Jetzt hatte ich sie erkannt. Vermutlich hatte sie anfangs ihren Namen gesagt. Fanny wechselte in den Sirenenmodus.

„Ja … gut … danke!", rief ich, ohne verstanden zu haben, was dieser Anruf bedeutete, drückte den roten Button und sah, dass in diesem Moment die Schale mit dem Brei vom Tisch gefegt wurde.

Fanny lachte vergnügt mit ihren verschmierten Backen.

„Nein, Nein!"

Diese sehr schrille, sehr laute Stimme kam aus mir und eine harte Hand wischte mit dem schon fleckigen, noch feuchten Tuch über Fannys Gesicht. Gestrampel, Geschrei.

Gabi hatte mich schon einmal beiseitegenommen und mir mitgeteilt, ich solle meine Tochter dahingehend erziehen, dass sie diese Unart, mit Essen herumzuschmeißen, unterlassen solle.

„Dasdarfstdunicht!", brodelte eine Stimme aus einem Vulkan, „Hast du gehört? Mit Essen wirft man nicht!!!"

Das fand Fanny plötzlich so lustig, dass sie den Kopf nach hinten bog, ihren kleinen rosa Schlund, Zunge und drei Zähnchen zeigte und Patschhändchen machte.

Ich stürmte in die Küche, schmetterte den Teller ins Becken, kehrte mit einem frischen Lappen zurück.

Fanny knallte ihren Löffel rhythmisch auf ihr Tischchen und sang dazu.

Es läutete.

Das waren jetzt keine zehn Minuten gewesen, keinesfalls.

Ich stürzte zur Wohnungstür, nahm den Hörer der Sprechanlage ab.

„Ja?"

„Guten Morgen! Hier ist Reinhild. Ihre Chefin schickt mich."

„Dritter Stock, bitte."

Oh Gott. Ohne Absprache! Was sollte das? Überfallsartiges Home-Office, oder wie? Wieso hatte Ada mich nicht informiert, dass sie mir jemanden, noch dazu Fremden, nach Hause schickte?? Wozu? Alle Unterlagen waren im Büro … Gut, der Laptop …

Mein Blick überflog das Chaos. Im Vorraum lagen bunte Bälle und Würfel herum, in der Küche stapelte sich dreckiges Geschirr.

Im Wohnzimmer brüllte Fanny, weil sie aus dem Hochstuhl herauswollte.

Ich raffte einige Sachen zusammen, warf sie ins Bad, kickte die Spielsachen in die Küche, schloss die Tür, rannte zu Fanny, suchte vergebens den Schnuller am Boden.

Sie brüllte. Bevor ich sie hochheben konnte, klingelte es.

Im Flurspiegel sah ich eine Gruselfigur mit Hängehaaren, orangegelben Flecken am schwarzen Pullover und einem rosa Lappen in Händen.

Fanny schrie.

Ich öffnete die Tür, blickte in ein freundliches Gesicht mit nach hinten gebundenen Haaren, grünbraunen Augen, rundliche Gestalt in heller Jacke und blauen Hosen.

Sie konnte fünfundvierzig sein oder sechzig.

„Guten Tag, ich bin Reinhild", sie streckte mir den Arm entgegen, sagte ihren Nachnamen, den ich nicht verstand, eine trockene, kühle Hand schob sich in meine.

Hatte ich vielleicht vergessen, was Ada mir gesagt hatte? Oder Vilma?

Nein, so weit war es noch nicht mit mir. Ich hielt den Lappen in Brusthöhe vor die Flecken.

„Guten Tag", sagte ich, „wollen Sie hereinkommen – äh, meine Tochter, entschuldigen Sie bitte –"

Ich ließ die Frau stehen, spurtete zurück zu Fanny, löste den Gurt, sie saß mit ihrem Windelpopo auf ihrem Schnuller, ich stopfte ihn ihr in den Mund.

Schlagartige Ruhe.

„So, Fannylein", flötete ich mit ihr auf dem Arm, „jetzt schauen wir mal, wer uns da besuchen kommt…"

Reinhild strahlte in der offenen Tür, als sie Fanny sah.

Fanny antwortete ebenso mit Gluckslauten und Ärmchenrudern.

„Hmm", zögerte ich, „also… darf ich fragen…?"

„Aber gern", sagte Reinhild und zog eine Karte aus ihrer blauen Handtasche.

„NannyGlück" las ich und eine Adresse in Schöneberg, Fanny zeigte ihre Zähnchen und patschte mir begeistert ins Gesicht.

„Um es gleich zu klären,“ sagte Reinhild, „wegen der Bezahlung brauchen Sie sich keinen Kopf zu machen“, schon sank Fannys Oberkörper nach vorne, „Hoppla“, lachte Reinhild, fing mein Kind auf und nahm es auf den Arm.

Versonnen erkundeten die dicken Babyfingerchen die schon etwas faltigen Ohrläppchen der offensichtlich akzeptierten neuen Bezugsperson.

Der ich nun den Vortritt ließ.

Ich sah die Wohnung mit ihren Augen und beschloss, dass Scham in diesem Moment nicht das vordergründige Gefühl sein sollte.

Neugier eher.

„Ich verstehe nicht ganz…“, versuchte ich es wieder, als wir uns an den Tisch gesetzt hatten.

Reinhild weitete ihre moorfarbenen Augen und formte ein Riesen-Ooooh mit ihrem Mund. Fanny lachte und strampelte auf ihrem Schoß.

Während Reinhild diese Unterhaltung mit meiner Tochter fortführte, schaffte sie es gleichzeitig zu erklären, dass, sollte ich einverstanden sein, sie ab sofort anfangen könne und zwar ganztags oder stundenweise, je nach Bedarf.

Sie würde auch abends oder über Nacht zur Verfügung stehen, und sollte es notwendig sein, auch mal eine Woche.

Oder zwei.

Sie liebe Kinder, führte Reinhild weiter aus, habe zwar selbst keine, arbeite aber schon seit Jahrzehnten in diesem Beruf. Von manchen, die sie seit Geburt kenne, habe sie mittlerweile deren Kinder aufgezogen. Da sie zurzeit nur noch ein Schulkind hin und wieder zum Sport bringen müsse oder zur Nachhilfe, was in Kürze hinfällig sein würde, da die Familie wegziehe, sei ihr das Angebot, ein Baby wie Fanny zu betreuen, hochwillkommen.

„Ich soll Ihnen versichern“, lächelte sie, „dass das Monetäre keine Rolle spielen wird für Sie. Alles ist bezahlt für das nächste halbe Jahr.“

Natürlich träumte ich.

Das hier war nicht die Realität.

So etwas ist im richtigen Leben nicht vorgesehen: Es klingelt und keine böse Fee steht vor der Tür, sondern das Gegenteil. Spaziert herein, verbreitet Frohsinn, Gemütlichkeit, entzückt das Kind.

Und kostet angeblich nichts.

Welche Macht foppte mich?

Ich schlug die Hände vors Gesicht und bekam einen Lachkrampf.

Später saß ich vor einer Tasse Kaffee, und das Besondere daran war der Ort.

Ich saß in einem Café mit Blick auf den Lietzensee, ein Café, das ich schon seit über einem Jahr nicht mehr von innen gesehen hatte. Obwohl ich keine der mit Pferdeschwänzen am Hinterkopf wippenden Kellnerinnen mehr kannte, die in langen weißen Schürzen über ihren Jeans und quietschenden Turnschuhen herumwuselten, mit falschen Wimpern klimperten und „WatdarfsdennseindieDame?“ fragten, erschienen sie mir wie alte Freundinnen.

Von der Tasse stieg ein unwiderstehlicher Duft in meine Nase. Ich zelebrierte jeden Schluck. Schon folgte ein Teller mit einem Stück Schokoladekuchen, eine Köstlichkeit, die flaumig auf der Gabel wackelte.

Vögel zwitscherten. Kinder juchzten vom Spielplatz herüber. Menschen auf Rädern fuhren vorüber, die Körbe voll mit Blumen oder Gemüse.

Es war ein stinknormaler Donnerstag. Ich würde einfach später ins Büro kommen. Mittlerweile war es mir egal, ob ich eine Information nicht bekommen hatte, ob sie gelöscht worden oder sonstwie untergegangen war in den Tiefen des Universums.

Was zählte, war das Jetzt.

Als ich fertiggenossen und gezahlt hatte, spazierte ich an den Trauerweiden und Marihuanaschwaden vorüber zum Kaiserdamm, an Dreck und Lärm vorbei, hinein in den verschatteten, mit Rädern und Mülltonnen vollgestopften Hinterhof, hinauf in das, was meine Eltern „diese Bude" nannten.

Reinhild öffnete die Tür mit Fanny auf dem Arm, bevor ich noch aufschließen konnte. Die Kleine lachte mich mit dem Grübchen ihres Vaters an.

Schon drückte Wasser in meine Augen.

„Sie wissen", fragte Reinhild freundlich, „dass Sie Mäuse haben?", und deutete mit einem Seitenblick auf den Boden, wo sich schwarze Krümel befanden.

Ich schluckte, stürzte in die Küche, beseitigte mit Schaufel und Besen den Mäusekot, wischte.

„Entschuldigen Sie bitte", sagte ich, „aber es ist ein altes …"

„Ich weiß, ich weiß", lächelte Reinhild verständnisvoll, „aber es ist nicht sehr praktisch und auch etwas ungesund – mit Krabbelkind …"

Ich nickte schuldbewusst, seufzte.

Fanny verfolgte interessiert jede unserer Regungen, als Reinhild den Vertrag aus der Tasche zog und auf den Tisch legte.

Ich brauchte nur mehr meinen Namen darunterzusetzen.

*

Als Reinhild gehen wollte, klingelte das Telefon.

Patricks Nummer.

„Könnten Sie noch eine halbe Stunde bleiben?“, flüsterte ich.

Sie blickte auf die Uhr, nickte, ließ ihre Handtasche von der Schulter gleiten, stellte sie auf die Kommode und deutete mir, ob sie ins Wohnzimmer gehen solle.

Ja, deutete ich zurück.

Ich schloss die Küchentür hinter mir.

„Hallo, Patrick.“

„Hallo, Lilly.“

„Wie geht es dir?“

Stille.

„Ich habe … Anzeige erstattet.“

In meinem Hinterkopf begann es zu surren.

„Verstehe“, sagte ich lahm.

Eigentlich hätte ich damit rechnen können. Warum aber raubte mir diese Nachricht soeben den Atem? Es war sein gutes Recht, es war Patricks verdammtes Recht.

Er hüstelte, sprach mit belegter Stimme:

„Äh … ich hoffe, es ist in deinem Sinne, ich meine …“

„Ja?“

Natürlich ahnte ich, was nun kam. Ich wollte es nicht hören.

„Ich habe deinen … deinen Namen genannt. Als Zeugin.“

„Oh… natürlich. Selbstverständlich …“

„Es dauerte mehr als drei Stunden …“

„Was? Was dauerte so lang?“

„Das Gespräch mit dem Kommissar, die Vernehmung …“

„Oh. Und … und was wurdest du so gefragt?“

„Er wollte jedes Detail wissen. Jede Sekunde. Es ist … man wird durch einen Fleischwolf gedreht … sehr … sehr anstrengend.“

„Bei mir“, lachte ich etwas gekünstelt, „wird es doch kürzer sein, nicht wahr?“

„Lilly, das weiß ich nicht.“ Patrick wirkte erschöpft: „Hab ja keine Erfahrung mit diesen Sachen. Aber eigentlich … eigentlich denke ich, ja, ich glaube schon.“

Das beruhigte mich keineswegs.

„Und wie geht es nun weiter?“

„Du wirst eine Nachricht bekommen, so was wie eine …“

„Vorladung?“, krächzte ich.

„Naja“, Patrick registrierte mein inneres Herumlavieren, „wie soll ich sagen …“

„Okay, dann warte ich auf den Bescheid der Polizei.“

Nur raus aus diesem Gespräch.

„Ich bin sehr erleichtert, Lilly. Ich danke dir so sehr.“

Bitte jetzt keine Sentimentalitäten.

„Es wird alles –“, hörte ich mich sagen, „mein Kind schreit – sorry, muss aufhören, – bis dann, mach’s gut!“

Eine Weile blieb ich einfach sitzen. Gegenüber waren einige Fenster erleuchtet, ich sah eine Familie beim Spaghetti-Essen, ein Paar, das sich stritt, einen Jugendlichen auf dem Sofa nach unten schauend. Auf einen Bildschirm vermutlich.

Irgendwann stand ich auf, weil ich mich an Reinhild erinnerte.

Sie saß drüben und las Zeitung.
„Alles in Ordnung?“, fragte sie, als ich eintrat.
„Ja, vielen Dank, ja.“

Nachts begann Fanny zu wimmern.

Die Decke hatte sie weggestrampelt. Ich streichelte ihre Wange, sie war heiß. Auch die Stirn war heiß, die Händchen, das ganze Kind.

Noch nie war sie so heiß gewesen.

Gleichzeitig so eigenartig schlaff.

Als ich Licht machte, greinte sie, blinzelte, auch mich verstörte die plötzliche Helligkeit.

Im oberen Schubfach der Wickelkommode befand sich die Kiste mit den Medikamenten. Wo war nur das verdammte Fieberthermometer? Mit zitternden Händen wühlte ich herum. Wann hatte ich es zuletzt verwendet? Das konnte doch nicht sein!

Ich kippte den Inhalt auf den Boden. Verstreut lagen Babypuder, eine Tube Schmerzgel, Ohrentropfen, Windelcreme, eine Wattestäbchenbox, verschiedene Hautsalben herum.

Kein Thermometer.

Ganz ruhig. Überlege. Fanny hat Fieber. Das ist normal. Sie war schon zweimal krank, also.

Aber doch nicht so heiß. Die geschlossene Kita fiel mir ein, das Virus. Hatte sie sich doch angesteckt? Von welchen Symptomen hatte Gabi gesprochen? Fanny wimmerte. Sie hat keinen Fieberkrampf, nicht wahr, nach Krampf sieht sie nicht aus. Aber gibt es nicht die Variante, bei der die Kinder schlaff werden? Wie war das noch schnell? Sie hat keinen starren Blick, das gehört doch auch dazu.

Oder nicht?

Ab welcher Körpertemperatur beginnt das Eiweiß sich in den Zellen zu zersetzen?

40,5 Grad? 41 Grad?

Sie schien zu schlafen, atmete aber merkwürdig flach. War sie noch heißer geworden? Ich öffnete den Reißverschluss ihres Schlafanzugs und versuchte behutsam, die glühenden Ärmchen und Beinchen herauszuwinden.

Fanny wimmerte. Mit Lauten, die ich noch nicht kannte.

Ich hörte, wie ich flüsterte. Sie zu beruhigen versuchte. Vermutlich hatte sie Kopfschmerzen, ich sollte besser still sein.

Ihr Fieber schien auf mich überzuspringen. Hitzewellen durchliefen nun auch mich, gleichzeitig war mir kalt.

Ich kann nicht mehr denken.

Hilfe.

Wir brauchen Hilfe.

Die Uhr zeigte kurz nach vier Uhr morgens.

Du hobst nicht ab, als ich anrief.

Nur Du konntest mir helfen. Mehr Denken war nicht möglich in dieser Panik, und dort, wo Du bist, war nun Tag, und die Chance, Dich zu erreichen, eigentlich groß.

Ich hörte das endlose Tuten und dann das Anspringen der Mailbox, während Fanny glühte, ein Mini-Hochofen in Windel und rot-weiß-gestreiftem Wickelbody.

Ich versuchte es noch einmal, betupfte ihre Stirn mit einem feuchten Tuch, hielt gleichzeitig das Gerät ans Ohr, nach innen flehend, Du mögest abheben, mir mit ruhiger Stimme sagen, was zu tun sei.

Aber Du bliebst unerreichbar.

Ich gab auf.

Ich starrte auf dieses flach atmende, unvergleichliche Menschlein, mein Kind –

Niemals zuvor hatte ich in diesen Abgrund geschaut.

Auch nicht in den dunkelsten Stunden meines Lebens in irgendeiner Hütte am Strand einer malaysischen Insel, als Ratten an meinem Moskitonetz hochgesprungen waren, oder während der ersten Horror-Wochen in dieser Wohnung mit dickem Bauch, den vorwurfsvollen Elternstimmen am Telefon, den halb ausgepackten Kisten.

Die Angst um Fanny war das Überwältigendste, Grausamste.

Und diese Schwäche.

Ich darf nicht versagen. Ich darf jetzt einfach nicht versagen.

Ich kann nicht mehr.

Helft mir.

Bitte helft mir.

Und dann wählte ich den Notruf.

Es war fünf Uhr morgens, ich sah es an der großen Uhr an der Wand, als ich Renes Nummer tippte.

„Ich komme", sagte er.

Sie hatten mir zuvor Fanny aus den Armen gelöst und mich auf eine Liege gelegt. Vielleicht hatten sie mir ein Beruhigungsmittel gegeben, als Tablette oder eine Spritze in den Arm, alles möglich, vielleicht aber bildete ich mir alles nur ein.

Ich wollte nichts mehr. Nur liegen.

So schnell stirbt sich's nicht.

Nichts denken.

Keine Angst mehr haben.
Schlafen. Schlafen. Schlafen.

Später verließen wir das Krankenhaus zu dritt, wie eine Familie.

Fanny war noch schwach, viel zu leicht erschien sie mir in meinen Armen.

Sie schien das Virus nicht zu haben, das die Krippe lahmgelegt hatte. Der Infekt, der das hohe Fieber bei ihr ausgelöst hatte, würde bald überwunden sein. Nichts Dramatisches. Es war richtig, hatte die Ärztin gesagt, dass wir gekommen waren, da man ja nie wisse. Und mit Seitenblick auf Rene:

„'Ne Mütze Schlaf würde Ihnen guttun, junge Frau."

Das Wartezimmer in der Notaufnahme war noch immer voll, wir gingen weg von dieser Welt aus übernächtigten Müttern und Vätern und leise weinenden oder apathisch mit dem Kopf in deren Schößen liegenden Kindern aller Altersstufen, unsere Schuhe quietschten in den morgenstillen Fluren.

Vorsichtig trug ich Fanny, die in diesem Krankenhaus zur Welt gekommen war, neben mir Rene, der seine Tochter in dieser Nacht kennenlernte.

Draußen empfing uns ein trüber Berliner Tag, bald würde es regnen.

Er hatte ein Taxi bestellt und daran gedacht, einen Kindersitz anzufordern. Verstehst Du?

Er sah genau zu, wie ich Fanny anschnallte.

Und beim Einbiegen in den Kaiserdamm, drehte er sich nach hinten um und fragte, ob er mitkommen solle in die Wohnung.

Damit ich mich ausruhen könne.

„Ja", sagte ich.

*

„Als Hero fünfzig Jahre alt war, ging sie wohin und schnitt sich einen Mann aus den Rippen."

Rene grinste: „Ja, habe ich mittlerweile auch gelesen. Ich meine, nicht ganz. Schade, dass Irmtraud Morgner nur Bruchstücke hinterlassen konnte."

„Ja", erwiderte ich, „was hätte sie noch alles zu sagen gehabt", und stellte *Das heroische Testament* zurück ins Regal.

Fanny brabbelte unter dem Tisch. Sie hieb mit einem roten Stift auf ein Blatt Papier, trug verschiedenfarbige Söckchen und eine Hose voller Flecken. Das Wickeln sei kein Problem gewesen dank YouTube, hatte Rene gelacht, entspann dich.

Aber das war ich doch.

„Ich glaube, sie hat kein Fieber mehr", war der erste Satz von ihm gewesen, als ich die Schlafzimmertür nach dem Sprung aus dem Bett aufgerissen und beide auf dem Teppich liegend vorgefunden hatte. Und dann war er losgezogen, einkaufen fürs Frühstück, aber zuerst zur Apotheke wegen eines Fieberthermometers.

Ich hatte vergessen, wie sich zwölf Stunden Schlaf anfühlen können.

Als wäre ich in einem Zaubersee geschwommen, aus dem man Jahre jünger herauskommt, frisch im Geist, federnd in einem biegsamen Körper.

Vor meiner Nase schaukelte ein Becher Kaffee, Croissants dufteten auf dem Tisch. Ich stellte mir vor, wie Rene ab nun morgens mit Fanny im Buggy zum Laden ginge, am Kiosk bei der Blumenverkäuferin vorbei, zum Spielplatz, und ihm die Leute hinterhersähen, weil sie diese Kombination nicht kannten.

Ich schloss die Augen.

Verweile doch.

„Du weißt, ich bin nicht abergläubisch", sagte Rene und reichte Fanny einen blauen Stift hinunter, „aber beim letzten Abend, den ich mit den großartigen Leuten, die mich unterstützen, verbracht habe, kamen wir irgendwann auf Bücher. Und plötzlich sagte die Frau meines Galeristen genau das."

„Was?"

„Na, als Hero fünfzig undsoweiter ..."

„Ach?"

Ich stellte den Becher auf den Tisch zurück. Aus irgendeinem Grund alarmierte mich diese Eröffnung.

War ich eifersüchtig?

„Erzähl mal. Wer sind sie?"

Rene lehnte sich zurück, verschränkte die Arme hinter dem Kopf, lächelte.

Er hatte schöne Zähne. Ich mochte seine große Nase. Sein Grübchen.

Er nannte Namen, die der Galerist ausstellte, die mir nichts sagten, für Rene aber bedeutsam waren. Und dass dieser Galerist mit seiner Frau in einer Villa voller Kunstwerke lebe.

Mehrmals im Jahr fuhren beide zu den wichtigen Ausstellungen weltweit.

Auch jetzt waren sie gerade unterwegs. Die Frau sei fantastisch, belesen, kunstsinnig, eine geistige Koryphäe. Vorsitzende dieser und jener Stiftung, vor allem aber Präsidentin –

Bekommst Du einen Schreikrampf, Jane?

Ich war eine Hülle. Unendliche Leere.

Unter dem Tisch saß Fanny, friedlich plappernd, und Rene sah mich so arglos und erfüllt und dann zunehmend irritiert an.

„Entschuldige", murmelte ich, „muss mal", tappte ins Bad, um mich zu beruhigen.

Kaltes Wasser ins Gesicht. Aber ich beruhigte mich nicht.

„Was hast du? Was ist los?", war die Frage, als ich wiederkam.

Ich hatte ihm zwar beim ersten Wiedersehen gesagt, an welchem Institut ich arbeite, aber er hatte es offenbar nicht zuordnen können.

Betont aufgekratzt sagte ich also, während Fanny sich von unten an meinen Beinen hochzog:

„Es ist nicht zu glauben, aber ich bin sicher, dass du von meiner Chefin und ihrem Mann sprichst. Sag noch mal die Namen –"

Natürlich passten sie.

„Was?", Renes Gesicht spiegelte Staunen, Unglauben, Freude.

„Ma-ma!"

„Echt? Deine Chefin? Nein! Gibt's das? Und du bist per Du mit ihr???"

Er schüttelte den Kopf, sein Grübchen hüpfte.

Und ich lachte mit.

Natürlich bemerkte er, dass ich nicht gerade übermäßig euphorisch war. Er könne sich vorstellen, dass sie ein wenig unnahbar sei, meinte er, einschüchternd vielleicht. Aber kenne man sie privat, also semi-privat, wäre sie, Ada, nun, eine Wucht.

„Tatsächlich? Eine Wucht …", lächelte ich.

Rene blieb bis zum nächsten Tag. Es hätte einer der schönsten in meinem bisherigen Leben sein können.

Ich beobachtete, wie er unsere Tochter fütterte, mit ihr spielte, ich zeigte ihm noch einmal das Wickeln und in welchen Schubläden all die Dinge liegen, die ein Baby braucht. Er umarmte mich, und ich merkte erschrocken, wie ausgehungert ich war. Wie jede Berührung seines schlaksigen Körpers Funken zündete auf meiner Haut. Wir bebten und konnten es fast nicht erwarten, bis Fanny schlief.

Ja, es hätte ein Glückstag werden können.

*

Liebe Jane, milchigtrüb ist der Berliner Himmel.

Vom Bett aus sehe ich durch das Fensterkreuz das graue Viereck über unserem Hof.

Es ist still, nur vorhin droschen die Kinder Bälle an die Hausmauer, und der Nachbar von schräg unten schrie wie immer, er hole jetzt wirklich die Polizei. Ich stopfte mir Watte in die Ohren.

Seit einigen Tagen habe ich Probleme, die Tageszeiten richtig einzuordnen. Manchmal glaube ich, es seien nur einige Minuten vergangen, wo es doch eine halbe Stunde war, die ich wieder einmal mit offenen Augen verschlafen habe.

Manchmal klopfte es und Reinhild kam mit Fanny auf dem Arm herein, reichte mir das klingelnde Handy. Meine Mutter drückte ich weg, Rene aber schrieb ich, dass wir uns bald wiedersehen würden.

Und ja, er könne mit Fanny spazieren gehen, natürlich.

Und nein, ich hätte eine Kinderfrau, (er fragte nicht, warum ich die bezahlen könne, vielleicht dachte er, meine Eltern …) ja, auch nachts, er brauche sich nicht zu sorgen. Auch um mich nicht, es sei nur eine außergewöhnlich lange Migräne, wahrscheinlich, weil mein Kopf nicht mehr so viel aushalte.

So viel Glück.

Gestern rief Vilma im Auftrag von Ada an, wünschte gute Besserung.

Ich zog mir die Decke über den Kopf.

Die Vorladung sah ich heute auf der Kommode neben der anderen Post.

Ich öffnete das Kuvert mit einem Messer, zog ein mehrseitiges Konvolut heraus. Es informierte mich neben etlichen Hinweisen und Anträgen an den Arbeitgeber, wann und wo ich mich für eine Zeugenaussage in dem „Strafverfahren gegen Ada S. wegen sexueller Nötigung“ einzufinden hätte.

Einige Zeit starrte ich aus dem Küchenfenster.

Auf der Waschmaschine reihten sich schwarze Punkte wie aufgefädelt aneinander.

Ich entsorgte sie, wischte und kochte Kaffee. Setzte mich in meinem Nachthemd an den Tisch. Sah Renes Nachrichten, er schickte mir Bilder von seinen neuen Arbeiten.

Ein lachendes Selfie. *Ich vermisse Euch.*

In den letzten Nächten, Jane, träumte ich immer das Gleiche:

Ich bin ein Insekt, das in einem Spinnennetz zappelt.

In einem fernen Teil des Netzes hängt Rene, vergnügt mit Fanny im Arm, und beide glauben, die glitzernden Spinnfäden seien ein großartiges Spielzeug, in dem man wunderbar hin- und herschwingen kann.

Aber ich, ich kann das Dunkle hinter ihnen erkennen, es kommt näher, ich strample –

Was soll ich tun?
Ich meine, ich kann im Gericht doch nur die Wahrheit sagen.
Im Angesicht der Angeklagten Ada S. und des Nebenklägers Patrick T. und all der Verantwortlichen, die im Namen des Staates anklagen, und derjenigen, die verteidigen sowie des anwesenden Publikums kann ich doch nichts anderes als die Wahrheit sagen.
Und die Wahrheit ist:

Ich habe nichts gesehen.

Jane?

Ich habe doch nichts gesehen.

Schlussakkord

Liebe Lilly,

ich danke Dir für Deinen Dunkelweiberbericht in Reinkultur.

Weißt Du was? Nicht nur dreht sich die Morgner im Grabe um, sie kippt mit aller Kraft soeben den Stein krachend zur Seite und fährt in die Lüfte, zornentbrannt, ja, ich kann sie erkennen, weit oben, und Du, meine Liebe, Du erkennst sie ebenso wie ich am anderen Ende der Welt.

Aus Zeitmangel fällt mir erstens spontan ein Zitat von Albert Camus ein:

„Die einzige Art, gegen die Pest zu kämpfen, ist die Ehrlichkeit."

Zweitens: Du hast alles gesehen.

Wach auf, Lilly. Zerreiße die Spinnfäden.

Drittens: Gebrauche Deine Füße, wozu hast Du sie, sie sind gesund.

Schnappe Deine Lieben und laufe los.

Laufe in Dein eigenes Leben.

Nachhall

Sie tritt aus dem Inneren des Gebäudes auf den Vorplatz, der noch leer ist, betongrau und hell von der Mittagssonne. Autos rauschen vorüber, auf den Wegen neben der Straße tummeln sich leichtbekleidete Leute in Shorts oder mit wehenden Röcken auf Fahrrädern, ein Stück weiter springt die Ampel gerade auf Grün. Sie muss blinzeln. Vom Dach des Gerichts bis zu den nächsten Giebeln spannt sich der Himmel in einem fast schmerzhaft reinen Blau.

Sie hält ihr Gesicht nach oben, in die Wärme, die ihr nach den langen kühlen Fluren, die sie soeben durchquert hat, wie ein Eintauchen in eine andere Wirklichkeit erscheint.

Bevor in wenigen Minuten alle übrigen aus dem Gerichtssaal strömen und den Platz füllen werden, möchte sie für sich sein. Einige kostbare Minuten lang möchte sie zur Ruhe kommen, durchatmen, so lange, bis jene Leute hier eintreffen werden, die aus Interesse, Mitgefühl, Sensationslust oder beruflichen Gründen morgens schon vor dem Eingang gewartet haben, alle mit ihren Ausweisen und vor allem dem Impfpass in der Hand, welcher für die weniger Glücklichen, die später herangedrängt sind, keine Eintrittskarte mehr gewesen ist.

Einige Wachbeamte versuchten, die Leute in Schach zu halten, die seit Neuestem keine Hemmungen mehr vor körperlicher Nähe empfinden, im Gegenteil. Da jedes öffentliche Gebäude nur mit einem Impfnachweis betreten werden kann, scheint es nach der endlosen Zeit des Abstandhaltens, der Entbehrungen, des Entzugs, als sei es nun die größte Lust, Schultern, Hüften und Atem wildfremder Menschen zu spüren, deren Ausdünstungen einzusaugen, Teil von etwas Größerem, weil nun Angstfreiem zu sein, ja, endlich in der wogenden Masse der Bedenkenlosigkeit aufzugehen.

Von staatlicher Seite allerdings ist man vorsichtig geblieben. Jene, die schließlich befugt waren, einzutreten und die Taschen aufs Förderband zu legen, deren Körper gescannt und durchgewunken wurden, sahen sich Wachbeamten nicht nur mit einer Waffe im Hüftgürtel gegenüber, sondern auch ausgestattet mit Handschuhen und Mund-Nasen-Schutz.

Sie stellt sich abseits in den Schatten, damit sie nicht sofort gesehen werden kann. Am liebsten verließe sie diesen Ort.

Ihr Handy brummt in ihrer Tasche, sie reagiert nicht, lehnt sich an die Mauer, an deren Rückseite Radständer angebracht sind. Ein lauer Wind fächelt etwas Kühlung über den Platz.

Als sie bemerkt, dass sich die Türen des Gerichts öffnen, blickt sie auf ihre Schuhspitzen. Es sind neue Schuhe, die sie an ihren nackten Füssen trägt, orangefarbene Ballerinas mit kleinem Absatz, und sie muss den Kopf darüber schütteln, wie viele Schuhe sie sich in letzter Zeit gekauft hat, in verschiedenen Farben, und wie schwer ihr an diesem Morgen die Auswahl gefallen ist.

Im Aufblicken erkennt sie den jungen Mann in schwarzem Anzug und weißem Hemd, der rasch auf sie zukommt, bleich im Gesicht von den Anstrengungen der vergangenen Wochen. Er muss allen anderen davongelaufen sein.

Sie richtet sich auf, bläst eine blonde Strähne aus dem Gesicht. Ihre Haare sind ungewohnt lang, sie hat, wie so oft in den vergangenen beiden Jahren, ihre Friseuse nicht besuchen können. Neben den Diensten im Krankenhaus war nun in letzter Zeit auch der Prozess schuld daran.

Aus den Augenwinkeln beobachtet sie, wie einige Leute vor dem Gebäude zu ihnen herüberstarren.

Nun steht er außer Atem vor ihr mit seinen blauen Augen, der knubbeligen Nase. Seine dunklen Haare sind im Nacken zusammengebunden. Der Anzug passt ihm gut.

Sie hat ihn nie anders als in Jeans und T-Shirt erlebt, auch in den Unterrichtsstunden, die nur digital stattfinden konnten und nun wieder, seitdem die Seuchenlage besser geworden ist, in ihrer Wohnung.

„Danke", sagt er, „ich weiß gar nicht, wie –"

„Ich", lächelt Doreen, „ich habe zu danken".

Er könnte ihr kleiner Bruder sein. Das hat sie zum ersten Mal an jenem Tag gedacht, der ihr Verhältnis für immer veränderte.

An dem Tag, an dem er die Trompete plötzlich von den Lippen nahm und „Nein" flüsterte.

Sie glaubte damals, er meine die Übung oder die akustische Störung, die durch einen vorüberfahrenden Krankenwagen erfolgt war, aber er sah sie mit einem irgendwie gespenstischen, ja, toten Blick an und wiederholte es, ein klares, wenn auch heiseres, aus der Tiefe seines Körpers hochtaumelndes: „Nein."

Dann stellte er die Trompete ab, vorsichtig und geisterhaft, und ehe sie begreifen konnte, was vorging, war er zu Boden gesunken und hatte wimmernd das Gesicht in seinen Händen vergraben.

Am Ende jenes Nachmittages saßen sie einander gegenüber, Doreen hatte Tee gekocht und Kekse auf den Tisch gestellt, die unberührt blieben.

Die Fenster ihrer Wohnung waren geschlossen, damit ihr Schüler die Glocken der nächstgelegenen Kirche nicht mehr hören musste.

Sie versuchte aus seinen stockenden Worten eine Geschichte zusammenzusetzen. Es war die Geschichte eines Trompetenlehrers, der über längere Zeit einen Jungen unterrichtete und neben der Arbeit am Instrument auch ein von ihm so bezeichnetes „Körperprogramm" durchführte. Dieses bestand außer Atemtechnikübungen auch in der Aufforderung „miteinander zu raufen", ein Programmpunkt, der jedes Mal zum Aufeinanderliegen am Boden führte und dem Jungen sehr viel Spaß machte. So war er an die Nähe des Lehrers gewöhnt und reagierte zuerst nicht, als ihn dieser eines Tages, während Kirchenglocken läuteten und die hereinscheinende Sonne die Armlehne eines Sofas erhellte, von hinten umarmte und sich an ihm zu reiben begann.

Der Junge konnte sich später nur mehr daran erinnern:

Dass seine Lippen am Messingmundstück der kleinen Trompete, die ihm seine Eltern zu Weihnachten geschenkt hatten, festgewachsen waren.

Dass seine Mutter sich über ihn wunderte, als sie ihn nach jener Stunde abholte. Dass sein Vater es schade fand, als er nicht mehr üben wollte, nein, er wollte keinen Unterricht mehr, auch kein anderes Instrument, nie wieder.

Erst als Erwachsener, nach einem Studienabbruch und einigen zerbrochenen Lieben, beim Besuch eines Konzerts, flammte die Sehnsucht nach dem Klang der Trompete wieder auf. Beim zweiten Mal traute er sich hinter die Bühne und wartete, bis die Bandleaderin ihn bemerkte.

Eigentlich habe sie keine Zeit zu unterrichten, meinte Doreen, aber die Dringlichkeit in seinem Blick, seiner Stimme, in der ganzen Person brachte sie schließlich dazu, nachzugeben und eine Probestunde zu vereinbaren.

„Du bist, entschuldige den Ausdruck, schweinebegabt!“, lachte sie nach der ersten Einheit, fast zersprang ihm die Brust, und beide verabschiedeten sich freudig, mit heißen Wangen, voneinander.

In jener Unterrichtsstunde Wochen später, in der das „Nein“ aus ihm herausgebrochen war, läuteten einen Atemzug davor die nahen Kirchenglocken, der junge Mann berührte das Mundstück und bemerkte, wie die Sonne in einem bestimmten Winkel durch das Fenster fiel und den Stoffbezug des Schlafsofas aufleuchten ließ.

Nichts in seinem bisherigen Leben kam der Wucht des Flashbacks gleich, die ihm den Boden wegriss. Der unfassbare Schmerz, das Keuchen, der Geruch, eine klebrige Hand auf seinem Mund. Die Hose unter seinen Knien.

Die schlimmen Worte, hineingestoßen in seine Ohren.

Dass seine Eltern sterben würden, verriete er irgendetwas.

Aber was sollte der Junge verraten?

Es war ja nichts geschehen.

Er hatte nur Bauchweh in den Tagen danach, Kopfweh, einmal erbrach er sich. Ein Virus, was sonst, es geht ja immer etwas um, seufzten die Eltern.

Der Junge wurde etwas stiller oder aggressiver, je nach Situation.

Ein schwieriges Kind, verschlossen. Manchmal, aus dem Nichts, voller Selbstüberschätzung. Er sei ein wenig faul, meinte eine Therapeutin, als er Schulschwierigkeiten bekam.

Er blieb ein Kind, das die Eltern hilflos oder zornig machte.

Das sein Leben nicht in den Griff bekam, als es längst Zeit dafür geworden war.

Doreen fragte nach dem Namen des Lehrers und wunderte sich nicht, dass sie ihn nicht kannte. Vielleicht hatte er sich einen Künstlernamen zugelegt. Sie sagte dem jungen Mann, dass sie Anzeige erstatten würde, auch wenn die Sache bei ihr längst verjährt sein sollte, und erzählte ihm ihre Geschichte.

Sie weinten zusammen, hielten sich an den Händen. Weinten um ihre Kindheiten und alles danach.

Sie richtete ihm in jener Nacht ein Bett und blieb bei ihm, bis er einschlafen konnte.

Es dauerte, bis sie den Lehrer fanden, aber das Internet half ihnen.

Er arbeitete mittlerweile an einer Musikhochschule, war Professor geworden, hatte den Namen seiner Frau angenommen. Es gab Gerüchte um diesen Professor, auch das entdeckten sie.

Die Kommissarin, der sie schließlich einzeln gegenübersaßen, war jung und erfahren. Es kam zum Prozess.

Es ist Mittag. Die Sonne prallt auf den Platz, der jetzt gut gefüllt ist. Offensichtlich sind auch diejenigen, die den Richterspruch wegen Überfüllung verpasst haben, zurückgekehrt, um sich über den Ausgang des Verfahrens auszutauschen. Lebhaftes Stimmengewirr, Mikrofone, Kameras.

„Kunst und Bildung“, hören die beiden einige Meter entfernt jemanden sagen, „schützen nicht, leider“.

In Doreens Tasche brummt es. Gleich, denkt sie, gleich rufe ich euch an, Herzensbrüder.

Der junge Mann lächelt:

„Wir müssen feiern.“

„Und wie“, antwortet Doreen, strafft ihre schmalen Schultern und legt ihren Kopf in den Nacken, dem Licht dieses Tages zu.

Die verwendeten Zitate stammen aus folgenden Quellen:

Ingeborg Bachmann: Undine geht. In: Werke 2, Piper Verlag 1978
Dies.: Das Dreißigste Jahr. In: Werke 2, Piper Verlag 1978
Michail M. Bachtin: Literatur und Karneval. Fischer Verlag 1990
Natalie Bauer-Lechner: Erinnerungen an Gustav Mahler. E.P.Tal & Co Verlag 1923
Albert Camus: Die Pest. Rowohlt Verlag 1994
William Faulkner: Requiem für eine Nonne. Diogenes Verlag 1991
Carlos Fuentes: Terra nostra. dtv 1982
Johann Wolfgang von Goethe: Faust I und II. Reclam 2000/2001
E.T.A. Hoffmann: Die Elixiere des Teufels. Reclam 1986
Ders.: Nachtstücke/Seltsame Leiden eines Theaterdirektors. Aufbau Verlag 1985
Ruth Klüger: weiter leben. Eine Jugend. dtv 1994
Irmtraud Morgner: Leben und Abenteuer der Trobadora Beatriz nach Zeugnissen ihrer Spielfrau Laura. Aufbau Verlag 1981
Irmtraud Morgner: Amanda. Ein Hexenroman. Aufbau Verlag 1984
Irmtraud Morgner: Das heroische Testament. Luchterhand Verlag 1998
Viet Thanh Nguyen: Die Geflüchteten. Heyne Verlag 2020
Sylvia Plath: Die Glasglocke. Suhrkamp 1987
Rainer Maria Rilke: Liebeslied. In: Die schönsten Gedichte von Rainer Maria Rilke. Insel Verlag 2016
J.D. Salinger: Der Fänger im Roggen. Rowohlt Verlag 2004
Ernst Weidinger: Sagen und Märchen vom Attersee und Attergau. KRAL Verlag 2019
Christa Wolf: Kindheitsmuster. Luchterhand Verlag 1979
Tô Thùy Yên: „Thắp tạ“ (dt. „Betende Danksagung“), ins Deutsche übertragen von Kim Lan Thai, www.lyrikline.org
Tô Thùy Yên: „Khất giả“ (dt. „Der Bettler“),
ins Deutsche übertragen von Kim Lan Thai, www.lyrikline.org

Danksagung:

Auch bei diesem Buch möchte ich Dorothee Lossin meinen herzlichen Dank aussprechen, für vieles. Andrea Heuser sei bedankt, nicht zuletzt für ihren aufrechten Gang.
Pauline Erhart-Huber und Renate Wurm danke ich für wertvolle Anregungen und Korrekturvorschläge bezüglich der „Havanna"-Geschichte.
Ausdrücklich möchte ich Petra Morsbach danken für ihr Buch „Der Elefant im Zimmer. Über Machtmissbrauch und Widerstand" (Penguin Verlag, 2020)
Mein besonderer inniger Dank gilt Natalie Lettner.

Unersetzlich ist und bleibt Christine Rechberger, meine Lektorin, ebenso wie Nadine Fejzuli, verantwortlich für die Öffentlichkeitsarbeit im Verlag.

Für die Zuerkennung des Projektstipendiums 2019/20 danke ich der Jury und der Kulturabteilung des österreichischen Bundeskanzleramtes.